ハヤカワ・ミステリ文庫

〈HM488-1〉

夜の爪痕

アレクサンドル・ガリアン

伊禮規与美訳

早川書房

8691

LES CICATRICES DE LA NUIT

by

Alexandre Galien

Translated by
Kiyomi Irei
First published 2021 in Japan by
HAYAKAWA PUBLISHING, INC.
This book is published in Japan by
direct arrangement with
LIBRAIRIE ARTHÈME FAYARD

父とマリー、
そしてすべての夜行性の人々へ

闇の中で、夜明けが来ると信じて待つのは楽しいものだ。

――エドモン・ロスタン『シャントクレール』第二幕第三場

夜の爪痕

登場人物

フィリップ・ヴァルミ………パリ警視庁犯罪捜査部課長。警視

アントワーヌ
ジャン
ジュリアン
アキム
アリーヌ
…………………同課員。フィリップの部下

ジル・ブリザール……………同犯罪捜査部次長。警視正

ミシェル・グラジアーニ……同犯罪捜査部部長。上級警視正

エルヴェ・デュランス………同売春斡旋業取締部課長。警視

ヨアン
ラシッド
マルク
……………………同課員。エルヴェの部下

フレッド・ラバス……………同麻薬取締部課長。警視

イングリッド・イシグロ……パリ法医学研究所の検死担当法医学者

ウジェーヌ……………………同解剖助手

エロディー……………………フィリップの妻

ルイ……………………………フィリップのキャバレー課時代の相棒

シンシア………………………フィリップの情報提供者。売春婦

マックス………………………同情報提供者。クラブのマネージャー

アンジュ・セカルディ………同情報提供者。ホテルの防犯主任

ジュリー………………………シンシアの大学の友人

シュワルツ……………………パリ第三大学文学部の教授

カルモナ………………………シュワルツ教授の弁護士

ローザ…………………………ブーローニュの森のゲイの売春婦

フレデリック・ブゴン………薬品会社のセールスマン

ビアンカ………………………エスコートガール

二〇一八年十一月二十一日　二十時二分

　この廃墟のサナトリウムときたら、なんて薄気味悪いんだ。自分の足音しか聞こえない。他には物音ひとつしやしない。アードリクールの冷え冷えとしたサナトリウムの廊下を、仲間を後ろに残したまま、どんどんスピードを上げて走り続ける。あたりは黒い夜の闇だ。まだわずかに点《つ》いている薄暗い蛍光灯の光がなければ、どこに足を下ろせばいいのかさえ見えやしない。頭にあるのはただひとつ。彼女を救い出すのだ。絶対に、なんとしてでも。足が滑って転びそうになる。ちくしょう、スーツが邪魔だ。五十の体はもうくたくただ。拳銃をしっかりと握りしめる。グリップに浮き出た〝Ｓｉｇ　Ｐｒｏ〟の文字が手のひらに刻みこまれるかと思うほど強く握る。上着のポケットの中で、ガチャガチャと手錠の音がする。そうだ、あのくそ野郎に手錠をかけてやるのだ。急ぐんだ。こめかみの下で血がドクンドクンと脈打つ。心臓の鼓動が鼓膜いっぱいに響き渡る。唇は泡だらけ。シャツの中を大粒の汗が流れ落ちる。十一月は寒い。だが今は上着が暑すぎる。だが、脱がない。着たままで行かなければ。彼女を救い出すために。ここから外に連れ出す時に、彼女を上着で覆ってやらねばならないかもしれないから。立ち止まって耳を澄ます。遠くから金属音が聞こえる。音のする方向に再び走る。前に進めば進むほど、どんどん憎しみが膨れあがり、体じゅうが憎悪の念で引きちぎられそうになる。一瞬、ある考えが頭をよぎる――そうだ、やつに手錠なんかいるものか――。逸脱行為か。これまで汚点なく築いてきたキャリアで唯一の失態か。だがそれで、いまさら何を失うというのだ？　捜査のあいだじゅう、ずっと騙され続けてきたのだ。心の奥底から、どす黒い怒りが湧き上がってくる。金属音が近づくにつれて、なんの音かがわかってきた。鎖の音だ。やつがもう儀式を始めたのだ。走るんだ、もっと早く！　体じゅうの筋肉という筋肉が、得も言われぬ痛みに疼《うず》く。脳が止まれと命じる。それを黙らせて走り続ける。左腕がずきずき痛む。胸に棒を差しこまれたかのようだ。音が近い。もう、すぐそこだ。遠くにパトカーのサイレンが聞こえる。応援部隊だ。もう一人じゃない。だが、すぐ現実に引き戻される。助けられるのは今この瞬間だけだ。次の機会などありはしない。走るんだ！　もっと！　もっと！　とうとう金属音の出所にたどりついた。右側のドアだ。ドア枠から光が漏れている。彼女はドアの向こうにいる。サディストのなすがままにされて。ドアの前に立ち、拳銃を構える。そしてドアを足で蹴りあげる。

1

一カ月半前。二〇一八年一〇月六日　二十時〇分

感慨に浸っているうちに視界がぼやけ、フィリップ・ヴァルミの目から涙が一滴、グラスを満たすウイスキーの中に滑り落ちた。白髪交じりで青い瞳のその顔は、パリのスワッピングクラブやストリップ劇場、流行《はや》りのレストラン、ディスコやバーの関係者のあいだでは、知らない者はいなかった。というのも、これまで実に二十年間、相棒のルイとともに、パリのナイトクラブやキャバレーを駆け巡っていた男だからだ。

フィリップは、年を取った自分の姿を想像したことがなかった。これまでパリ警視庁司法警察局で、売春斡旋業取締部キャバレー課の警視として、表向きは、夜間営業の店舗に

対する行政許認可の管理を行なっていた。だが真の任務は、パリの夜の街の〝動向を探る〟ことだった。つまり、ショービジネスと組織的な大型犯罪が交わる場所を――そして時に警察官が入りこめる隙《すき》を――見つけることだ。フィリップは皆を知っており、皆がフィリップを知っていた。情報を集め、猥雑なクラブの出入り口や座席のあいだで交わされる会話を聞くこと。それがフィリップの仕事だ。いや、仕事だった。

今宵は職場でフィリップの送別会が行なわれていた。夜の世界を離れ、犯罪捜査部に異動することになったのだ。それを望んだのは、妻のエロディーだった。夜の街をはしごしてまわれば警察官は疲弊するが、それは家族も同じだった。なにしろ、スパンコールは血しぶきに取って代わられ、ナイトクラブは殺人現場になり、カウンターの端に置かれた空のグラスは実地検分の対象となってしまう世界なのだ。いずれにしても、五十歳にして業務を変更できるのは、警察くらいに違いない。

部長の長い送別スピーチが終わると、主役がビュッフェの食べ物に手を付けて歓談タイムが始まった。フィリップはこの二十年間に出会い、親しくしてきた同僚であり友人でもある人々全員に、一杯目のシャンパンを注いでまわった。パリ警視庁の司法警察局本部はオルフェーヴル河岸三十六番地から、ここバスティオンに移転したばかりで、建物は真新しい。その廊下に沿っていくつか置かれた長いテーブルの上に、ピーナッツやハム、サラミなどが並んでいる。そこここで笑い声が上がった。何人かの食客たちが、ひとくちサイズのサンドイッチが詰まったパン・シュプリーズの周りに陣取っている。ところが送別会の主役は、一人廊下の端で、ジャックダニエルの入ったグラスを手に、子どものように涙ぐんでいた。

「まったく、ここじゃあ一瓶くらいシングルモルトのウイスキーを買うくらいのセンスもないんだからな」

顔を上げると、ルイが目の前に立っていた。仕立ての悪いスーツに白いワイシャツ、それにいつもの赤いサスペンダーを付け、太鼓腹が前に張り出している。ルイは大きな目で、寂しそうにフィリップを見た。

「泣き女の真似でもするつもりじゃないだろうな、ルイ。バッジの売り上げが悪くて金がないからといって、送別会を開いてくれた友の会を責めるわけにはいかないさ」

「そりゃそうだが、いずれにしても、今夜は何もかも、趣味が悪すぎる」

「それはちょっと言いすぎだろう？」

「かもな。だけど送別会ってのは、一度っきりだ」

「確かにそうだ。自分が主役になる最後の機会だからな」

二人がちらりとテーブルのほうに目をやると、パイ皮包みのパテが鎮座していた。送別会での売れ残りの常連だ。フィリップもルイも、公用車に乗ってパリの街を夜な夜なともに調べてまわった日々のことが思い出された。パリは、何度も見てそらで覚えてしまった映画のようなものだった。毎回、違う結末であってくれと望むのに、結果はいつも同じなのだ。側溝の中で意識不明の少女が発見され、アル中の男が二人、悪習を放つ路地裏で殴り合いを始め、時には銃撃が始まる……。夜というのは、どれもみな同じようなものだった。それでも、フィリップもルイも、夜の世界に飽きたことはなかった。

夜が更け、零時になった。ビュッフェの料理は食べつくされ、テーブルの上には空っぽの酒瓶が何本も転がっていた。参加者はほとんど帰ってしまい、仲間——本当の仲間——だけが残った。時には安心してその肩に倒れこむことのできる、本当の友人たちだ。今夜はフィリップにとってこの部署での最後の時なのだから、仲間たちとしては、最後の夜まわりに繰り出すことなく友を帰らせるなど、できるはずがなかった。

こうして中年の警察官五人は、旧式のフォード・フォーカス一台に肩を寄せ合って乗りこむと、自分たちの狩場であるパリの市街地に向けて出発した。バスティオン通り三十六番地の司法警察局の建物を出ると、五人の乗った覆面パトカーは建設現場の工事車両のあいだを縫って進み、ポルト・ド・クリシーに出た。レ・マレショー通りは、薄暗い街灯の明かりと、ケバブやチチャ酒を売る店のけばけばしいネオンが混在しているが、やがて景観は一変する。オペラ座界隈ではどの建物もきらびやかにライトアップされ、公共の街灯も明るい光を放っている。デパートのショーウインドーのまぶしい照明を見つめながらフィリップは思った。夜のパリは、まるで魔法の国だ。車でたった数分走るだけで、麻薬中毒者がたむろするクリシー広場から、上品でおしゃれなカップルがそぞろ歩くグラン・ブルヴァール界隈へと、景色ががらりと変わってしまうのだから。

五人は夜の街で豪遊し、夜中の三時になって解散した。仲間たちは歩道の上でフィリップの首に手をまわして強く抱擁し、帰っていった。ルイは涙をこらえ、フィリップの顔をまともに見もせず一番最後に立ち去った。

フィリップは一人、店舗のショーウインドーの前に立ち、そこに映る自分の姿を眺めた。一メートル九十三センチのすらりとした体つき、白髪交じりの長めの髪、頬からあごにかけてのごま塩のひげ。グレーのスーツを着たその姿は、一九五〇年代の俳優のようだった。フィリップは当てもなく歩き続けたが、本当はもう一人、会って最後の別れを告げておきたい人物がいた。その人物に会うには、〈ル・ブドワール〉――パリでも選り抜きのスワッピングクラブ――に行かなくてはならない。

フィリップはサンタンヌ界隈の路地を足早に通り過ぎ、ヴィヴィエンヌ通りの角に到着した。なんの表示もない建物の前に、二十メートルほどの行列ができている。店の用心棒が順番に客を確認していくのを、老若さまざまなカップルがおずおずと待っているところだった。ちょうど、腹の突き出た五十くらいの男と、寂しい目をした若い娘が用心棒の前で話をしていた。この中年紳士は、素晴らしい今宵の料金について交渉を試みていたようだ。フィリップは女性がシンシアだとわかったが、視線をそちらに向けなかった。もう夜の世界は関係ない。自分の仕事は終わったのだ。このクラブにも、二度と足を踏み入れることはないだろう。用心棒はフィリップを見ると手を差し出して握手し、何も尋ねることなく店のドアを開けた。いっぽう、場違いな要求をした客のほうは用心棒の質問攻めに遭っていた。この男は、今夜入店することはできないだろう。女性のほうも、同じ目に遭うことだろう。結局、美人のエスコートガールは男についてホテルに行き、欺瞞に満ちた悲しい行為で決着することだろう。迷える娘と好色な早期退職者のあいだではあまりによくある話だ。

クラブの中に入ると、フィリップはゆっくりとバーに向かった。鳴り響くエレクトロポップミュージックの音量は、パリの他のクラブよりかなり控えめで、洗練された黒の内装は文句のつけどころがない。バーカウンターの奥に、十年来の友、マックスがいた。背が高く、丸刈りの頭にアスリートのようないかつい肩、そしていつもパリッと決めた服装をしている。

「おやおや、警察ってのは、答えを全部ウイスキーの中で探すことにしているらしいな。ずいぶん月並みな考えだとは思わないのかい？」

「悪いが、マックス、今日は当てこすりを聞くような気分じゃないんだ」

「厄介ごとでも？」

「そういうわけじゃないが、今日は別れの挨拶をしてまわってるんでね」

「どういうことだい？」

「今の部署を異動になったんだよ。月曜の朝からは犯罪捜査部だ」

「犯罪捜査部？　だけど、あんたは夜の世界が好きだって、いつも言ってたじゃないか」

「そうなんだが、まあ、異動を決めたのはエロディーのためなんだ」

「なるほど。それで、彼女は喜んでるのかい？」

「きっと助けになると思う」

「助けになる？　なんの？」

「マックス、エロディーに本当のことを話そうと思ってるんだ」

「本気なのか？」

「彼女には知る権利がある。何年間も、ずっと嘘をついてきたんだ」

「それが今夜家に帰れない理由というわけか」

「それはそうなんだが……。きみにさよならも言いたかったからね」

「バカを言うなよ。まあ、店が閉まるまで待ってるといいさ。そしたらどれか空いているベッドで寝られるだろうから」

「いや、大丈夫だ。家に帰らないと。さあ、もう一杯頼むよ。飲んだら帰るから」

「好きにするといい」

「慣れるようにしないとな」

「そのうち、一緒に一杯やろうぜ」

フィリップはグラスのウイスキーを飲み干し、寂しく微笑んだ。

「それは絶対ないとわかってるだろう、マックス」

「そうだな……。アデュー、お巡りさん」

「そんな昔の映画の、オディアール風のセリフはやめるんだ。きみはまだ三十五歳なんだからな」

フィリップはバーを出て家路に就いた。そしてグラン・ブルヴァール界隈を歩きながら、夜遊びする人々をなんとなく楽しい気持ちで眺めた。こちらにスクーターの上で寝ている男がいるかと思えば、あちらではラグビーのユニホームを着たイギリス人らしき一団が、調子っぱずれな声で卑猥な歌を歌っていた。曲がり角で、恋人たちが盛大に口喧嘩しているのが目に入った。その姿は、自宅のベッドで一人眠っているエロディーのことを思い出させた。フィリップは歩みを早めた。彼女に言わなければ。早く言うのだ。そして、彼女の腕の中で安らぎを取り戻すのだ。

自宅のある建物の扉の前で、フィリップは何度もオートロックの入力番号を間違えた。今夜は少し酔っぱらってしまったようだ。中に入り自分の階の踊り場に着くと、今度は腸《はらわた》が締め付けられるようだった。彼女にすべてを打ち明けなければいけないのだ。

遺体発見の四時間五分前。二〇一八年十一月五日　二十三時五十五分

彼女の体が痙攣している。ホテルの部屋は血だらけだ。いったいどうして、なぜこうなったのか、もう自分でもわからない。ただ一人で、彼女が目の前で苦しんでいるのを見ているだけだ。だが、徐々に恐怖心は消え去り、とりとめのない不思議な気分になってきた。抗いがたい魅力と興奮が入り混じった気分。おれはこの娘がゆっくり死んでいくのを見ている。喉《のど》の端から端までぱっくりと開いた傷口は、まるで不気味に笑っている口のようだ。彼女の苦しみを短くしてやろう。とどめを刺さなくては。よし、今だ。だが、なんらかの力がそうはさせなかった。おれはほくそ笑んだ。そうだ、ついにおれは、何年ものあいだ胸を締め付けていた重荷を、外に放り出すことができたのだ。部屋の鏡に自分の姿が映っている。まるで別人だ。目がぎらぎらと輝き、もう体も震えていない。一メートル先では、

彼女が断末魔にある。おれは不思議な恍惚感に浸った。

　これまで、次から次へとうんざりすることばかりだった。その積み重ねが、おれを今、超高級ホテルのこの部屋に導いたというわけだ。おれ自身の中のもっとも危険なものを外に引き出したのも、マーフィーの法則というやつだ。彼女の体が、震えた。最後の痙攣だ。そして命が体から出ていった。よし、今だ。おれは彼女に、魂が抜けたばかりの彼女の肉体に近づく。周りには血だまりができている。彼女に触ろうと手を伸ばす。おっと危ない、手が……。あと一瞬遅かったら、やばいことになっていた。ＤＮＡも指紋も残さないようにしないと……。バッグからラテックスの手袋を取り出す。幸い、すべては想定済みだ。おれの仕事は、常にすべてを予測しておかなければならないのだから。おれはまた彼女をじっくり見る。死んでも、目を大きく見開いたままだ。美しい。腹の奥底から火の玉が湧き上がってくる。いい気分だ。右手にナイフを持ち、作業を始める。かつてないほど、自分を強大に感じる。今まで得たどんな報酬も、どんな特権も、そんなものはどうでもいい。本当の力は今、ここに、おれの手の中にあるのだ。

2

二〇一八年十一月六日　三時四十分

フィリップはなかなか寝つくことができず、目を見開いたまま、隣で眠るエロディーを見つめた。ゆっくりとした呼吸の動きに合わせて毛布が上下している。それを見ると、心が落ち着いた。嵐のように揺れ動く自分の人生の中で、エロディーは穏やかな海のような存在だった。フィリップは指先で彼女の肩をなでた。妻の顔に、わずかに微笑みが浮かんだ。いったいどうしたら、自分は彼女を笑顔にすることができるのだろうか？　その時、寝室に電話の音が鳴り響いた。

「もしもし？」

「夜分どうも。こちらは司法警察局司令部です」

「まさか、今からクロワッサンを配達すると言うために電話してきたわけじゃないでしょうね……」

話を終えると、フィリップはベッドから起き上がった。目覚まし時計は夜中の三時四十分。服を着て寝室の窓から外を見たが、パリの街はまだ眠ったままだ。初冬の寒気の到来で、空は一面暗い灰色に覆われ、地上でも、街灯の明かりがぼんやり霞《かす》んでいる。今にもその光の暈《かさ》の陰から、首から上がない騎馬兵が現われ出てきそうだ。その時毛布の擦れる音がして、フィリップは夢想から引き戻された。エロディーが寝惚け眼《まなこ》でこちらを見ている。

「何かあったの?」

「最初の殺人事件さ。すぐに行かないと」

「やる気満々なのね」

「まあ、そうだね。課の連中はぼくが失敗するのを待ち構えているから、早急に地盤を固めておかないと、やられてしまうんだよ。さあ、もう行くよ。きみはまた眠るといい」

フィリップはナイトテーブルの抽斗《ひきだし》から拳銃を取り出し、弾を装塡してから車に向かった。運転席に座ってドアを閉め、イグニッションキーをまわすと、〈TSFジャズ〉局からBGMが流れ出す。キーはまわしたものの、まだエンジンを始動させる気持ちにはなれなかった。この二十年のあいだ、死体を見たことは一度もなかった。ハンドルを握る腕が引きつるのを感じながら、フィリップはつい今しがた聞いたわずかな情報を反芻《はんすう》した――暴行殺人であること、被害者の遺体はラ・ヴィレット公園の北西方向に位置する運河の河岸で発見されたこと。フィリップは犯行現場を思い浮かべようとしたが、かつて自分が、最後に対面した遺体の様子が頭に浮かび、今回の事件のイメージはすべて押し流された。

それは一九九八年、フランスで行なわれたサッカーワールドカップ決勝戦の日だった。フランスチームの決勝戦進出に、当時所属していたパリ警視庁の司法警察局第一管区内でも、興奮は最高潮に達していた。フィリップもビールのグラスを手に、当直の同僚たちと笑い合っていた。電話がかかってきたのはそんな時だった。うんざりするほど事務的に、きんきんと鳴り響く着信音。パリ八区で殺人事件が発生したという連絡だった。犯人はまだ現場にいるという。司令部からは、被害者が幼い子どもだという以外、詳しい説明はなかった。現場の豪奢な建物に到着すると、フィリップは家政婦用の部屋に向かった。廊下には、まるで地鳴りかと思うほどの叫び声が響き渡っていた。何人もの制服警官が、興奮状態にある三十代らしき女を落ち着かせようと取り押さえ、救急車の医師が鎮静剤を投与しようとしていた。フィリップはサッカーが好きではなかったこともあり、当直の相棒のお祭り騒ぎを邪魔しないよう、現場には一人で来ていた。そして一人で小さな家政婦の部屋に足を踏み入れた。そこで見たのは、ナイフで滅多突《めったつ》きにされた八歳の少年の姿だった。遺体は血で汚れたマットレスの上に横たわり、血しぶきが天井にまで飛び散っていた。その後フィリップは、少年の母親が精神を病んでおり、息子に取りついていた悪魔から息子を解放したかったのだと説明していたことを知った。検察は緊急に精神鑑定を命じ、最終的に母親は責任能力なしと判定された。この間、フランス国民は皆、自国チームの新たなヒーロー達を褒めちぎることに酔いしれていた。そしてその同じ瞬間に、自分たちのすぐ脇で、一人の警察官と、一人の母親と、一人の少年の人生がずたずたに切り裂かれていたなどとは、思いもよらなかったことだろう。この当直を最後に、フィリップはキャバレー課に異動になった。

他の人たちがお祭り騒ぎを楽しんでいる時に自分だけ突然現実の中に放りこまれ、無力感や喪失感を抱く経験をした人は、実はそれほど多くない。警察官、消防士、医師……。こうした人々は、各人がそれぞれのやり方で、恐ろしい出来事から他の人々を守る最後の砦になっている。いわばこの社会の支柱だ。だが、悲しい特典もついてくる。クリスマスイブが自殺事件の処理で台無しになったり、高速道路で事故車の残骸を囲みながら新年を迎えたり、フィリップのように、ワールドカップを子殺しの異常な状況で祝ったりできるというわけだ。

電話の音で、フィリップは物思いから引き戻された。自分の補佐役の部下からだ。電話には出ないことにして、フィリップは車を急発進させた。そして回転灯の青い光が道路を照らし出すなか、ラジオから流れるマイルス・デイヴィスの曲に乗せて車を走らせた。

朝四時のパリは閑散としていた。広大なパリの街が、まるで自分のもののように感じられるこの時間が、フィリップは好きだった。しばらく走ると、車はローザ・パークス地区に入った。このあたりは何棟ものガラス張りのビルや、警視庁中央ガレージのいかつい石造りの建物など、趣向の異なる建築物が無秩序に立ち並んでいて、それもいかにもパリらしい。やがて、映画館の裏手数百メートルの場所にパトカーが何台も停まり、回転灯がいっせいに青い光を放っているのが見えた。近づくと、いくつもの無線機がザザーと音をたて、白いつなぎの作業服を着た男たちが、複数の強力な投光器が照らし出すなかを動きまわっている。フィリップは鑑識のバンの後ろに自分の車を停めた。そして後部座席の後ろの台に置いてあったアタッシュケースを取り、急いでつなぎと靴カバーを身に付けた。これを付けるとなんだか宇宙飛行士のようだ。フィリップは深呼吸すると、身をかがめて、現場を封鎖している赤と白の立ち入り禁止テープの下をくぐった。

体をまっすぐに起こす間もなく、さっき電話をかけてきた部下が足早に自分のほうに歩いてくるのが見えた。補佐のアントワーヌだ。アントワーヌは小柄で少々ぽっちゃりしている。三十五歳だが、童顔であることやその歩き方から、十歳は若く見えた。また、端正なグレーのスーツに身を包んだその姿は、高級官僚と見紛うほどだった。

「こんばんは、フィリップ。ずいぶん時間がかかりましたね……」

「これ以上ないほど急いで来たんだがね、アントワーヌ。状況を説明してくれないか？」

「被害者は若い女性で、見たところ年齢は二十歳から二十五歳くらいです。喉《のど》を掻《か》き切られて裸で遺棄されており、所持品等はいっさいなし。打撲痕はありません。今、鑑識が、何か手がかりがないかと現場で証拠試料の採取を行なっているところです。もちろん目撃者はなく、遺体はあそこの茂みの中で、散歩中のカップルに発見されました。遺体の下腹部に切り傷が付けられているところをみると、犯人は明らかにサディストですね」

「そうか。現場にいる犯罪捜査部の幹部は、きみだけか？」

「今のところわたしひとりですが、すでに次長に電話して状況を報告してあります」

「なんだって？　次長に電話したのか？　指揮命令系統がどうなっているか知っているだろう？」

「でも、わたしはこの一年間、課長代理として課を率いてきたんです。仕事のやり方はわかっていますよ」

「そんなことは関係ないんだよ、アントワーヌ。きみはわたしをすっ飛ばしたんだ。このことは職場に戻ってから話そう。他のみんなはもう来ているのか？」

「アリーヌとジュリアンはもう周辺の捜査にあたっています。ジャンもすでに現場検証中、アキムは今こちらに向かっているところです。遺体を見ますか？」

質問には答えず、フィリップは現場に近づいてジャンに声をかけた。ジャンは、捜査のすべての過程を文書に残す記録係で、部内で二十五年になる古株の一人だった。フィリップとジャンは当初から互いを尊重し、さらに今では、互いに真価を認め合うようになっていた。ジャンはそろそろ定年という年齢だったが、新しい技術に対しては常に貪欲だった。コンピューターのキーボードは光のように早く打つし、スマートフォンの音声入力システムをカスタマイズして、現場検証の作業中スマートフォンに向かい、言葉を区切ってはっきりと状況を声に出して言えばきちんと文書化されるよう工夫したりしていた。こうした最新の技術革新には通じていたものの、いっぽうでファッションに関しては、ジャンはこれまでずっとしくじり続けてきたようだ。犯罪捜査部では、通常の当直勤務時はスーツとネクタイを着用することになっていたが、それ以外の時のジャンの服装は、一九七〇年代の終わりに自分が新人だった頃からまったく変わっていなかったのだ。白髪交じりのもじゃもじゃ頭で濃いあごひげを生やしたジャンは、いつもペルフェクトの黒いレザージャケットに淡色のシャツ、ベルボトムのジーンズという装いだった。このジャン・パリュドン上級巡査部長のファッションは、警視庁内ではすでに伝説となっていた。何年か前には、犯罪捜査部内の通常の懇親会のあとに仮装パーティーが開かれ、ジャンのファッションが仮装のテーマになったくらいだ。フィリップは、いま初めてその装いを目の前にして、少々困惑しながらも笑顔で握手の手を差し出した。

「やあ、ジャン、調子はどうだい？」

「こんばんは、フィリップ。初仕事の準備は万全ですか？」

「かなりひどい状況なのかい？」

「まあ、そうですね。もう何年も、こんなのは見てないな」

「まるで、わたしをめがけて事件が起きたみたいだな……」

「確かに、あなたは不運を呼びこむ黒猫ですね。ここ十年間に課内で扱った事件といえば、仕返しなどの暴力沙汰ばかりでしたからね。足の臭《くさ》いモモが、マリファナの売買でもめて、聞き耳たててたジェラールをぼこぼこにしちまった、なんて具合のね。ところが、あなたが来て一カ月で、凄惨な殺人事件が起こったんだから……。ようこそ、わが課へ」

「現場検証の進み具合は？」

「まあ、周りを見てもらったらわかりますけど、ここはオーベルヴィリエ貯水池の岸辺で、そこの冴えない映画館以外何もありませんからね。アリーヌとジュリアンが、クロード＝

ベルナール公園で寝泊まりしている人たちに話を聞きに行ってますが、何かを見たり聞いたりした人は誰もいないと思いますよ」

「裏手に地域保健局の事務所があるだろう。そこに防犯カメラがあるか見に行くことにしよう」

「そのつもりで、協力要請の書類はもう準備できています。同じものを全国映画連盟宛てにも用意してあります。そこの映画館にも防犯カメラが付いているのでね。どうやら、不良少年たちが裏口から入って映画を見ていくことに気づいて設置したようですが……」

「そうか。捜査はまだ始まったばかりだよな。そうだろう？」

「手がかりが充分にあるとは言えませんが……。でも、始まったばかりです」

「よし、じゃあ、死体を見に行くとしよう」

3

二〇一八年十一月六日　四時三十分

　茂みの中に入っていきながら、フィリップはアドレナリンが体じゅうを駆け巡るのを感じた。体が無意識に動き、カンヌ＝エクリューズの国立高等警察学院の教官たちのことが思い出された。枝の陰から、まず二つの華奢な踝《くるぶし》が見えた。次に、長くてくっきりとした形の良い足が、そして細い上半身が現われた。赤みを帯びた栗色の髪が背中にかかっている。体は横向きになっていた。女性は草の上に横たわり、周囲に血痕はなかった。フィリップは何も考えず、脳が勝手に状況を選別した。まだ反射神経は働いているようだ。フィリップは口を開いた。

「ジャン、被害者はここで殺されたのではないな。きみもそう思うだろう」

「その可能性がきわめて高いですね。草の上にまったく血痕がありませんからね。殺害後ここに運ばれたのでしょう」

「だとすると、犯人はいったいどうやって、人目につかないように、死体をここまで運ぶことができたのだろう？　もう遺体の向きを変えたのかい？」

「いいえ、アントワーヌはそうしたかったようですが、わたしがあなたを待つように言いました」

「それでいい」

フィリップは鑑識のカメラマンに声をかけた。

「写真や試料採取が終わったら、遺体を動かしたいのだが」

「もういいですよ、警視」

「よし、じゃあ始めよう」

フィリップはごく自然に作業の指揮をとり始めた。茂みの向こう側から急いで研修中の巡査を一人連れてくると、ジャンにも手伝ってくれと合図した。そしてその新米巡査の腰が引けているのがわかると、心配になって顔をのぞきこんだ。

「おい、大丈夫か？」

「一応、大丈夫です、警視。死体を見るのは初めてなので……。ちゃんとできるかわかりませんが。わたしの上司に頼んだほうがいいのではありませんか？　へまをやらかしたくないので……」

「いや、きみはここで勉強するといい。何事にも初めての時があるもんだ。体の向きを変えるだけでいいからな。ただし、遺体の上にげろを吐くんじゃないぞ。心配するな。きみがへまをしても、ひげづらの年寄りに怒鳴りつけられるだけだ。最初はショックだが、最後には慣れるさ。さあ、行くぞ！」

フィリップは遺体の足下に立ち、ジャンが頭に、若い巡査が腰のあたりに立った。鑑識の捜査官たちが見守るなか、三人は遺体を仰向けにする作業を始めた。フィリップが指揮をとる。

「合わせていくぞ。一、二、三……」

遺体が仰向けになった。フィリップは自分の推測を確かめようと、詳細に観察していった。顔は、すぐには見なかった。余計な感情を交えず、プロとして業務に徹するためだ。下腹部の皮膚には多数の浅い切り傷が刻まれており、何か儀式的なものが感じられた。打撲痕はない。手首には、手錠で拘束されたような跡。胸郭のすぐ上の喉元《のどもと》には、ぱっくりと大きな傷口が開いている。血がひと筋、左側に滴り落ちた。そこでフィリップは初めて、被害者の顔に視線を移した。その瞬間、いっきに足の力が抜けるのを感じた。フィリップは何も言わずにその場から遠ざかると、遺体のほうを見ないようにして同じ場所を行きつ戻りつし、時折大きく深呼吸した。新米巡査や鑑識の捜査官たちはその姿に困惑し、どうしていいかわからない様子だったが、ジャンだけがフィリップに近づき、肩に手を置いて言った。

「どうかしたんですか?」

「……」

「フィリップ!」

「まさかそんな」

「いったいどうしちまったんです?」

「殺されたのは、シンシアだ。わたしの情報提供者だった……」

遺体発見の一時間四十五分前。二〇一八年十一月六日　二時十五分

パリの街なかを、おれは車でゆっくり走る。疑いをかけられないように。夜中の三時に自宅に帰る途中の善良な市民のように。赤信号を無視したりしないし、とりわけ時速五十キロを超えないように気をつける。右側優先を守って「お先にどうぞ」と道を譲る。それなのにパトカーに出くわしてしまった。なんてことだ。おれはまっすぐ前を見る。警察の注意を引かないようにしないと。でも、トランクに何が入っているか、もしやつらが知っていたら……。おれは心の中でほくそ笑む。それから、職務質問されることを想像する。やつら、爆弾テロかなんかを疑って、トランクを開けさせるかもしれないな。開けたらあの三人の警察官、一瞬動揺するだろうが、すぐにおれに拳銃を向けて叫ぶだろう。「地面に伏せろ！　動くな！」そのあとは重罪院、そして懲役が待っているというわけだ。シン

シアの体を見れば、事故でした、というわけにはいかないだろうから。そう考えると、突然体の中から恐怖心が湧き上がってくる。今すぐアクセルを踏みこんで、一刻も早く、浮浪者さえうろつかない運河の岸辺に死体を運びこんでしまいたい。だが、本能に屈してはいけない。今夜はもう充分に、本能に従ったのだ。だがそれで、少なくとも復讐を果たすことができた。おれはずっと娼婦というものが嫌いだった。〝売女《ばいた》〟という言葉はもっと嫌いだ。心の底では、おれは彼女を解放してやったのだと思ってる。彼女は、あの腐った人生の中に押しこめられて、金のためだけに汚らわしい年寄りどもの言うことをなんでも聞いていたのだ。シンシア、おれはそんな場所からきみを救ってやったんだよ。もう終わったんだよ。永遠に。

結局のところ、おれはいいことをした。彼女を助けたのだ。自分にその力があると最初から知っていたなら……。いや、ばかばかしいにもほどがある。まるでおれが利他主義者みたいな言いぶりだ。まったくおれらしい……。なんとかして自分に言いわけを探そうとする。捕まったら、弁護士には悪意の犯行を主張するよう頼むことにしよう。いつか捕まることはわかっている。おれはどんどん危ない状況に落ちていってるから、それは避けられない。そのうち、ひどいへまをしでかすことだろう。結局、警察はじわじわとおれにたどり着くことになる。だが、今回は大丈夫だ。すべてきっちり調べてある。シンシアには逮捕歴はないし、タトゥーもしていないから、すぐには身元は判明しないだろう。そのあいだにホテルの部屋を掃除したり、シンシアの所持品を燃やしたりできる……。ちくしょう、赤信号だ！　ちょっと考えごとをしているとすぐこれだ。バックミラーを見ると、パトカーの青い回転灯が点《つ》いた。息を吐け。落ち着くんだ。涼しい顔をしていろ。だが手が震え、呼吸が速く、荒くなる。ラジオのボリュームを上げる。警察官が一人、パトカーから降りてこちらにやってくる。バックミラーには、懐中電灯の青白い光。近づいてくる人影は一人だけだ。警官は体の横で腕を曲げ、手を腰に——腰の拳銃に置いている。瞬時に拳銃を抜くことができる体勢だ。おれのほうは、ハンドルを握る手は汗ばんでくるし、トランクには売春婦の死体が入っている。明日の朝の《パリジャン》紙の大見出しになりそうな状況だ。おれはエンジンを切らなかった。この車はオートマチック車だ。パトカーはおれの後ろに停車している。そうだ、いま発進して突っ走れば、逃げ切ることができる。足はアクセルの上にある。引きつってはいるが。おれはアクセルを踏む覚悟を決めた。いや、だめだ、ナンバープレートが付いてるじゃないか。パトカーは絶対にこの車のナンバーをチェックしたはずだ。おれの身元を割り出すのにたいして時間はかからないだろう。死体が見つかれば、警察は今夜パリで起きた他の事件を洗い出すだろうから、おれは捕まってしまうだろう。落ち着かなければ。サティの『ジムノペディ第三番』を思い浮かべる。

ピアノの音色が頭の中に響き渡り、心が落ち着いてくる。警官が、窓の外五十センチの所まで来た。おれは車の窓を開けた。警官は感じのいい態度でこちらを見ている。どうやらおれは、怪しい人物には見えなかったようだ。

数分後には、警官はおやすみと言って、罰金を科すこともなく、シンシアの死体を積んだおれを解放した。礼を言うと、警官はこう言った。

「わたしは鼻が利くのでね。はっきりとわかるんだよ、あんたは真面目ないい人だってね」

おれはほくそ笑む。もしこいつが猟犬だとしたら、肉屋でステーキ肉を探す時にだって、こいつのことは使わないだろう。それから車を走らせてポルト・ドーベルヴィリエに着くと、途切れることなく人々が往来している。いったいどういうことだ。おれはうろたえた。この場所はまったく人気《ひとけ》がないはずなのに、ちくしょう！　駐車スペースが一台分。そこに車を停めて、人がいなくなるのを静かに待つことにする。

あたりが静かになったので、車のライトを消したまま芝地に沿って進む。そしてシンシアの遺体を手早く茂みに置き、遺体を包んでいた防水シートを回収する。それから運河に沿ってもう少し先まで進み、シートに石を詰めこんで包んでから、運河に捨てる。シートはゆっくりと沈んでいく。これでもう痕跡はひとつもない。完了だ。もうなんの危険もない。警察を騙すのは難しいことじゃない。段どりをきっちりすればいいだけだ……。

4

二〇一八年十一月六日　六時〇分

フィリップが執務室に戻ったのは、夜が明けた六時だった。バスティオン通り三十六番地の建物の内部は、明るく強烈な印象を放っている。大きなガラス窓、超モダンなエレベーターにパステルカラーの壁。執務室はすべて空調完備だ。ここパリ警視庁司法警察局の新しい本部は、もはや伝説と化している〝オルフェーヴル河岸三十六番地〟にあった旧本部とは似ても似つかないものだった。新庁舎は九階建てで、パリ外環道路に沿って建設中の将来の司法官庁街の中心部にあり、裁判所に隣接していた。フィリップは自分の執務室の窓から外の景色を眺めた。正面には、まだ活動を開始していないクレーンがいくつも並んでいる。視線を六階下の地上に移すと、建設作業員たちがふざけ合いながらコーヒーを飲んでいるのが見えた。まもなく、作業員たちも現場での作業を開始するのだろう。そしてやがては、装い新たな司法官庁街の姿を見せてくれることになるだろう。フィリップは、目の前でレ・マレショー通りが何キロにもわたってどんどん舗装されてきたことを思い出しながら、未来の姿を思い浮かべた。そして少し身を乗り出して、まだ街灯の明かりの中に揺れているモンマルトルを眺めた。街灯？　それとも電灯と言うべきか？　いや、そんなことはどうだっていい。フィリップは、自分でも何がなんだかよくわからなかった。この数時間というもの、すべてに対して、まったく確信がもてなくなっていた。

サッカーワールドカップのあの夜、フィリップは、自分が死というものに相対《あいたい》しているのだと改めて感じた。それ以来ずっと、その密やかな死の影に怯《おび》えてきた。いつも巧みにかわし続けてはきたものの、それは職業生活の中でずっとつきまとい続けた。おぞましい妄想に囚われて眠れない夜もあった。そして今、その影はシンシアという形で現われたのだ。

八カ月前、フィリップはエロディーから最後通牒を突き付けられた。エロディーは子どもを生み育てることを望んでいた。そのために、フィリップにとっては日常茶飯事となっていた、いかがわしい夜の世界とのつながりを絶ってほしいと言ってきた。そう言われた時、フィリップは胸が締め付けられる思いがした。自分はいったい、いつまで嘘をつき続けるつもりなのだろうか？　そして犯罪捜査部の課長のポストがひとつ空いた時、フィリップは、現在犯罪捜査部の次長をしている警察学校時代の同期の助けを得て、そのポストを志願した。エロディーが望むものを与えてやれない代わりに、せめて、大きな触手で人を飲みこんでしまうパリの夜の世界から離れようと思ったのだ。人気《ひとけ》のない通りで、夜の明かりと華奢な腰つきの娘たちを使って人々を惑わし、心を奪ってしまう、そんなパリの夜の世界から。その娘たち自身は傷ついた心をルイナールのシャンパンで癒している、そんな世界から……。そうすれば、きっと彼女は自分を許してくれるに違いない。

しかし今夜、フィリップはそんなことで自分の嘘から逃れられるはずがない、ということを思い知ったのだった。ローザ・パークス地区の芝生の上で、まるで鑑識の強力なスポットライトを当てられて真実が見えてきたかのように、突然本当のことに気づいたのだ。あの死体そのものは、自分にとってたいしたことではなかった。自分の中の悪魔を目覚めさせたのは、被害者の血や切り傷や虚ろな目ではなかった。違う。悪魔は、もっと浅ましいやり方で舞い戻り、耳元でささやいた。そんな簡単に夜の毒牙から逃れることはできないのだと、最悪の方法で自分に思い知らせに来たのだ。

隣の部屋からエスプレッソ・マシンの音が聞こえて、フィリップは物思いから我に返った。ドアのほうに目を向けた時には、すでにジャンの姿が目の前にあった。

「さあ課長、こちらに来てコーヒーでもどうです」

「みんな戻ってきたのかい？」

「ええ。次長はクロワッサンも買ってきていますよ」

「被害者のこと、みんなには話したのか？」

「いいえ、それは課長の仕事ですから。わたしはあなたのポストを奪うつもりはありませんからね。それに、言わないほうが、補佐が課長の不在中に足を引っ張ることもなくていいと思ったのでね」

「わかった。姑息な追従屋からわたしを守ってくれてありがとう」

「でも、補佐も悪い人間じゃないんですよ。ただ、今まで誰からも、それはだめだと言われたことがなかっただけです」

「まあ、そう言われても、あいつが腹黒い人間だという考えは変わらないな。わたしをまぬけ呼ばわりするためには、どんなことでもするだろうよ」

「それに、フィリップ、言うまでもないことなんですが、あなたは突然、課長としてここにやってきたわけです。なぜなら次長が、他の誰でもなくあなたを欲しがったからです。あなたはいい人ですが、殺人事件の捜査官としての経験はない。だから、課長ではあってもすべて学ぶことばかりです。なにしろ、ここは慣習を重んじる部署ですが、あなたは慣習に則らないやり方でここに配属されたわけですからね。もちろん、あなたは課長として自分流のマネジメントをしてくれていいんです。いいんですが、アントワーヌが仕事のやり方を知っているということは、覚えておいたほうがいいと思いますよ」

「そうかもな。それじゃあ、コーヒーを飲みに行こうか……」

「そうですね、行きましょう、警視！」

フィリップは、〝オープンスペース〟と呼ばれている部屋に向かった。アリーヌ、アキム、ジュリアンが執務室として使用している部屋だ。若い三人の捜査官は、この場所を本当に心のなごむ共有スペースに作り変えていた。飾りのないシンプルな机はカウンターに姿を変え、コーヒーメーカーや砂糖が置かれている。さらに、課内の誰かが仕事でミスをした時には、そこにまずまずの出来のケーキが加わるのだった。すでに課員は全員、準備万端で待っていた。大きなホワイトボードもまだ真っ白で、収集した手がかりが課長の手によって書きこまれるのを待っている。フィリップは一番最後に部屋に入ると、自分を待っていた部下たちの前で一瞬立ち止まった。

犯罪捜査部のすべての課がそうであるように、フィリップが率いている課も個性的だった。それぞれ性格が異なる男五人、女一人がともに働いていたが、誰か一人でも入れ替われば、その微妙な均衡が揺らいでもおかしくない状態だった。課員同士の関係は単なる職場の同僚以上だったが、かといって友人というわけではなかった。その中間的な関係で、一台の車の中で一緒に八時間張りこみをしても、お互いにいがみ合ったり気疲れすることはないが、だからといって、昔からの友だちのように、一緒にル・トゥケにバカンスに行くことはない。

フィリップを前にして、課員の中でただ一人アキムだけは顔を上げず、コンピューターの画面に没頭していた。アキムは四十歳だったが、そのスーツとネクタイ姿はいまだにしっくりきていなかった。今は、眼鏡を鼻の先に引っかけ、最大の関心事に集中している。電話通信を分析するメルキュールというソフトを使って、犯行現場付近で検知された携帯電話の通信記録をすべて抽出しているところだった。

フィリップは微笑ましい気持ちでその姿に目をやってから、今度は、棒のように背筋をまっすぐに伸ばしてドアの脇に控えているアントワーヌのほうを振り返った。アントワーヌの冷淡さやよそよそしさは宗教的な教育の中で身についたもので、それは警察内で幅を利かせている中高生のような仲良しこよし的な気風とはまったく相容れなかった。警察学校時代も、アントワーヌには友人どころか、知人と呼べる人さえ誰もいなかった。一年前、アントワーヌは十八区の警察署で同期の一人に出くわした。その時は、課長代理として初めて任された案件の捜査中で、自信を失い極度に緊張していた。そんな中で知った顔に出会ったため、アントワーヌは闇の中で灯台を見つけたように感じて深く安堵してしまったのだが、実際はそういうわけにはいかなかった。笑みを浮かべて同期生に近づき、「やあ、きみ。まだ十八区にいるのかい？」と言って手を差し出したのだが、相手はアントワーヌのことを覚えていなかったのだ。部下であるジュリアンとアリーヌの面前で、アントワーヌは面目を失った。というのも、アントワーヌには同僚の人の好さや仲間意識を評価する気持ちはなかったが、階級に基づく上下関係には非常に敏感だったからだ。平《ひら》の巡査と上級職が馴れ馴れしい言葉遣いで呼び合う司法警察局内の独特の慣習も、アントワーヌは嫌悪していた。二つの世界は交わってはいけないのだ。同じ試験に合格したわけではないのだから。さらには、課のメンバーが決して、仕事のあとに一緒に一杯飲みに行こうと自分を誘わないことも、受け入れがたいことだった。警部と同席するのは光栄なことであるはずだ、というのがアントワーヌの考え方だった。

フィリップは、ここはアントワーヌをおだてておこうと決めて口を開いた。

「アントワーヌ、今回は初めての捜査会議なので、一緒にやってもらえるかな？　わたしもやり方を知っておいたほうがいいと思うのでね」

その言葉に、アントワーヌの目が輝き、ジャンの口元がひげの奥でほころんだ。フィリップのアプローチは成功したらしい。気をよくしたアントワーヌがうなずいている。

「だが、きみにバトンを渡す前に、まずみんなに言っておくことがある。同じことを繰り返さなくても済むように、全員が集まる機会を待っていたんだ。この耐えがたい宙ぶらりんの状態をまず解消しておこう。実は、わたしは被害者が誰かを知っている。名前はシンシア。インターネットを通して客をとるエスコートガールだ。キャバレー課にいた時に何回か会ったことがある。もちろん、戸籍上の正式な身元はわからない。ご想像のとおり、わたしに身分証明書を提示するようなことは一度もなかったからね。わかっていることは、シンシアが文学部の学生だということだけだ。だが、どこの大学の何年生かまではわからない。この情報をもとに、今夜街に出て情報提供者に揺さぶりをかけ、何がでてくるか見てみようと思っている。では、アントワーヌ、きみのほうからは何がある?」

課長補佐は腰を上げ、上司の横に立った。

「なかなかの成果ですね。それでは簡単にまとめると、被害者は若い女性で、比較的人気《ひとけ》のない区域で死亡しているのが発見された。着衣も身分証明書もなし、ということになります。ジュリアン、防犯カメラのほうはどうなっている?」

「地域保健局には協力要請を出してありますので、九時に画像を取りに行ってきます。ただ、遺体が発見された場所に面してカメラが一台、あるにはあるんですが、どうやら赤外線システムが壊れているみたいなんですよね。ですから、残念ながら素晴らしい成果は期待できないと思います。全国映画連盟のほうは、午前中に行ってきます。早朝四時には誰もいませんでしたから」

「わかった。死体を見るかぎり、発見現場で殺されたのではないということについては、皆の意見が一致している。しかし、犯人が死体を持って深夜運行の路線バスで移動したとは思えないので、防犯カメラの画像から、犯人が移動に使った車両を探し出さなくてはいけない。もし何も見つけられなければ、近辺の大通りやさらには外環道の監視カメラまで、捜査範囲を広げよう。そこまでやらなくて済むことを期待しているが。アリーヌ、近隣住民のほうはどうだった？　現場正面の建物には、何かを見たという不眠症の住民はいなかったかな？」

「あそこはほとんどがオフィスなので、たいした情報はとれませんでした。でも、ぐっすり眠っている人たちを起こして聞きまわっていたら、一人、ずっと起きていたお婆さんがいたんですが、テレビに夢中で窓の外は見ていないそうです。結局、成果なしです」

「わかった。アキム、きみは今かなり詳細に通信記録を調べている最中のようだが。ということはつまり、これまでのところ疑わしいものは見つかっていない、ということかな……」

「そのとおり、まさに今やっているところです。何か見つけたら、すぐに報告します」

「その調子だ。ジャン、あなたの考えは？」

「まったくひどい事件ですよ。かなり執拗に娘を痛めつけていますからね。わたしが見たところ、切り傷はかなり深いようです。監察医が午前中のうちに司法解剖をしてくれると言っていますから、その結果を待つ必要があります。フィリップ、もしよければ、わたしはそちらをフォローしたいのですが」

フィリップが答える。

「それで構わないよ。アントワーヌ、会議の仕切りをありがとう。皆、自分のやるべきことはわかっているな。ジャン、きみは現場検証の報告書を頼む。アキムは引き続き電話の記録を調べてくれ。アリーヌとジュリアンには、九時に防犯カメラの画像を取りにいってもらうが、それまでのあいだに事業者宛ての差し押さえ請求書類を作成しておいてほしい。アントワーヌ、これから次長に報告に行くから、きみには一緒に来てもらおう。もしよければ、もうしばらくわたしに力を貸してもらいたい」

5

二〇一八年十一月六日　八時〇分

　フィリップとアントワーヌは、上司に報告に行こうと廊下に出るや否や、当の本人である次長のジル・ブリザールから呼び止められた。

「予定は変更だ。先に部長に報告に行くぞ」

　三人は連れ立って部長室に入った。部屋の中には、ニスを塗ったオーク材の、古いコンソールテーブルがあり、その上に数多くのファイルがぎっしりと並んでいた。壁には、ありとあらゆる警察の徽章《きしよう》が飾られている。さらには超近代的な真新しい巨大な金庫があり、その上に、柏の葉の装飾が施された制帽とサーベルが鎮座していた。メグレでお馴染みの古い金庫のほうは、バスティオン通りのこの場所にはない。重すぎて動かすことができないため、ジョルジュ・シムノンにとって大切な場所であるオルフェーヴル河岸三十六番地の、三一五号室に、今も保管されている。

犯罪捜査部のトップであるグラジアーニ上級警視正は、細身の控えめな人物で、声を荒らげることは決してなかった。足音が聞こえないほど静かに歩くので、送別会が盛り上がって誰かが部長のものまねをしている時など、気づいた時にはもう遅く、部長は真後ろまで来ているのだった。目端が利いて駆け引きもうまく、仕事にすべてを捧げていたが、それほど出世主義者というわけではなかった。必要とあらば部下である課長たちを激しく叱責することも辞さなかったが、上層部に対して部下を全力で守るのもグラジアーニだった。自分が発した冗談にしか笑わないようなところがあったが、ユーモアに欠けていたわけではなく、また、不屈の精神で雄弁に人を説得する能力を備えていた。その能力のおかげで、これまで常に自分の望むものを獲得してきたし、時として旧套《きゅうとう》を脱する自分の考え方を、通すことができたのだった。グラジアーニはフィリップのほうに目を向けると口を開いた。

「よろしく、ヴァルミ。ようこそ犯罪捜査部へ。さて、ひとつ目のニュースは、マスコミがどこからか事件を嗅ぎつけたことだ。誰が漏らしたのかはわからないが、まあ、そんなことはどうでもいい。問題は、すでに大騒ぎになっていることだ。検察からは五分ごとに電話がかかってくるし、司法警察局長はいくつもメッセージを送ってくるし、すでに警視総監の耳にも入っているらしい……。そんなわけで、いつものように五杯目のコーヒーを飲むのは諦めざるを得なかったのだが、そのせいでどうにもいらいらしてね。そのうえ、今回の事件はまったく不愉快極まりない。二十歳《はたち》そこそこの娘が、パリの街なかで首を掻き切られたというのだから、世間も騒ぐだろう。これまでにわかっていることは？」

フィリップとアントワーヌは、何年も練習した出し物を演じる二人組よろしく、今ある数少ない手がかりを報告した。そして最後にフィリップが、被害者はパリの夜の世界で働いていた、自分の情報提供者だったことを、隠さずはっきりと告げた。グラジアーニは眼鏡を外して両目をこすると、フィリップの目を突き刺すように見た。

「きみの情報提供者が殺され、それをきみが捜査するという状況は、あまり満足できるものではないな。念のために聞きたいのだが、ヴァルミ君、きみと被害者との関係は、あくまで仕事上だけだったのかね？」

「まったく仕事の上だけです、部長。わたしが被害者を知っているのは、二十年間キャバレー課で勤務して、パリの夜の世界のことをすべて知っているからです。被害者からは情報をひとつふたつ提供してもらいましたが、それ以上のことはいっさいありません」

「この案件はジューヴの課に捜査させようと思う」

グラジアーニの言葉に、フィリップは驚いた。この事件を自分の手で解決することができないなど、問題外だった。

「お言葉ですが、部長、わたしはその筋のことを誰よりもよく知っています。この事件は夜の社会と関連があるのに、その捜査をわたしから取り上げたりしたら、捜査はうまくいきません。誰もわたし以上の仕事はできないと思いますよ」

グラジアーニは肘掛け椅子に深く腰かけると、これまで沈黙を守っていたブリザール警視正のほうを見た。

「きみはどう思う、ジル?」

ブリザールはしばらく黙ったままだった。フィリップは、自分の味方をしてくれることを期待してブリザールを見た。ブリザールの意見がグラジアーニの決定を左右するだろうということがわかっていた。ブリザールが咳払いしてから口を開いた。

「ヴァルミ君の言うとおりだと思いますよ。この事件を他の課にまわしたら、その課はフィリップの、失礼、ヴァルミ君の情報源を使うことができませんからね。それに、部長もご存じかと思いますが、わたしたちは警察学校の同期で、わたしは彼を信頼しています」

グラジアーニはすぐには口を開かなかった。ほんのわずかな時間だったが、フィリップには永遠とも思えるほど長かった。

「いいだろう、ヴァルミ」グラジアーニは譲歩して言った。「きみに四十八時間の捜査時間を与えよう。その間に結果がでなければジューヴと交代させる。捜査の進捗状況はすべてブリザール警視正に報告するように。わたしはブリザール警視正から間髪《かんはつ》を入れずに報告を受けることにする。何か問題があれば、必ず事前に知らせるように。わかったかね？」

「はい、部長」

「それでは、全員退室してよろしい」

廊下に出ると、アントワーヌがコーヒーの自動販売機の前でフィリップを呼び止めた。

「コーヒーでも飲んで気分を変えませんか？」

「いいね。でもきみのおごりだよ」

アントワーヌが機械の中に小銭を入れると、ぶくぶくとけたたましい液体の音がした。

「あれはもうたくさんです。さっきの捜査会議での課長のやり方のことですが。確かにわたしも、最初は感じが良くなかったかもしれませんけど。違いますか？」

「少なくともそれは言えるな。どうやったらきみがわたしの仕事を手放してくれるのかわからなかったよ」

「あなたの邪魔をするつもりはないんです、フィリップ。ただ、わたしは一年間この課を代理で率いて、夢中でやってきたんです。そこに突然、キャバレー課から誰かがやってきてわたしの仕事をかすめ取っていった。それで少しばかり頭にきたわけなんです」

「それは仕方がないさ、きみはまだ勤続年数が足りないんだから。そのうちきみの番になるんだから、辛抱するんだな。六年後にはわたしも引退する。それまでのあいだは、わずかだが、わたしの経験をきみに教えてあげられると思うよ。夜の世界について少しは知っているかい？」

アントワーヌは落ち着きのない様子で、自分のネクタイを触った。

「それはまあ、他の人と同じように、時々は出かけますよ」

「それじゃあ、今晩二人で出かけようじゃないか。わたしの情報提供者を順にまわって、シンシアに関する手がかりがないか調べてこよう」

アントワーヌは騙されなかった。

「まさか、あなたのような老獪な人間が、知り合って一カ月のわたしに自分の情報提供者を紹介するだなんて、そんなことを本当にわたしに信じさせようとしているわけではないでしょうね」

フィリップは意表を突かれた。結局のところ、アントワーヌはうぶな世間知らずではなかったようだ。

「全員に会わせるとは言ってないが……」

「わかりました。では、ジャンが戻ってくるまで、わたしたちも仕事に戻りましょう。そしてジャンが司法解剖から戻ったら、皆を家に帰して睡眠をとらせることにしましょう」

「いや、今は自由裁量捜査期間だから、それはだめだ。殺人のあったその日の午後に職場を空にしておくことはできない。皆には防犯カメラを調べさせてくれ。その代わり、明日の午前中はゆっくり寝る時間を与えて、その間わたしたちは調査内容を文書にまとめよう。さあ、活動開始だ」

6

二〇一八年十一月六日　九時三十分

「さっき、部長たちから、事件をきっちり解決させるようにとプレッシャーをかけられてきたところだ。解決はきみたちの肩にかかっている。頼りにしているよ。それから、もしマスコミに友人がいても、犯人を捕まえるまでは電話で質問に答えたりしないように。いいかな？」

課員たちはコーヒーカップを手に、黙ってうなずいた。フィリップは話を続けた。

「楽しいお仕事の続きについてだが、アキム、きみはメルキュールの作業を続けてくれ。ジャン、死体解剖に行くのは何時だい？」

「午前十時半です」

「わかった。その間にアントワーヌとわたしは、被害者の写真を持ってソルボンヌ大学などをまわり、誰か彼女を知っている人がいないか聞きこみをしてくるつもりだ。アリーヌとジュリアンはサン＝ドニの大学へ行って、同様の聞きこみをしてほしい。イル＝ド＝フランス地域の大学は全部調べよう。干し草の束から一本の針を探し出すような作業だが、結局はどこかから手を付けなければいけないからね。何か質問は？」

課員たちはそそくさと退散して仕事に戻った。それぞれキーボードの前に座って調書を作成したり、証拠品の封印記録カードをコンピューターに入力したりして、皆が仕事に集中していた。ジャンは自分の執務室に引きこもって捜査報告書の作成にとりかかった。バスティオン通り三十六番地のフロア全体に、事件の始まりに特有の高揚感が満ちていた。部屋から部屋へ皆が声を掛け合い、こちらでプリンターが大きな音を立てたかと思うと、あちらからは張り合うようにコーヒーメーカーの音が聞こえてくる。各部の部長たちや次長たちは電話の前に張り付いていて、マスコミと検察への対応に追われている。フィリップはフロアを駆け巡るエネルギーに酔いしれ、思わず微笑んだ。ついに、警視庁らしい雰囲気に出会ったという気がした。時代が変わり、警察官が入れ替わっても、残虐な犯罪に対して断固として立ち向かうその団結力は、少しも変わることはないのだ。ひとつの命が突如として奪われた時、女も男も全員が一丸となり、完璧に統制された振り付けに従って動き始める。そして今は、警察官一人ひとりが、シンシアの名誉のために仕事をしているのだった。エスコートガールであれ、大臣であれ、清掃員であれ、捜査官の関心はその被害者だけに注がれる。そして、被害者の近親者に正義をもたらしたい、という一心で、疲れた体に鞭打ち、心と体の限界をさらに引き上げて頑張ることができるのだ。誰かが死ねば、必ず悲しむ人がいる。家族、友人、職場の同僚。その人たちのために答えを出さなければならない。だから、死者が出ると、睡眠がとれなくなる警察官たちがいるのだった。

フィリップとアントワーヌは十時半に、パリ第三大学であるソルボンヌ・ヌーヴェル大学に到着した。同じ名前を冠してはいるが、世界的に有名なソルボンヌ大学とはまったく別の大学だ。建物は、比較的新しいにもかかわらずかなり損傷が激しく、ある種のけだるさ——時に熱心な学生もいるものの、ほとんどの場合やる気のない学生が大勢集まる大学に特有のけだるさ——がにじみ出ている。灰色がかった壁は、横断幕や落書きで埋め尽くされていた。フィリップとアントワーヌは、警備員にそっと警察手帳を見せると受付のほうに向かった。正面の中庭を横切る時、二人の注意はある若者のグループに引き付けられた。若者たちが、一九七〇年代風のファッションに身を包んで紙巻きたばこを吸っていた。ビロードのジャケットは、ポケットに入れた分厚い本のせいで型崩れしている。フィリップはそれを見て可笑《おか》しくなった。

「見たかい、アントワーヌ？　ジャンならこの風景に見事に溶けこむこと間違いなしだね」

「顔のしわを少々伸ばさないといけないかもしれませんが……」

二人は仰々しい階段をのぼり、文学科の階にたどり着いた。ファイルが山積みになった事務局で自分たちの名前を告げると、教育研究部長のシュワルツ教授が応対に現われた。シュワルツは、もし典型的な大学人のイメージを戯画化するとしたらまさにこうなるであろう、という姿をしていた。中肉中背で、激務に没頭しすぎて眼鏡を修理したりズボンのほつれをなおしたりする時間もない研究者たちがそうであるような、冴えない風采をしていた。一言一言吟味しながら言葉を絞り出すさまは、まるで、常に十二音節詩アレクサンドランを用いて話しているかのようだ。フィリップが用件を切り出そうとした時、シュワルツが先んじて口を開いた。

「このようなたちの悪い反体制派の巣窟に、警察のかたがたはいったいなんの用件でいらしたのでしょうか？　あらかじめ申し上げておきますが、わたしは学生をあなたがたに差し出して総合情報局の餌食にするつもりなど毛頭ありませんよ」

「ご安心ください、教授。わたしたちの用件はそういったことではありません。それに、総合情報局は十年ほど前になくなりました。わたしたちは犯罪捜査部の所属で、現在若い女性の殺人事件を捜査しているんです。その女性はこの大学で、現代文学の講義を受けていた可能性があります」

「犯罪捜査部だって？　わたしの学位論文のテーマはシムノンだったんですよ！　でもちょっとがっかりですね。警視庁の刑事に会うのは今日が初めてですが、お二人は何ひとつメグレ警視には似ていないんですからね」

フィリップは笑みを浮かべた。

「教授、もし我々が皆レインコートを着て山高帽をかぶっていたとしたら、雑踏の中に身を隠すことができなくなってしまいますよ。わたしたちが小説のような完璧な人物でないことは本当に申しわけないかぎりですが、こうしてここにやってきたのは、残念ながら、実際に事件が起きているからなんです。この若い女性をご存じありませんか？」

フィリップはかばんの中から、鑑識が遺体発見現場で撮影したシンシアの顔写真を取り出した。喉《のど》の切り傷は見えない構図になっている。顔は無傷で、目は開いていたが、そのいかにも不自然な開き方からは、命が肉体を離れてしまったことが感じられた。生気のない瞳は、恐怖を映しだしたまま硬直していた。シュワルツは写真を見ると、眼鏡をかけなおして大きく深呼吸した。優美な文学に人生を捧げている人間にとっては、このような残虐行為は特殊、いや、未知のことであるに違いない。少しのあいだ、シュワルツは激しい感情に圧倒され混乱していたようだったが、やがて平静を取り戻して言った。

「なんと恐ろしい！　悲しいことに、わたしはこの学生を知っていますよ。アナイス・サリニャックです……」

「ご自分の学生は全員覚えていらっしゃるのですか？」アントワーヌが質問した。

「いいえ、もちろんそんなわけはありません。でも、サリニャックさんについては、数カ月前から個人的に面倒をみてあげていましたから。というのは、すでにご存じかどうかわかりませんが、彼女は売春に手を染めていたんです。ある時、彼女の友人のジュリーがわたしのところにやってきて、心配ごとがあるのだと言ってそのことを教えてくれました」

「それで、どう対処されたのですか？」フィリップが尋ねる。

「まずは、なぜそんなことをするのかを知ろうと思い、研究室に彼女を呼びました。そしてそこから抜け出す手伝いをしようと、個人的に相談に乗ってきました。さらには、ちゃんと学士号を取得して修士課程に上がれるように、なんというか、成績についても配慮してあげていたんですよ」

事情聴取は、アントワーヌが当然のように指揮をとっていた。フィリップは、アントワーヌがこれから問題の核心に触れようとしているのを感じて、自分はおとなしくしていることにした。アントワーヌが質問した。

「それで、彼女はその後も講義に来ていたのですか？」

「教授たちによると、十月からは姿を見ていないそうです。教授陣には、あらかじめ彼女の様子に気をつけておいて欲しいと頼んであったのですがね」

「売春していたことを話したのですか？」

「そんなこと、話すはずがないでしょう！　そんなことをしたら、彼女はすぐ退学になってしまうし、退学したら、もうわたしにはまったく手助けできなくなってしまいますよ」

「わかりました、シュワルツさん。いまおうかがいしたことをすべて調書にするために、我々のところに出頭していただかなければならないのですが」

「そうなんですか？　いつ行けばいいんです？」

「できるかぎり早急にです。例えば、今日の午後、十四時はいかがですか？」

「いいでしょう。オルフェーヴル河岸三十六番地に行けばいいんですよね？」

「いえ、違うんです」今度はフィリップが、少々うんざりしながらそれに答えた。「パリ警視庁の司法警察局はすべて移転したんですよ。今はポルト・ド・クリシーにあります。名刺を差し上げましょう。住所はここに書いてありますから。それからおいとまする前に、アナイスに関する書類をいただきたいのですが。ご両親の電話番号もご存じですね？」

「もちろんですよ。事務局にコピーを準備させましょう」

「友人のジュリーの連絡先も一緒にお願いします」

書類を受け取ってかばんにいれると、フィリップとアントワーヌはシュワルツ教授に別れを告げた。アントワーヌは事情聴取の終わり頃からずっと黙っていたが、帰り道で口を開いた。

「あの教授のことをどう思いますか?」

「自分でもどう感じているのかよくわからないな。少々尊大で感じは悪いが、だからといってげす野郎というわけではあるまい……。そうだ、十二時半にランチを取りながら打ち合せするから、課のみんなに連絡してくれないか? まあ、ジャンは死体解剖のあとで食欲がないかもしれないが」

「それ、冗談ですか? ジャンが食事を抜いたのなんか、見たことありませんよ」

「二十五年間我慢してやり続けたら、慣れるってことだな」

7

二〇一八年十一月六日　十二時三十分

フィリップとアントワーヌは、道中ずっと口を開かなかった。車はセーヌ河岸を走り、ノートルダム大聖堂を通り過ぎる。空はいかにも秋の日中らしい色合いで、木々も燃えるような赤いコートに装いを変えている。覆面車両プジョー308の窓から眺める外の世界は、平和そのものだった。河岸に立つ古本屋では、店主たちが折りたたみ式のキャンプスツールに腰かけてパイプをくゆらせ、古いがらくたや掘り出し物の古本を並べた自分の棚に目を光らせている。チュイルリー公園は、どの季節よりも今が一番美しい。かつての王家の庭に沿って続く、見事に刈りこまれた深緑《ふかみどり》の灌木。その上に降り注ぐ枯れ葉。その景色が生みだすさまざまな色の重なりは、一流の印象派画家たちの作品にも匹敵した。この景色は、春のように派手で人目を引く美しさではない。ゆっくりとした穏やかな美しさだ。

十一月の、まだ遠慮がちな薄い雲の隙間から、なんとか地上に届こうとする太陽の光。その弱々しい光に照らされた、哀愁を帯びた美しさだった。

この景色を見ながら、フィリップは憂鬱になった。捜査で忙殺されていたために、今朝は初めて、これまで頭から離れなかった隠し事のことを忘れていた。エロディーは相変わらず本当のことを知らないままだ。子どもが欲しいという二人の望みは、日々の闘いと化していた。そのことがあまりにも大きな重圧だったために、二人はもうそれについて話すことさえしなくなっていた。セックスの喜びは徐々に消え失せ、二人の性的関係は、ただ生殖を目的とするものになっていた。エロディーの言うところの〝もっとも効率のいい性交〟が必要だった。二人の関係の始まりとなった〝きみが欲しい〟という強烈な欲求からは、程遠いところに――どのくらい離れてしまったのかはわからないが――来てしまっていた。それに、すべては無駄なことだった。足を宙に上げる体位も、冷蔵庫の扉に貼ってあるカレンダーも、排卵日の検査も、すべて無駄なのだとフィリップにはわかっていた。自分がしていることはなんの意味もないのだ。遅かれ早かれ、それを認めざるを得ないだろう。そしてそれは、彼女の心を打ちのめすことだろう。自分は、恋愛に関してはずいぶん辛《つら》い目に遭ってきたが、妻はそうではないのだ。出会った時、彼女は三十代の初めだった。自分ではこれまで大変な思いをしてきたと信じているが、実はまだおとぎ話を信じている年代なのだ。

十二時半の打ち合わせ場所は、レストラン〈ジネット&ベルナール〉だった。課員が一人また一人とやってきては、席に着く。フィリップは、最後にジャンが到着すると話を始めた。

「アントワーヌとわたしは、途方もなく運が良くてね。これがいわゆる〝寝取られ男の幸運〟ってやつなら、国内治安総局を一週間妻の尻に貼りつけてやりたいくらいだ。ソルボンヌへ行って、被害者の身元がわかった。アナイス・サリニャック、二十三歳。パリ第三大学の現代文学修士課程の学生だ。両親はともにアンギャン＝レ＝バンでインテリアデザイナーをしている。アナイスの友人のジュリーが文学部の教育研究部長であるシュワルツ教授のところにやって来て、アナイスが売春をしていると告げたそうだ。教授はそれを聞いて、悪い道から引き戻そうとしたらしい。アントワーヌが十四時に、事務所でさらに詳しく教授から聞き取りをすることになっている。わたしはジャンと一緒に、アナイスの両親に会いに行くつもりだ。アリーヌ、きみにはジュリーの聴取をしてもらいたい。防犯カメラの映像のほうは、何かわかったかい？」

ジュリアンはその質問に答える前に、タルタルステーキに食らいつくジャンのほうに、優しいけれども非難がましい視線を向けた。本格的なベジタリアンの若者は、同じ課の記録係が生肉を食らうのを、いつも我慢できなかったのだ。とはいえここ数年来、部で一番下っ端のジュリアンと上級巡査部長のジャンは、正反対の性格ではあったが友情を培《つちか》い、今ではその絆は揺るぎないものになっていた。

「全国映画連盟所有のカメラは全部故障していましたし、地域保健局のカメラも、今朝がた言ったとおりで、やはり使い物になりませんでした。まったく何も見えませんでしたよ。もっと範囲を広げて探したかったんですが、実は今回、不運に見舞われていたことがわかりました。昨夜は近隣で二件のコンサートがあったんです。つまり、大勢の人出があって、車の通行量も多かったということです。ですから、怪しい車一台を探し出すなんてことは不可能です」

それを聞いてアキムが割って入った。

「ああ、だからなのか！　メルキュールでも、すごく苦労させられてるんですよ。あのあたりの通信記録の数がとてつもなく多いので、いったいどうしてなんだろうと思っていたんです」

フィリップが話を続ける。

「では、防犯カメラに関しては打つ手なし、ということだな。だがアキム、電話については、きみの仕事は無駄じゃないぞ。被害者の身元が割れたんだから、これから部屋を家宅捜索してパソコンを探し、連絡を取っている人物を見つけるんだ。そしてその中の誰かが現場から電話をかけていないか探すんだ。ジャン、司法解剖の結果は？」

「報告書は今日の午後か、遅くとも明日の朝には受け取れることになっていますが、大枠は我々の思ったとおりでしたよ。被害者はあそこで殺されたのではありません。現場で確認された血液の量より、ずっと多くの出血があったことがわかりました。監察医によれば、死亡推定時刻は夜中の零時から一時のあいだだということです。つまり、遺体発見の三時間前ですね。その間、犯人が被害者に何をしたのかはわかりません。肛門、膣、口腔内からは微量の精液が検出されています。また、多数の斑状出血と肛門の傷が確認できました。死因は明白で、喉《のど》を掻き切られた時に左頸動脈が切断されたことによるものです。監察医によると、傷口はそれほど深くはないそうです。つまり、犯人は慰みに喉の皮膚を乱切《らんせつ》し、頸動脈に達したところでスパッと鋭い切りこみを入れた、ということのようです。いっぽう、下腹部の裂傷は死後のもので、いかれた人間に執拗にやられたような不規則な傷だと、監察医は言っていました。わたしの考えでは、サディストによる殺人か、あるいはセックス遊戯が間違った方向に行ってしまったかのどちらかじゃないかと思いますね。毒物に関しては、血液中からコカインとアルコールの成分が検出されています。胃の内容物には魚が含まれており、また強いアルコール臭がありました。したがってわたしは、被害者は監禁されてアルコールを飲まされたのではないかと疑っています。もちろん、他のどんな可能性も排除してはいけませんがね。課の皆には悪いと思ってますよ。わたしはいつも解剖から戻ると、もっとユーモアに富んだ言葉で説明するから、みんなもそれに慣れていると思うけれど、今回ばかりはひどく心を揺さぶられてしまってね。こんなくそ野郎が起こした犯罪に対しては、軽々しい話し方をするべきじゃないんだ」

フィリップはジャンのあとを継いで言った。

「お疲れさん。今日はついてなかったな、ジャン。午後は、一緒に被害者の両親に会いに行くぞ。アナイスは親元に居住登録していたから、ジャンと一緒に自宅の彼女の部屋を捜索するつもりだ。だがわたしの考えでは、アナイスはパリ周辺にも部屋を持っていたんじゃないかと思うんだ。その住所がわかり次第、入念な家宅捜索をしなければならないし、殺人現場がその部屋かどうかを知るためにルミノール検査も行なう必要がある。ジュリアン、アキム、きみたちはいつでも鑑識チームと一緒に動けるように準備しておいてくれ。質問はあるかな？」

昼食は終わった。課員たちは、ダブルのエスプレッソコーヒーを喉に流しこむと、各自バスティオン通り三十六番地に戻っていった。そして犯罪捜査部のフロアに着くと、ただちに午後の任務に取りかかった。アリーヌとアントワーヌはそれぞれの事情聴取の構想をまとめ、ジュリアンとアキムは、家宅捜索のために必要となるかもしれない書類を作成した。フィリップとジャンは、まっすぐアンギャンに出発することにした。

二人の乗った車は、駐車場を出て外環道の方向に向かった。ジャンは黙って運転し、フィリップは物悲しい気持ちで窓の外を眺めた。人生はあっというまに過ぎ去ってしまう。そして時には、アナイスのように、重すぎる秘密を持ったままいなくなってしまうのだ。フィリップの心は決まった。今夜エロディーに話そう。自分たちはもうかなりの時間を失っているのだ。

二〇一八年十一月六日　二十時〇分

昼間、おれはホテルの部屋を掃除した。重曹とホワイトビネガーがあれば、あとはせっせと作業するだけだ。そして、マットレスとシーツに付着した大量の血液の染みに打ち勝った。部屋はまっさらになった。正午に部屋の鍵を返却した。次にあの部屋を使う人間のことを考える。拭きとられたばかりのシンシアの血の上で寝るわけだ。そう考えると思わず笑いがこみあげる。久しぶりに、自分のアパルトマンの装飾をじっくり眺める。我ながらなかなかのものだ。すべてが清潔で、整然と配置されている。贅沢だがやりすぎてはいない。おれのささやかなマイホームには、サディストの目印になるようなものはない。どう見てもただの快適な住まいだ。

だが、突然ある事実に気がついて愕然とする。あの夜を境に、おれは残虐な殺人鬼になったのだ。それ以前はごく普通の人間にすぎなかったのに。数十年前に母親が死んで以来、おれは、自分を駆り立てるこの衝動を制御することに成功し続けてきたのだ。

　ビジネス用の電話が鳴って、物思いから引き戻される。知らない番号だ。警察はいつも知らない番号からかけてくる。心臓が早鐘のように打つ。怖い。どうしようか。結局電話に出る。

「もしもし？」

「おたくが提供するサービスのことを聞いたんだが。上司とその友人たちが今夜楽しみたいと言うのでね」

　強い外国語訛りだ……。

「もちろんいいですよ。商品のご希望はありますか？」

「ブロンドで、二十五歳以下だ」

「大丈夫です。こちらが提示している料金とサービスの内容はご存じですね」

「ああ、支払いはすべて現金で渡す」

「お届けは何時にしますか？　そちらは何人です？」

「深夜二時に、ホテル・クリヨンの二一一三号室に。こちらは十二人だ」

「わかりました。それでは今夜」

8

二〇一八年十一月六日　十四時三十分

　二人の乗った車は外環道の北側を走っていた。いつもなら同乗者にも無理やりロックを聞かせるジャンも、今日はラジオを切っている。フィリップは携帯電話を取り出し、エロディーに宛ててショートメッセージを打った――〝今夜、〈ラ・マサラ〉で一緒に食事をしよう。十九時半に予約してある。きみに話したいことがあるんだ。愛してる〟。メッセージを送信してしまうと、気持ちが楽になった。バンジージャンプで、空中に身を投げ出す決心がついた時と同じだ。手すりのある場所を離れてあと一歩踏み出す勇気さえ持てれば、そのあとには恍惚の世界が待っている。周りの景色は目にもとまらぬ速度で流れ去り、風は強烈な勢いで髪の毛の一本一本まで巻きこみながら吹き付ける。目からは涙が流れ、息が止まる。永遠とも思える、落下地点までのこの一瞬のあいだ、人はむしろ自分が自由で、何ものにも負けないように感じるのだ。その後、揺り戻しが起きる。ゴムのロープが緩んだあとにどうなるかは、未知数だ。

フィリップとジャンがこれからやろうとしていることも、どうなるか予測できないことだった。今日のジャンは、制限速度を超えないように運転していた。少しでも遅く到着して、アナイスの両親に、いくばくかの最後の平和な時を残してやりたかったからだ。両親の残された人生の最初の日が始まるのを、ほんの数秒でもいいから遅らせたかった。あと少しで、両親は一人娘を失ってしまったのだと知らされることになる。つまり、二人の警察官によって、二度と塞《ふさ》がることのない傷を負わされることになるのだ。だから両親には、あと少しだけ心穏やかな時間を過ごす権利があるはずだ、とジャンは心の内で思っていた。

その時、ダッシュボードの上にあったジャンの携帯電話が振動した。一秒後、鳴り始めた着信音はパトリック・セバスチャンの歌だった――〝スポンジ坊や、勢いよく駆け出したけど、水に飛びこみそこねちゃったよ〟。ジャンは電話を取らない。フィリップは可笑《おか》しくなってジャンを見た。

「おやおや。着メロをザ・クラッシュのパンクロックから替えたのかい」

「ジュリアンのやつですよ。わたしが携帯をどこかに置き忘れるたびに、呼び出し音を変えてしまうんですよ」

「きみの携帯を？　五十代では一番のコンピューターマニアのきみが、一杯食わされるって？　携帯にロックをかけていないのかい？」

「かけてますけど、ジュリアンには番号を教えてあるんですよ。わたしに何かあった時のためにね……」

「信頼には代償が伴うってことか」

「まったく高い代償を支払ってますよ。わたしが死んだ時に妻が何も知らないまま寡婦になるほうがよかったかもしれないいな」

「その、何も知らない両親についてなんだが、ジャン、アナイスの死についてはわたしが伝えるよ。そのほうがいいと思うんだ」

「いずれにしても、それをするのはあなたですよ。課長なんだからそれも仕事のうちです。給与明細にも書いてあるでしょう。一般社会保障税の下の欄ですよ」

「じゃあきみのほうは〝くだらないことを言う税〟を払うべきだな」

「それは一度も申告したことがありませんね。もし申告していたら、わたしが国の社会保障費の赤字を全部埋めることになっていたでしょうけどね」

　車はアンギャン＝レ＝バンに入った。湖畔にあるカジノからほど近い場所に、十軒ほどの邸宅が、高い囲いの中に隠れるように建っている。ジャンはそのうちの一軒の前で車を停めた。フィリップが重苦しい沈黙を破って言う。

「よし、ジャン、行こう。戦時には戦時のように。やれることをやるだけだ」

フィリップは車を降り、ジャンがあとに続いた。二人は大きな鉄の門の前まで行って立ち止まった。右手の低い石垣の上に、〝サリニャック〟と記されたインターホンがある。フィリップは呼び出しボタンを押した。誰も出なければいいのに、そうすれば数時間猶予が与えられるのに、と思いながら。ジジーというかすかな雑音のあと、「はい？」と男の声がした。

「こんにちは。警察ですが、門を開けていただけますか？」

「警察手帳をカメラに向けて見せてもらえますか？」

フィリップは手帳を見せた。数秒後、金属音がしてロックが解除された。ジャンが門を押し開ける。二人は中に入り、四階建ての大きな邸宅の前までたどり着いた。横には、アールデコ様式の装飾が施された大きなプールがあった。芝生も美しく刈りこまれている。庭の奥のほうには、アナイスの無邪気な子供時代を思い起こさせるブランコが見えた。フィリップは胃が締め付けられるように感じた。ジャンが歩きながら耳元でささやいた。

「こんな環境で育った子が、どうして二十三歳になったらエスコートガールになってしまうんでしょうね？」

フィリップは、これまでに出会ったそうした娘たちのことを思い返した。

「たぶん、常により多くのことを望むあまり、タブーに憧れたり、危ないことに手を出したりするんじゃないかな」

正面玄関前のステップで二人を出迎えたのは、五十代とおぼしき男性だった。背が高くすらりとして、普段着風ではあるが洗練された装いをしていた。男性はてきぱきとした足取りで二人に近づいてきた。

「こんにちは。ダニエル・サリニャックです。警戒してしまってすみませんでしたね。このところ、偽《にせ》の警官の話をよく耳にするものですから……。それで、どのようなご用件でしょうか？」

「こんにちは、ご主人。今、奥様はいらっしゃいますか？」

「ええ、自分のオフィスで仕事をしていますが。妻にご用ですか？」

「実は、お二人にお話したいことがあるのです」

「何か問題でも？」

「中でお話しできますか？」

「もちろんですよ。失礼しました」

家の中に足を踏み入れると、フィリップとジャンは内部の美しさに目を奪われた。サリニャック夫妻はインテリアデザイナーということだったが、どうやらこの職業に関しては、〝靴屋がいつも一番悪い靴を履いている〟という諺は当てはまらないようだ。気が向くとアートを見に行くこともあるフィリップは、応接室を飾るいくつもの抽象彫刻を観察した。アレクサンダー・カルダーの作品らしきものがあるのがわかった。真っ白な壁には、いくつか同じ様式の絵画が飾られている。ダニエル・サリニャックは、大きな肘掛け椅子にそれぞれ座るよう二人に勧めると、自分はソファーに腰かけた。ちょうどその時、女性が部屋に入ってきた。

「妻のフローレンスです。フローレンス、こちらは……。すみません、お名前をうかがっていませんでした」

「犯罪捜査部の警視のヴァルミです。こちらはパリュドン上級巡査部長です」

フローレンス・サリニャックは小柄でほっそりとした、気品のある女性だった。肩にかかった明るい金髪の所々には、白いものが交ざっている。部屋に現われた時には笑顔だったが、フィリップが〝犯罪捜査部〟と言うのを聞くと、顔を曇らせた。

「犯罪捜査部とおっしゃいましたね？　何があったのですか？」

それに返事をしたのはフィリップだった。ジャンのほうは、この家に到着してから一言も言葉を発していなかった。

「どうぞ、お座りになってください。今日は悪いニュースをお伝えするために来ました」

フローレンスは夫の隣に腰かけた。母親の勘が強く働いたのか、不安な表情をしている。フィリップが沈黙した数秒のあいだに、きっと母親は最悪のケースを想像し、いっぽうでわずかな希望にすがりついたに違いないが、その希望は、娘を守りたいと願う母親の幻想にすぎなかった。フィリップは言葉を続けた。言うべきことははっきりと言わなければならない。今すぐにだ。

「お嬢さんの身にひどいことが起こりました」

「入院したんですか？　どこの病院です？　会うことはできますか？」恐ろしい出来事から目を背ける最後のチャンスにかけるように、ダニエル・サリニャックが言った。

「残念ですが、アナイスさんは今朝パリ市内で、死亡しているのが発見されました」

この時、サリニャック夫妻の目の中で世界が崩れ去ったように見えた。まさにこの瞬間から、夫妻の人生は取り払うことのできない黒いベールに覆われることになったのだ。妻は夫の肩にくずおれ、夫は妻を強く抱きしめた。夫の腕は痙攣しているかのように震え、今にも破裂しそうなほどだった。フィリップとジャンは肘掛け椅子に座ったまま、一言も口をきかなかった。この瞬間まで、幸福というものは、夫妻にとって疑いの余地がないほど確かなものであったに違いない。その夫妻の平穏な人生が壊れていく場面に、二人はなすすべもなく立ち会った。

　フィリップは、両親が嘆き悲しんでいるのをしばらく見守ったあと、言葉を続けた。

「今このような質問をすることは心苦しいのですが、この捜査においては時間が大切になりますのでお許しください。アナイスさんは、パリに住居を持っていましたか？　それとも毎晩こちらに帰宅していましたか？」

「十八区にワンルームマンションを買ってやっています」ダニエル・サリニャックが答えた。「ここにもまだ娘の部屋はありますが、大学に入ってからは一度もここに泊まったことはなかったと思います」

「パリの部屋のスペアキーはお持ちですか？　貸していただきたいのですが」

「いま持ってきます」

「それから、差し支えなければ、娘さんの所持品を拝見させていただけますか。そのあと、お二人には我々とともに警察までご同行いただき、あちらでお話をうかがって調書を作成することになります」

　フローレンス・サリニャックはまったく口をきかなかった。フィリップの一言一言に、黙って涙を流すだけだった。まるで、フィリップが今後の手続きをひとつひとつ口にするたびに、悲劇が確実に現実のものとなっていくとでもいうようだった。夫が、言葉を絞り出すように答えた。

「わかりました。大丈夫です。どうぞ、捜査をしてください、警視。アナイスの部屋は二階です」

「ありがとうございます。それから大変申しわけないのですが、家宅捜索のあいだは我々に同席していただかなければなりません」

フィリップとジャンは、アナイスが十代の少女だった頃の部屋に入った。壁には、当時流行《はや》っていた歌手たちのポスターがびっしりと貼られ、天蓋付きのベッドはイルミネーションで飾られていた。窓の前には鏡台が置かれ、その鏡の上に何枚か写真が貼ってあった。アナイスが、少女たちのグループの真ん中に収まっている写真。フィリップは、もっとよく見ようと鏡に近づいた。少年が得意げな表情でキャップを前後逆にかぶり、アナイスにキスしている身分証明書サイズの写真もあった。この瞬間、フィリップはまったく別の世界に足を踏み入れたような気がした。ほんの数時間前まで、自分はアナイスという人物のことは知らなかった。あの大きな目も、きゅっと上がった頬の形も、厚い唇も、すべてはまだシンシアのものだったのだ。部屋の隅で、サリニャック夫妻が抱き合ってむせび泣く声が、その場の情景をいっそう辛《つら》いものにしていた。今、シンシアをすっかり覆い尽くしていた夜の世界の化粧が剝ぎとられ、フィリップはその本当の姿に出会ったのだった。こんなごく普通の娘が、いったいどうして、パリの汚い夜の世界に引きこまれることになってしまったのだろう？

部屋の捜索からは何も見つからなかった。昔の成績表と、二〇一〇年代のティーンエージャーの洋服が出てきただけだ。ジャンは鏡に貼られた昔のボーイフレンドの写真を撮影した。それから二人は、サリニャック夫妻を伴ってアンギャンをあとにした。帰りの車内は、終始重苦しい沈黙に包まれた。

バスティオンの本庁舎に着くと、フィリップとジャンは何時間にもわたって両親の話を聞き、二人が娘の生活について知っていることをすべて調書に記録した。聴取の途中、フローレンス・サリニャックが泣きだす場面が何度もあった。捜査官がひとつまたひとつと明らかにしていく事実は、フローレンスにとって、娘の死に追い打ちをかける拷問でしかなかった。夫のほうはなんとか冷静さを保とうとしていたが、質問に答える声はぶるぶると震え、深い絶望がはっきりと見てとれた。途中、フィリップの携帯電話が鳴った。ジュリアンだった。フィリップはジャンに事情聴取を任せ、夫妻に断ってその場を離れた。

「もしもし、ジュリアン、どうだった？」

ジュリアンの声はふだんより大きかったが、受話器の向こうで鳴っているサイレンの音と重なって、部分的にくぐもって聞こえた。パリの渋滞を早く抜けるために、サイレンを鳴らしてパトカーを走らせているのだろう。

「アナイスのワンルームマンションの家宅捜索が今、終わったところです。ルミノール反応は出ませんでした。つまり殺害場所は自宅ではないということですね。それから、iPad一台とパソコン一台を見つけたので、サイバー犯罪調査課と鑑識の情報機器追跡班に持ちこんで中身を調べてもらいます。他には、下着、SMの道具、スケジュール帳が見つかっています」

「麻薬は?」

「ありませんでした」

「わかった。押収品を封印したらこちらに戻るように。スケジュール帳については、詳しく調べてほしい」

執務室に戻ると、サリニャック夫妻が調書を読んで確認しているのを、ジャンが待っているところだった。夫妻が供述書にサインし終えると、フィリップは死亡に関する手続きを行なった。そして、正式に身元確認をして遺体を引き取るために、明日の午前中に法医学研究所に出向くように伝えた。

日中の仕事が終わった。フィリップとアントワーヌは、夜のパリに乗りこむ前に家に帰って服を着替えることにした。二人がバスティオンをあとにした時、ジャンはまだ司法解剖の報告書を打ちこみ、ジュリアンとアキムはアナイスのスケジュール帳を丹念に調べ、アリーヌはアナイスの友だちジュリーの涙を拭いてやっていた。エレベーターの中で、アントワーヌが心なしかそわそわした様子で聞いた。

「フィリップ、今夜は何時に合流ですか?」

「今から公用車で出て、まずはわたしの自宅前で降ろしてもらうよ。そして二十二時三十分にまたピックアップしてもらおう。趣味のいい服を着てくるように。とはいっても、どこでも通用するような服装じゃないとだめだ。いいかな?」

「完璧ですよ。さあ、行きましょう!」

9

二〇一八年十一月六日　二十時〇分

　フィリップが家に戻ると、エロディーはすでに支度を整えてフィリップの帰りを待っていた。ごくシンプルな黒のワンピースに身を包み、褐色の髪をシニョンに結ってかんざしで留め、薄化粧した顔に大きなフレームの眼鏡をかけている。まるで芸術家のようだ、と思いながら、フィリップはエロディーにそっとキスをした。

「急いでシャワーを浴びるよ。そうしたらすぐに出かけよう」

　エロディーはやきもきした様子で答えた。

「早くしてね、フィリップ。もう時間が過ぎてるわ」

　三十分後、二人はレストランの柔らかな照明の下で向かい合って座っていた。静寂に包まれた二人のテーブルの上にはろうそくの炎が揺らめき、エロディーのシャンパングラスの中でその影が躍っている。フィリップのコカ・コーラ ライトのグラスの中には輪切りのレモンが浮かび、そこから細かな泡が立ちのぼっている。フィリップはその泡に見とれていた。エロディーは笑みを浮かべて夫の視線を追った。

「フィリップ、大丈夫?」

「ごめん、エロディー。ぼうっとしていたよ」

「捜査のことが気になっているの?」

「ああ、本当に厄介な事件なんだ。だから……」

「だから、今夜はまた仕事に出かけないといけないんでしょう? わかってる」

「どうしてわかるんだい?」

「コカ・コーラ ライトを注文したから……。ナイトクラブの巡回に出る前はいつもそうだったでしょ。その時と同じだもの」

「きみはきっといい警察官になれたね」

「そのとおりよ。でも仕方ないわね。わたしは自分で会社の人事の仕事を選んだわけじゃないけれど、仕事に選ばれちゃったのよね。わたしだって仕事は地獄よ。だって……」

フィリップは会話がずるずるといつもの方向に流されていくのを感じた。ギロチンの刃はすばやく、前触れなく落とさなくてはだめだ。絆創膏を剥がす時のように。あるいは脱臼した肩を元に戻す時のように。

「エロディー……。言わなければいけないことがあるんだ……」

フィリップが妻の話を遮ることはめったにないことだったので、エロディーは心配そうに夫を見た。フィリップはなかなか続きを口にすることができなかったが、思いきって言った。

「ぼくは不妊症で子どもができないんだ」

エロディーはいきなり殴られでもしたかのように、フィリップをじっと見つめた。やがて動揺が収まると、涙で目を潤ませながら夫の手を握った。

「心配しないで、フィリップ。どうしたらいいか考えましょう。わたしがそばにいるわ」

フィリップは自分を見つめるエロディーの眼差しに包まれ、彼女の温かい腕の中に抱きしめられているように感じた。守られていると感じ、安心感に満たされた。彼女さえいてくれれば、何も自分を傷つけることはできないのだ。

「ありがとう、エロディー。きみにこのことを話そうと決心するのに、時間がかかってしまったけれど、でも……」

その言葉に、エロディーは顔を曇らせた。そして夫の手の上に重ねた自分の手を引っこめると、厳しい表情でフィリップをじっと見た。それは、裏切られた人間だけが持つ目つきだった。

その瞳は相変わらず潤んでいたが、それは怒りの涙によるものだった。

「いつからそのことを知っていたの？」

「ずっと前からだよ、エロディー。これまではきみに話す勇気が持てなかったんだ。でも……」

エロディーは黙ったまま、シャンパングラスを注意深くテーブルの上に置いた。まるで、激しい怒りのせいでグラスを握りつぶしてしまわないよう気をつけている、とでもいうように。そして夫の目を長々と見据えたあと、喉《のど》から絞り出すような声で言った。

「わたしをばかにしているの？」

「エロディー、そんなことあるはずないだろう。きみもいま言ってくれたじゃないか。考えればいろいろ解決方法はあるって。きみが子どもが欲しいのなら、子どもを持とうよ……」

「問題はね、わたしが子どもが欲しいかどうかってことじゃないのよ、フィリップ。問題は、あなたがわたしの排卵期間中、日に四度もわたしと寝続けたこと、そしてわたしのことを思いどおりになるばかな女だと思って、素知らぬ顔でふだんどおりにしていたことなのよ」

「エロディー、ぼくの話を聞いてくれないか……」

「あなたの話なんか聞きたくない。今夜から、どこかよそへ行って寝てちょうだい」

「違うんだよ。そんなふうに考えないで、お願いだから……」

「わたしは自分の考えたいように考えるわ。本当に最低の男ね！」

エロディーはグラスのシャンパンをひとくち飲むと、残りを夫の顔に浴びせかけた。そしてコートを着ると、突き刺すようにフィリップの目を見据えて言った。

「バーで一杯飲むことにするわ。一人きりで、よく考えたいから」

フィリップはナプキンでゆっくりと顔を拭いた。打ちのめされた気分だった。五十になる現在まで、女性との関係ではさまざまな浮き沈みを経験してきた。何年も時を経た今でも、ひとつひとつの破局について考えるたびに、その時々の苦しみが思い出された。自分ではそんなものは永遠に葬り去ったと思っていたのに。今の生活だって実のところは、エロディーがフィリップの言うことに耳を傾けてくれることはまったくなかった。年齢差のせいか、二人はまったく別の世界に暮らしているようなものだった。何度も恋愛に対して失望し、長年孤独な生活を送ってきたことで身についたフィリップの諦めの気持ちは、子どもを持ちたいという妻の激しい欲求としばしば対立してきたのだった。フィリップは自分の席から立ち上がった。ちょうどウェイターが、巨大なブッラータチーズを二つ、テーブルに持ってくるところだった。

「すまないがもう帰るので会計を。全部でいくらになりますか？」

店の外に出ると、冷たい風が真正面から顔に吹きつけた。フィリップはピーコートの襟を立て、家に向かって歩き始めた。そして、こんな場面は前にもあった……と思う。三十歳で結婚したが、すぐに慌ただしい日々が続くようになった。もともと警察官は職業柄不規則な生活になりがちなのだが、当局は、大きな戦力として警官たちに常により多くを要求する。フィリップの生活リズムも、普通とはかけ離れたものになっていた。そしてある日、長すぎる張りこみを終えたあとのことだった。破局というのは前触れもなく訪れるものだ。ガソリン臭い小型トラックの中で夜を明かしたあの日の朝、フィリップはくたくたになって家に帰った。そして、ドアを開けて中に入ったとたん、スーツケースに躓《つまず》いた。顔を上げると、妻が居間の真ん中で泣いていた。別れに言葉はなかった。フィリップは自分の荷物をまとめると、そのまま踵《きびす》を返して家を出た。あの時も心底打ちのめされ、一言も言葉を口にすることができなかった。上司である課長の家の呼び鈴を鳴らし、二カ月のあいだ、寝心地の悪いソファーベッドの上で夜を過ごした。そしてある日、職場に離婚届けが届いた。フィリップは書類を読むこともなく、それにサインしたのだった。

パリの歩道の上を、フィリップはふらふらと歩いた。目の端から涙がにじみ出る。しっかりしなくては……。二時間後にはアントワーヌが迎えに来る。捜査に戻らなくてはいけないのだ。情報提供者に揺さぶりをかけ、毅然とした態度を示し、一分の隙《すき》も見せずに厳しい仮面をかぶっていなければならない。隠し立てする者たち、嘘をつく者たち、遠まわしに真実をほのめかす者たちのあいだを、うまく立ちまわらなくてはいけないのだ……。

その合間をぬって、これから数日間の眠る場所も見つけなくてはならなかった。フィリップは携帯を取り出し、かつての相棒ルイに電話をかけた。ルイが快活な声で電話に出た。

「やあ、犯罪捜査部の刑事さん！　いつそっちの事件のことで電話してくるかと思っていたよ。やっと時間ができたようだな。明日の朝まで電話がなかったら、こちらからかけようと思っていたところだ」

その言葉を聞くや否や、フィリップは夫から警察官に立ち返った。

「何か情報があるのか？」

「大当たり！　シンシアだが、二カ月前からは自前で営業していなかったようだぞ。うちの部の非合法組織網対策課の資料の中に、彼女の名前が出てきたんだ。ロシアが管理元になっている高級エスコートガールのウェブサイトがあるんだが、どうやらそれを使って客をとっていたらしい」

「サイトの名前はわかるのか？」

「わかるどころじゃないさ。明日の朝、対策課長の部屋に行けば資料が見られる」

「対策課長は今もエルヴェかい？」

「今もだ。エルヴェを辞めさせることはできないさ。おまえも知ってるだろ」

「もっと早く電話してくれることはできなかったのか？」

「事件の情報を知ったのはたったの一時間前だ。エルヴェのところの見習いが、それまで通達を見ていなかったのでね」

「ありがとう。いずれにしても助かるよ……。実は、事件のことで電話したんじゃないんだよ、ルイ。頼みたいことがあるんだ。しばらくおまえのところのソファーベッドを住居にしていいかな？」

「愛妻といざこざか？　言っておくが、おれはくじ引きの残念賞みたいに、愛妻の代わりにおまえの慰め役になるつもりはないぞ。昔、そんなことがあったっけな。あの時は、へべれけになっておしまいだったが。おまえが寂しい目をしたって、おれには通用しないんだからな」

「まったく、相変わらず絶好調だな。じゃあ、泊まっていいんだな？」

「当たり前だ！　で、何時に来るんだ？」

「遅くなる。事件のことで、情報提供者に話を聞きに行かなければならないんだ」

「誰に会うつもりなんだ？　おれも一緒に行こうか？」

「いや、自分の補佐を一緒に連れていくつもりだ。パリの夜の世界を少し見せておこうと思ってね。会計係のように頭がかちかちだから、ちょっと柔らかくする必要があるんだよ」

「そういうの、いるよな。まあ、楽しんでくるがいいさ。でもあまり遅くなるなよ。明日の朝は、九時に対策課長の部屋に来るんだぞ」

10

二〇一八年十一月六日　二十二時二十九分

二十二時二十九分。テュレンヌ通りの、フィリップの住む建物の前で、アントワーヌはルノーのメガーヌを停めた。時間厳守は、アントワーヌの長所の最たるものだ。早すぎもせず遅すぎもせず、スイス時計のように正確だ。子どもの頃に、親元を離れてアルプス地方のイエズス会で共同生活をしたことの名残りなのかもしれない。

アントワーヌは、フィリップから一緒に情報提供者のところをまわろうと提案され、大いに満足した。これでフィリップのことをもっとよく知ることができる、と思った。もちろん、課の指揮権を取り上げられたことは納得できなかったが、結局のところ、二番手というポジションは悪くはなかった。大きな声では言えないが、むしろそのほうが居心地が良かった。時には指揮権を握ることもできるが、最終的には——特に問題が生じた場合には――責任をとる必要がないのだから。今夜、パリのいかがわしい場所に乗りこんでいくのだと思うと、アントワーヌは思わず武者震いした。それは自分が憧れている警察の姿ではなかったが、情報提供者との付き合いという人間くさい側面には興味があった。もちろん、傍観者としての興味だ。傍観者ならばなんのリスクを負うこともない。アントワーヌは、運転席のサンバイザーの鏡で自分の顔を見た。なかなか興奮を隠すことができなかった。それに誰も知らないことだが、今夜アントワーヌは、危険に足を踏み入れようとしていた。自分の秘密の花園が危険にさらされるかもしれなかった。今夜捜査に出かけたら、完璧な綱渡りを演じなければならない。それを思うと少し興奮してきた。

フィリップが五分遅れで建物から出てきた。アントワーヌは苛立った。〝人の上に立つ人間が遅れてくるなんてどういうつもりだ？　オーレリアン神父はわたしをそんなふうに育てなかったぞ、まったく！〟アントワーヌは、自分の課長が洗練された外見をしていることを――たいして努力しているわけでもなさそうなのに――を認めないわけにはいかなかった。確かにフィリップは、どこにいても人の目を引くタイプの男だった。そんな条件の良い容姿を得るためなら、アントワーヌはどんなことでもしただろう。美しい容姿を持つ人間は生まれながらにして、自分には獲得することのできない力を持っている――アントワーヌはこれまでずっとそう信じてきたのだった。

フィリップがたばこを踏み潰してから車に乗りこんだ。アントワーヌは、これまでフィリップがたばこを吸っているところを一度も見たことがなかった。フィリップは座席に座ると、アントワーヌの肩を叩いて言った。

「さあ、夜の街を豪遊する準備はできているかい？」

アントワーヌは唇を引きつらせながら答えた。

「まあ、少し疲れてはいますが、大丈夫です。課長はたばこを吸うんですか？」

「十年前からもう吸っていないよ。ふだんはね。でも、今のは特別だ。さあ、車を出してもらおうか」

「どこへ行きますか？」

「まずは、リヴォリ通りのホテル・サン＝ジェームズだ」

車が動き出した。フィリップはラジオを〈TSFジャズ〉局に合わせた。アントワーヌは苛立った。二十四時間ニュースを流している〈フランス・アンフォ〉が聴きたかったからだ。音楽は好きではない。好きなのはニュースだけだった。

「夜のパリを走る時はジャズしか聴くもんじゃないよな。そうだろ？」

フィリップの言葉はアントワーヌをますます苛立たせた。

ナット・キング・コールのメロディーを道連れに、車はパリの夜に溶けこむように走る。

フィリップは目を見開き、窓の外を流れていく明かりを見つめた。どれもみな輪郭がぼやけて見える。まるで自分が世の中の現実から離れていくような、周りで起きていることはすべて関係ないことのような気がした。心が落ち着いた。ナットの指がピアノの鍵盤を叩くたびに不安が消えていく。すべてがどうでもよくなる。エロディーのシルエットは曖昧になり、自分たちが決して持つことのない赤ん坊のことは意識から消える。追っている殺人犯は投獄されている。そこにいるのは自分だけ。自分と夜だけ。自分とナットだけ。パリの煌《きら》めきに包まれて宙を漂っているような気分だ。フィリップにとって、音楽はまさに避難所のようなもので、必要な休息を脳に与えることのできる唯一のものだった。ジャンゴ・ラインハルトがギターを掻き鳴らし、ルイ・アームストロングが歌い、チャック・ベリーやキース・リチャーズが天才的なリフをスピーカーに響かせる。その瞬間だけは、フィリップは負の記憶や感情から自由になり、ノイローゼになりそうな悩み事から解放された。もう自問し続けることもなく、失敗も怖くなかった。まだ若い捜査官だった頃は、事件の捜査を終えてワンルームの部屋に帰るとすぐに、ハイファイのオーディオ機器の電源を入れた。そして最新のヘッドフォンを耳にかけて床に寝転び、染みだらけの天井を見つめながら何時間でも音楽を聴き続けた。もちろん当時は安月給で、今のようにゆとりのある暮らしはできなかった。だからバスケットシューズは靴底に穴が開くまで履きつぶし、ジーンズは色が褪せるまで着たおしたが、オーディオ機器に関しては、最新型のものしか買わなかった。心の充足に、値はつけられない。

「このやろう！」

アントワーヌのうめくような声で、フィリップは物思いから引き戻された。アントワーヌが、危うく自転車とぶつかりそうになるのを回避したところだった。口を尖らせ、まっすぐ道路を見つめている。いらいらしているのが見て取れたが、フィリップは何も言わなかった。車内にはぴりぴりと張りつめた空気が漂った。やがてアントワーヌはホテルの前に車を停め、〝ポリス〟と記された運転席のサンバイザーを下ろした。フィリップはそれを元に戻した。

「わざわざ目立つ必要もないだろう、アントワーヌ」

「車を盗まれるかもしれませんよ」

「冗談だろう？」

そう言い終える間もなくフィリップの側のドアが開き、ホテルの車係が、にこやかにフィリップの手を握った。

「こんにちは、ヴァルミ警視。お変わりありませんか？」

「相変わらず元気だよ、ヤン。アンジュはいるかな？」

「もちろん、オフィスにいますよ。お取り次ぎしましょうか？」

「いや、直接行って、あの爺さんを驚かせてやるよ。こちらはアントワーヌ、わたしの新しい補佐だ」

アントワーヌは前に進み出ると、不本意そうに車係に握手の手を差し出した。

「お車を見張っておきましょうか、警視？」

「ああ、お願いするよ」

数分後には、二人は防犯カメラのモニターがいくつも並んだ広いオフィスにいた。ホテルの防犯主任アンジュ・セカルディは、フロントにウイスキー二杯とペリエ一杯を注文した。そしてウェイトレスが来るとやっとのことで立ち上がり、百六十センチ百キロの体を引きずってドアのところまで歩いていった。アンジュはフィリップの情報提供者の中でも、もっとも多くの情報をもたらしてくれる人物だった。四年前に強盗犯罪対策課が、高度なセキュリティーが講じられた刑務所から逃亡した拳銃強盗犯の居場所を突きとめることができたのも、その水も漏らさぬ情報網のおかげだった。アンジュは情報提供者として完璧だった。その手にはいくつか怪しげなタトゥーがあり、肉付きのいい体は威圧的で、頭は禿げ、眼光は鋭かった。

三人は黙って飲み物を口にした。アンジュはフィリップのほうは見ず、獲物を吟味する野獣のように、アントワーヌの目を見据えた。攻撃的なわけではない。まったくそうではなかった。アンジュが大切にしているのは、人を直感で感じ取ることだった。笑みを浮かべてウイスキーをひとくち流しこむと、アンジュは口を開いた。

「それにしてもフィリップ、キャバレーチームは今や若者を雇うようになったんだな。これまで会ったのはベテランばかりだったが」

「アントワーヌはキャバレーじゃないよ、アンジュ」フィリップは笑いながら言った。

「実は今、犯罪捜査部にいてね。アントワーヌはそこの補佐なんだ」

「犯罪捜査部？　じゃあ今日の訪問は、異動の挨拶ということかな？」

「そういうわけじゃない。実は、エスコートガールが殺された事件の捜査をしているんだ。パリ市内の芝生の上で、二十三歳の娘の、裸の遺体が発見された。もしこの娘を知っていたら教えてほしい」

　フィリップは情報提供者の反応を見ながら、アナイスの写真を取り出した。アンジュは写真を見て、啞然とした表情になった。

「なんてこった、シンシアじゃないか……」

「知っているのか？」

「もちろんだ。時々ここに部屋をとって、客を連れてきていたよ。だがもう半年以上、姿を見てないな」

「特に気がついたことはなかったかい？」

「最後に会った時は、シンシアの客とホテルとのあいだでトラブルがあったよ。ボビニーから来た男だったが、うちのホテルを青少年文化センターか何かだと勘違いしたのか、部屋で、ちょっとばかり大きな音で音楽をかけていてね。音量を下げてくれるよう頼みに行ったボーイを罵ったあげく暴力を振るいそうになったので、お引き取り願ったんだ……紳士的にね」

「その田舎者の名前はわかるかい？」

「想像がつくと思うが、そいつは住所を書いていかなかったんでね。だが、顔は覚えてるよ。ブラックリストに載せるために、防犯ビデオからそいつを探し出したからな。見てみるかい？」

「もちろんだ。ここからが始まりだ……」

アンジュは机の抽斗《ひきだし》から分厚いファイルを取り出した。それを見て、アントワーヌは息を呑んだ。ファイルには、防犯カメラで撮影された写真がぎっしりと詰まり、日付けごとに分類されている。アンジュはそこから、三十代くらいの男の写真を取り出した。やつれた顔に細身の体型、よくある普通の服装だ。フィリップは写真をじっくりと見た。

「まあ、どこにでもいる感じの男だな。ボビニーから来たと言ったな？」

「男がシンシアにそう言っていた、ということだがな。まあ、シンシアは、男に住所を証明する書類を見せろなんて言ってないと思うがね」

「ありがとう、アンジュ」

「どうってことないさ。もう一杯どうだい？」

「ありがたいが、夜は始まったばかりだ。まだ山ほど仕事があるのでね」

「好きにするがいいさ。それじゃあな」

フィリップとアントワーヌは黙ってホテルをあとにした。車に乗りこむや否や、アントワーヌはあっけにとられた様子で口を開いた。

「あなたは勤務中に酒を飲むんですか？」

「きみはアンジュのことを知らないからだよ。コルシカ人ほど自尊心の強い人間はいないんだ。酒を拒んだら反発をくらう。わたしが二杯目を断った時の顔を見ただろう」

「わたしのように、ペリエを頼んでおけばよかったんです。それだけのことですよ」

「いいか、ここはわたしの縄張りだ。好きなようにさせてくれ。わたしはここの規律を知っているんだ。アンジュがきみを見る目は、まるで初めて聖体拝領をする子どもを見る目だったよ。きみには、アンジュからわずかな情報を引き出すことだって絶対にできなかっただろうよ」

「まあいずれにしても、奇妙な男です」

「昔は同業者だったんだよ。マルセイユで、酒を出す店の夜間営業許可を出す際に、裏取引をして捕まったんだ。一年の実刑をくらって、その後、刑務所から出てきたってわけだ」

「それにしては、ずいぶん立ちなおっているじゃありませんか」

「見た目よりずっと抜け目のないやつなんだよ」

「次はどこへ行くんですか？」

「ちょうど十二時だな。ヴィヴィエンヌ通りの〈ル・ブドワール〉へ行こう。グラン・ブルヴァールの方向だ」

アントワーヌは返事をせずに車を発進させた。フィリップはウイスキーの酔いがまわってくるのを感じた。街が、自分をあざ笑うように目の前を通り過ぎていく。二十年前から、フィリップは首都の変遷を見てきた。バルベス地区は、今や新興成金の拠点になっていた。喧噪《けんそう》の中で、もぐりのたばこ売りと、ここをパリの新たな理想郷だと信じるITコンサルタントが隣り合って暮らしている。かたやサン＝ジェルマン＝デ＝プレを訪れるのは、年取った俳優と人気作家だけになった。パリの若者が、自分たちの住むアパルトマンが狭すぎて家賃が高すぎることを忘れるためにやってくる場所は、もうキャネット通りのバーではない。今、流行に敏感なパリっ子たちは、プラスチック容器に入ったジョッキ一杯分のビールが、パリ＝ニース間の鉄道運賃と同じ料金で提供される、期間限定のポップアップレストランに足を運んでいるのだ。フィリップはうんざりだった。以前のこの街が好きだった。だが街は老い、街の象徴的な人物たちも年を取った。太っちょのミシェルは相変わらずピガールのクラブで客引きをしているが、しわが増え、おもしろおかしく人をからうことは減った。そこの娘たちも二十年間入れ替わりがなく、そのせいでショーは前よりつまらなくなった。女たちはポールダンスのポールにしがみついてばかりで、荒々しく体を投げ出すことが少なくなった。田舎の客に女たちが大枚はたかせて提供する、恐ろしくまずいスパークリングワインは、倉庫に山積みになっている。クラブは、シャンピニー＝シュル＝マルヌのディーラーの一味がつぎこんだ金だけでなんとか持ちこたえているようなものだ。女たちはインターネットで客をとり、客のほうは家にいながら、ウェブカメラで演技する〝カムガール〟に金を払うほうがよくなったのだ。

突然クラクションが鳴り、フィリップは夢想から我に返った。アントワーヌが赤信号を突っきったところだった。フィリップは思わず微笑んだ。

「いったいどうした？　きみもぼんやりしてたのか？」

アントワーヌはそれには答えず、ヴィヴィエンヌ通りのすぐ近くに車を停めた。二人はスワッピングクラブに向かって黙って歩いていった。

「どうした？　調子が悪そうだが？」

「大丈夫です。こういうのにあまり慣れていないだけです」

「もっと肩の力を抜いて。今度の情報提供者は気さくないいやつだ。アンジュとはまったく違う。ここでは自然体でいいからな。きみも遠慮せず質問するといい」

アントワーヌは、ほっとしたという素ぶりでうなずいた。二人は店に到着した。ドアの前には誰もいなかった。〝プライベートクラブ〟と記された小さな金のプレートがドアの横にねじで留められ、カメラ付きのインターホンが微弱な光線を発している。フィリップは呼び出しボタンを押した。その時、ポケットの中で携帯電話が振動した。アンジュからだ。フィリップは電話に出るためにドアの前を離れた。

ドアの前には、アントワーヌが一人で残された。中から錠を開ける音が聞こえ、アントワーヌは身震いした。緊張のため鼓動が早くなる。〝やっぱりこうなってしまった……〟バーテンダーのカリムが現われた。カリムは満面に笑みを浮かべ、アントワーヌに息つく暇を与えず抱擁した。

「ところでアントワーヌ、今夜は一人なのかい？　カップルじゃないと中に入れてやれないって知ってるだろう」

アントワーヌは真っ赤になり、うろたえた。フィリップはその場のやり取りをひとつも見逃さず、通話を終えてアントワーヌの救出に飛んできた。

「やあ、カリム。がっかりさせて悪いが、今夜は仕事で来たんだ」

「いったいどういうことだい、フィリップ」

アントワーヌはばつが悪そうにもごもごと口を開いた。

「実は、わたしは警察官なんだ。フィリップと一緒に働いている」

「なんだって、アントワーヌ！　あんた、不動産屋だって言ってたじゃないか」

フィリップが助け舟を出した。

「アントワーヌは優秀な警察官なのさ。優秀な警察官の一番の長所は、秘密を守ることができるってことなんだよ。それでマックスはいるかな？」

カリムは少々気を悪くしたようだった。アントワーヌとは友人のような関係にあると思っていたのだろう。

「ああ、いるよ。さあ入って」

フィリップは、部下の肩をポンと叩いた。アントワーヌは、いたずらの現場を見つかってしまった子どものような顔で上司を見た。自分の唯一の悪徳、唯一の凸凹の部分。自分の秘密の花園が、白日の下にさらされてしまったのだ。だがフィリップは、こう言ってアントワーヌを安心させた。

「夜に何をしようがきみの勝手だ。わたしには関係ないし、誰にも言わない。マックスとカリムにもわたしから言っておこう。二人が事情聴取で警察に来ることがあったとしても、まるできみが、初めて聖体拝領する非の打ちどころのない子どもであるかのようにふるまうことだろうさ」

アントワーヌの気まずさが消えかけたところで、バーカウンターの向こうからマネージャーのマックスが余計な声をかけた。

「おやおや！　一番の友人と一番のお得意様が一緒にご来店とは。世の中は狭いな！」

フィリップはマックスを抱擁すると、人のいないところで話したいと伝えた。三人はすばやくクラブの中を移動した。平日の夜で客は少ない。ほろ酔い機嫌のビジネスマンが数名。多かれ少なかれ金をもらっているであろう女たちを同伴している。他には、観光客らしきカップルが一組と常連客が数名。クラブの奥まで行くと、マックスは隠し扉を開けてオフィスの中に入った。中の様子は、ホテル・サン＝ジェームズのオフィスとはまったく違った。防犯カメラのモニターはなく、酒のケースがあちこちに積み上げられている。請求書やら何やら書類が散らばる中にノートパソコンが置かれていた。

マックスはグラスを三つとウイスキーのボトルを取り出した。今回は、フィリップは遠慮せずに酒を断り、マックスにペリエを二つ頼んだ。

「それでフィリップ、今日はどうしたんだい？」

「殺人事件の捜査をしているんだ、マックス。悪い知らせがある」

「なんだい？」

「シンシアが、死亡しているのが見つかった」

マックスはウイスキーでむせそうになった。快活な表情が曇る。エスコートガールの死を知らされて、突如十歳年を取ったかのようだ。

「どうして死んだんだ？　殺されたのか？」

「詳細は省くが、そのとおりだ。最近彼女を見かけたかい？」

「ここ数カ月は見てないな。フィリップ、ひとつ言っておかないといけないことがある。三、四カ月前から知っていたことなんだが、シンシアはもう自前で営業していなかった。セーヌ＝サン＝ドニ県出身の女衒《ぜげん》の男の恋人になって、言いなりになっていたんだ」

「そのことはどうやって知った？」

「シンシアから直接聞いたんだよ。ある晩、シンシアが酔っぱらっていた時があってね。彼女の客はもう帰ったあとで、一人でバーに残ってた。そのうちクラブに誰もいなくなったんで、シンシアにも、もう帰れといったんだ。そしたらわあわあと泣き始めてね。だから、わかるだろ、放っておくわけにもいかなくて、話を聞いてやったんだよ。そいつはセーヌ＝サン＝ドニの男だって言ってたよ。最初は相手にせず追い払ったようだが、男はかなりしつこかったらしい。そういうやつらがどう動くかは、あんたに説明するまでもないと思うが。そういうわけで、それ以来シンシアはその男のために働いていたんだ」

「売春はどこかのアパルトマンでしていたのか？」

「いや、シンシアはもうそんなしょぼいことはやっちゃいない。たぶんもう、社長やサッカー選手、サウジの王子なんかとしか寝てなかったんじゃないかな」

「名前か何か言ってなかったかい？」

「聞いてみたけど、そんなリスクを冒すほどには酔っぱらってなかったよ。ただ、言っていたのは、べらぼうに儲かるってこと。その代わり、拒否する権利はほとんどないってことだ。見たところでは、かなり打ちのめされた感じだったな」

「かなり漠然とした話だが、何か出てくるか調べてみるとしよう。ありがとう、マックス。もう行くよ」

「無駄にした時間の埋め合わせにもう少しゆっくりしていったらどうだい？」

「悪いが、明日の朝九時に行かないといけない所があるのでね」

その言葉を聞いて青ざめたアントワーヌに、フィリップは、きみは午前中ずっと羽根布団で眠っていていいからと約束した。

帰りの車の中で、フィリップはラジオの音楽を切って言った。

「今日は、かなりの収穫があったな」

「ばかを言わないでください。収穫なんて全然ありませんよ。セーヌ＝サン＝ドニの男とやらの話を聞いたことと、防犯カメラで一人の客の顔がわかったことだけじゃありませんか」

「アンジュが、その客はボビニー（セーヌ＝サン＝ドニ県の県庁所在地）から来たと言っていただろう。つまり、二つの筋から同じことが確認できたわけだ。そのうえ、売春斡旋業取締部にいる以前の同僚から電話があって、部の資料の中からシンシアという名前が出てきたというんだ。結構な収穫だよ」

「それじゃあ、次はどうするんですか？」

「わたしは明日の朝、その件を担当している課の課長に会いに行く。そして、どんな情報なら出してくれるのか確かめてくるつもりだ。そのあとは楽しいセーヌ＝サン＝ドニ県の警察に行って、そこのカノンジュ（追跡中の被疑者と過去の犯罪者の身体的特徴と写真を照合することによって、犯人特定に資するソフト）の中に、アンジュからもらった写真の男の顔がないか調べることにする。高級ホテルで騒ぎを起こすような大ばかやろうだ。別件で捕まったことのある確率は高いからな。とりあえずもう夜中の二時だから、まずはきみを家に送っていくよ。お互いもう眠ることにしよう」

アントワーヌを送り届けたあと、フィリップは自宅に戻って車のトランクにスーツケースを積み、ルイのところに向かった。到着して車から降りる際に携帯電話の画面を見ると、メッセージが二つ届いていた。

ひとつはエロディーだった――〝この週末は両親のところへ行きます。残っている自分の物を取りに来たいのなら、その時にして〟。

もうひとつはマックスだ――〝また会えるかな。あんたの補佐の前では言いたくなかったんだが、話しておきたいことがある〟。

11

二〇一八年十一月六日　二十三時三十分

〈オ・ピエ・ド・コション〉は、こんな遅い時間でも開いている数少ないレストランのひとつだ。ジャンの向かいで、アリーヌとアキムがビールのグラスを前にして笑っている。アキムは夕方からずっと、執務室のどぎつい蛍光灯の光の下でアナイスに関する行政上の書類を精査していたせいで、生気のない青白い顔をしていた。アリーヌは屈託のない笑みを浮かべていたが、その瞳には、今夜の事情聴取で聞いた言葉の重苦しさが残っていた。シンシア、本名アナイスの、ただ一人の親友であるジュリーの涙を、アリーヌは三時間拭き続けた。ジュリーの心にまだ残っていた純真無垢の砦を、少しずつ崩していった三時間だった。誰しも二十歳《はたち》になって突然大人の世界に放りこまれると、崩れ去ってしまう砦だ。

そんなわけでヴァルミチームのメンバーは、課長たちが夜まわり中とはいえ、自分たちは酒を飲んで笑って息抜きする時間を持つことにしたのだった。

アリーヌが店の奥に目をやると、ジュリアンが洗面所から出てくるところだった。

手入れしていない風を装ったくしゃくしゃの髪は、いつも入念に気を配られた服装や完璧に整えられたひげとは対照的だ。パリ警視庁司法警察局本部に配属になって以来、ジュリアンはそのすらりとした容姿で大いに職場の女性陣の関心を引いていたが、そうした状況を活かすことはまるでなく、その恋愛関係は謎に包まれていた。

テーブルまで来ると、ジュリアンは素知らぬ顔で親しげにジャンの肩に手を置き、ウェイトレスを呼びとめてチーズオムレツのフライドポテト添えを注文してから言った。

「先輩が注文したのはタルタルステーキでしょ。ぼくは自分のワイシャツを賭けるよ」

アルコールと疲労のせいで饒舌になっていたアリーヌが即座に答える。

「まったく残念だわ。悔しいけど、当たっちゃってるじゃないの」

ジュリアンはその突っかかる物言いに応酬することにした。

「ちょっと、今はハラスメントが流行《はや》ってるのかい？」

同僚のからかい好きを知っているアリーヌは、微笑んだ。

「ジャンのシャツよりは流行ってるわ。それは確かね」

その言葉に、皆が吹き出した。いつもは控えめなアキムまでが笑いながら口を開く。

「ジャン、実はぼくも白状すると、この部に来て以来ずっと、昼休みにあなたを買い物に連れていきたくて仕方がなかったんですよ。一緒に近隣の聞きこみをする時など、目撃者の人たちがあなたを見て、まるでひと昔前の時代を旅してるとでもいうような顔をするんです。それはちょっと具合が悪いというか……」

「冗談じゃないよ、若いの。わたしのスタイルは今や伝説なんだ。部の宴会でわたしのスタイルがテーマになったこともあるんだぞ。きみはそのコンテストに出場もしていなかったがね。だから変えるつもりなんかないさ。もっとも女優のモニカ・ベルッチがわたしに頼んでくれれば別だが」

ジャンのからかうような口調に、笑い声はますます大きくなった。アリーヌは大きすぎる声で笑い転げ、ジュリアンは目を輝かせ、アキムは長椅子にそっと身を沈めて楽な姿勢を取り、ジャンはむっとしたふりをする。そうすることで、重苦しい今日という日が消えていく。シンシアの亡骸《なきがら》を皆の笑い声で包みこむ。ほんの一時、感情を高ぶらせ、弔いのために集まる家族になる。これが、死と隣り合わせの彼らが、死に対面した時にすることだった。死を目の前にすると、自分たちが生きていることをもっと実感したくなるのだ。たとえ少しばかり騒音をまき散らすことになっても。

アリーヌはマグレ・ド・カナール（フォアグラを取るために育てられた鴨の胸肉）をもりもりと食べ始めた。フランス南西部出身であることを示すわずかな名残りだ。警察学校を卒業後、アリーヌはセーヌ＝サン＝ドニ県のラ・クールヌーヴで、一七番の電話通報によって出動する緊急対応室に配属された。そこですぐに上司たちに認められ、一年後には家族保護対策部に異動になった。そこでは、暴力を振るわれたり性的暴行を受けたりした子どもたち、夫に怯《おび》える妻たち（時にはその逆も）が、次から次へと現われるのを目の当たりにした。子どもの天真爛漫さにつけこんで法を犯した親や教師の実態を暴くために、アリーヌは子どもたちと人形で遊んで話を聞いた。毎晩家に帰るたびに、頭の中には、その日警察にやってきた小さな子どもたちの眼差しが焼き付いていた。帰宅するとラブラドール・レトリバーが飛びついてきて、犬だけが持つ無条件の愛情でアリーヌを包みこんでくれた。そしてある日、アリーヌは同僚のローランを連れて帰宅した。セーヌ＝サン＝ドニの犯罪対策部隊に勤務する警察官で、優しい目と頼もしい腕をしていた。ラブラドール犬は、この新しい相棒をすぐさま家族として受け入れた。それ以来、ローランはずっとアリーヌと一緒だった。

デザートになった時、アリーヌはほろ酔い機嫌で皆に聞いた。

「課長のことだけど、みんなはどう思ってるの？」

「時々、話し方が昔の映画みたいだよね」今夜はいつもよりリラックスしているアキムが答えた。

　ジュリアンがもっと真面目に返事をする。

「感じはいいよね。どちらかというと働きバチで、謙虚な感じがするな。アントワーヌに捜査会議を任せたあたりのやり方は見事だと思ったよ」

　アリーヌがうなずく。

「ナポレオンの扱いはうまく切り抜けたってことね」

　思ってもみないあだ名を付けられるほど怖いことはない。アントワーヌは、課長代理を務めていた一年のあいだ、他の課員から密かにナポレオンと呼ばれていた。アリーヌが続ける。

「でも、仕事のやり方は全然わかっていない気がするわ。二十年間も売春宿をまわっていたら、死体ひとつでまごつくわよね。わたしとしては、何をすべきかもわからない上司の下で働くと思うとがっかりだわ。聞きたいことがあっても、いったいどうしたらいいっていうの？」

　ジャンはアリーヌを見て微笑んだ。

「ナポレオンが課長だった一年間は、誰に相談していた？　お気に入りの上級巡査部長にだ。とりあえず今のところは、これまでどおりにすればいい。ひとつ言っておくが、パリ警視庁で二十五年間務めたというのはすごいことなんだ。フィリップは仕事のやり方を知っている。それに、勘が鋭い。さらにマネジメントに関して言えば、夜から昼に移っただけだ。そうだろう？」

「確かに、わたしたちをばかにしないところは、むしろ以前より感じがいいけど。アントワーヌは事件の話をする時、わたしたちとではなく、他の課の課長たちと話すほうが好きだったみたいだから。あれはほんとに癪《しゃく》に障ったわよね」

ジャンは同僚たちが熱くなるのを引き続き静めていく。

「アントワーヌは、七年前にカンヌ＝エクリューズの警察学校を出たばかりだから、もう少し時間が必要なんだ。本当はそんな悪いやつじゃないよ。ただ、昔ながらの仕事のやり方を学ぶ必要があるだけだ。フィリップの下でならしっかり勉強できるだろう。我々の新しい課長については、わたしは安心しているよ。というのもフィリップには、わたしたちよりもこの仕事のことをよく知っているふりをして自分の権力を固める必要などないからだ。確かにまだこの課に来たばかりで、そのことは本人もよくわかっている。だがいずれにしても、フィリップには警視庁での豊富な経験がある。そしてそれは証明するまでもないことだと、みんなもわかっている。そのうち変わっていくよ」

アキムが、雰囲気を明るくする話題を持ち出した。

「そうだ、課長にあだ名をつけたらどうだろう。何かいい案はないかな？」

「わたしは課長を見ると、六十年代の映画スターを思い出すわね。スーツ姿で、タートルネックに長髪……」

「それからガラスのような青い目に彫りの深い顔立ち」ジュリアンが付け加える。

「アラン・ドロンはどうだろう？」アキムが提案した。

「だめだめ、それじゃあ良すぎる」アリーヌが答える。「どうせなら、コメディーグループのレ・ジノサンのコントに出てくるアラン・ドロワンのほうがいいと思うわ」

ジャンが吹き出した。

「アラン・ドロワンに決定だな」

そして課長の新しいあだ名を公認すべく、ジャンは食後酒を四つ注文した。

二〇一八年十一月九日　二十二時〇分

警察はシンシアの死体を見つけた。だがおれはあらゆる対策をとってきたから、やつらは決しておれのところまでたどり着けまい。ホテルのロビーでも、おれは何ひとつ隙《すき》を見せない。死体を処理した時もそうだった。DNAも、指紋も、何も残さない。

彼女がおれの横にいる。若くてきれいで、どんなことでもする覚悟がある。もっとも、これから起こることを知っていたらどうだろうな。彼女を待ち構えているのは、人間のもっとも下劣な本能だ。金は頭をおかしくさせる。金がもたらすわずかばかりの権力では、もう満足できなくなってしまうのだ。あの男たちは、今や権力以上のものを求めている。そしてすべてを金で手に入れられると思っているのだ――若い娘の尊厳さえも。

彼女を見ると、良心の呵責を感じる。心のどこかで、彼女をここから救い出してやりたいという気がする。こんな歳でこんな場所にいるべきではない。おれはゆっくりと、彼女の乳白色の肌、明るい青の瞳、金色の髪を眺める。まるでルネッサンス絵画のようだ。純真無垢を具現している。大いに彼らの気に入ることだろう。今度は服装を観察する。V字にカットされた胸元、ワンピース、靴……。本当の中身を隠すことに成功している。おれにとっては幸いだ。いかにも娼婦然とした女を連れて公共の場所に出るなんてごめんだから。盗んだトラックの色を塗り替えるように化粧をし、ピガールやサン＝ドニ通りの店で買った安物の服を着ているばかな女たちには、げんなりさせられる。

思わず、彼女に同情しそうになる。が、おれは彼女が何者かを、何をして稼いでいるかを忘れることはない。おれの母親のことを思い出し、この娘たちの運命は変わらないのだからと思う。望まない子どもが生まれ、一生客引きを続け、二つの人生が破綻する。何をもってしても、彼女をここから救う方法はないのだ。

エレベーターのドアが開いて男が一人、こちらに近づいてくる。浅黒い肌。髪は整髪料で後ろになでつけられている。スーツは高級ブランドだ。ぱっと見たところでは、ヒューゴ・ボスのスーツか。男はおれに封筒を渡す。おれは立ち上がり、彼女を男のそばに残したまま洗面所に行って中身を数える。彼女は、おれがいいと言うまで部屋に上がってはいけないとわかっている。

ロビーに戻ると、手下の男は彼女の横で無表情のまま立っている。おれのポケットの中には二万ユーロ。目をつぶり鼻をつまんでおくことの対価だ。そっと合図を送ると、彼女は立ち上がってエレベーターのほうに歩きだした。スーツの男がその後ろからついていく。おれはホテルのバーに座ってミネラルウォーターのバドワを注文する。大統領並みのスイートルームの中では、今、狼たちが放たれていることだろう。その柵の中をあとで掃除するのがおれの仕事だ。

12

二〇一八年十一月七日　九時〇分

　売春斡旋業取締部の廊下では、コーヒーの自動販売機の周りに笑い声が響いた。フィリップとキャバレー課長が昔の取り締まりや猛者《もさ》たちの思い出話をしていると、周囲で耳を傾ける人の輪が少しずつ大きくなっていった。捜査官たちがぽつりぽつりと出勤してくる。何人かは、げっそりと疲れきった顔をしている。ひと晩じゅう寝ずの張りこみをしたあげく、朝の九時にはまた出勤しなければいけなかった面々だ。

　再会の思い出話に区切りをつけると、フィリップは非合法組織網対策課長のエルヴェ・デュランス警視のところへ行った。執務室の棚には、〝ノーセックス〟〝マッサージを行なう女性との性的関係はいっさい禁止〟などと書かれた十枚ほどのプラカードが、ゴルフのトロフィーと並んで置かれている。エルヴェは、判で押したような几帳面な男だった。

今しがたコーヒーを入れたカップを二つ持って戻ってきた時も、コーヒーの量はどちらもぴったり同じだった。その動作にはいい加減なところはまったくない。もっともそれこそが、エルヴェが並ぶもののない優れた警察官になれた理由だ。小柄でどっしりとした体格。服装を見れば、いかに社会的な対人関係に気を遣っているかがわかる。洗練された着こなしをしているが、部長と間違えられたりしないよう、決してやりすぎないようにしていた。エルヴェの職業人としての秘訣はそこにあった。パリ警視庁での二十年間、身のほどをわきまえてきたということだ。

フィリップは、机の上に置かれたペンが一本だけまっすぐに並んでいないことに気がついた。エルヴェがそれに気づいたらむっとした顔をするに違いないと思い、フィリップはその瞬間を辛抱強く待つことにした。エルヴェは椅子にどすんと座りこむと、かつての同僚より先に口を開いた。

「それで、フィリップ、うちが捜査しているボビニーのばか者どもの案件に興味があるんだって？」

「まあ、そういうわけだ。まったく、セーヌ＝サン＝ドニの犯罪の多種多様さといったら、全部を知るには人生を十回やらないと無理だな。それで、そいつらは団地で売春の仲介をしているのか？」

エルヴェは分厚いファイルをつかんで机の上に置いた。そのついでに、腹立たしげにペンの位置をまっすぐになおしてから、事件の説明を始めた。

「いや、そうじゃない。これはもっとハイレベルなやつだ。インターネットに綴《つづ》りの間違いだらけの広告を出している連中じゃないぞ。見てみろ。このトップページは今まで見たサイトの中で最高だ」

エルヴェはコンピューターのキーボードを叩くと、モニターをフィリップのほうに向けた。

「これが〈ヴェニュセスコー・ドット・コム〉のサイトだ。まさにオンラインのスーパーマーケットだよ」

フィリップは画面を前にして思わず目を見開いた。五十人ほどの下着姿の若い娘たちの写真が、次々に目の前に現われた。エルヴェが説明を続ける。

「このサイトはロシアでホスティングされている。イメージとしては、あらゆる闇ルートにつながる淫売宿の総元締ってとこだな。好きな娘を選んでクリックすると、すべてのサービスにアクセスできる。もちろん料金はユーロでは表示されていないが、代わりに〝ローズ〟という言葉を使ってはっきりと示されている。実を言うと、近々の張りこみで客が現われる現場を押さえられるんじゃないかとふんでるところだ。きっと、三百本の薔薇《ローズ》の花束を抱えてやってくるはずだ」

エルヴェは、自分でもうまいことを言ったという得意げな顔をした。

「つまりこれまでに、団地の男たちの中で、ちょっとは悪知恵の働くやつらを突きとめたところなんだ。そいつらは客から金を回収したり、女を送迎したり、見張りをしたりしている。女たちは、〈Ａｉｒｂｎｂ《エアービーアンドビー》〉のサイトを通じて借りたマンションで客をとっているようだ。料金と住所からすると、とんでもなく豪勢な場所に違いないな」

「うちの事件の被害者もそこで仕事をしていたと？」

「自分で見てみろよ」

エルヴェはインターネット画面をスクロールして、一枚の写真を見せた。ガーターベルト姿のシンシアだった。フィリップは気分が悪くなった。男どもが自分の情報提供者の写真を見て興奮していたかと思うと胸くそが悪かった。いま自分の頭には、死体解剖時の写真しか思い浮かばない。エルヴェが話を続けた。

「幸いあんたの部下の男たちが、内部の連絡網にシンシアの写真を流してくれたからよかったよ。さもなければ絶対に見つけられなかったさ」

「ありがとう、エルヴェ。ただ参考までに、写真を流した部下というのは女性だよ。それで、捜査のほうはどこまで進んでる？」

エルヴェは、失言にばつの悪そうな顔をしながら説明を続けた。

「やつらの集合場所がどこかはわかっている。いったんそこに集まったあと、別々のマンションに分かれるんだ。明日の午後、そいつらが仕事に出る時を狙って尾行するつもりだ。そのあとは、にわか仕立ての売春宿の前で張りこみをして、売春の事実の裏付けをとる。運がよければ、電波の位置と発信時刻から商売用の携帯番号がわかるかもしれない。一緒に来るか？」

「もちろん行くさ。どっちにしても、他にはたいして手がかりがないのでね。もしよければ、課員を二人連れていきたいんだが。仲間は多いほど楽しいって言うだろう？」

エルヴェは不満そうな顔を見せた。

「ちょっとぎゅうぎゅう詰めになるな……」

フィリップは同僚の抜け目なさを見抜いて言った。

「大丈夫だよ、エルヴェ。こっちは三人で二台の車に乗っていくから。それなら張りこみ中も、みんなのびのびと息が吸えるだろ」

デュランス課長の顔に満面の笑みが広がった。

「フィリップ！　天下の犯罪捜査部に行っても、ちゃんと現場のことをわかってるじゃないか。あんたは聖人君子だよ」

「まったく、持ち上げすぎだよ……」

広々とした〝オープンスペース〟のホワイトボードに、フィリップは力強く文字を書いていった。今回の捜査会議はフィリップが指揮をとった。課員たちが手にしたカップからは湯気が立ち上がっている。ジュリアンとアリーヌは昨夜の疲れが残った目をして、肘掛け椅子に倒れこんでいたが、アキムは課長のどんな質問にもいつでも答えられるよう、分厚い書類を手にして立ったままで、ジャンがそれを優しい眼差しで見守っている。

アントワーヌだけがその場にいなかった。人生で初めて目覚まし時計が故障したか、あるいは夜まわりで動揺したか……。

アントワーヌがぱりっとした服装で〝オープンスペース〟に入ってくると、フィリップはわけ知り顔でウインクして言った。

「やあ、警部。こういうのはよくあることだよ。年寄りの夜まわりに同行して大変な目に遭ったあとにはね」

アントワーヌは不意を突かれて、思わず子どもっぽい返答をしそうになったが、思いとどまった。

「遅れて申しわけありません。目覚ましが故障したので。始めますか？」そう言って、ひとつだけ空いていた肘掛け椅子に座った。

　フィリップは、アントワーヌが腰を落ち着けるのを待たずに話し始めた。

「シンシアの死から二十四時間以上たった。これまでにわかっていることをもう一度確認しておく。本名はアナイス。ソルボンヌ・ヌーヴェル大学の文学部修士課程の学生だった。教授の一人が売春をやめさせようと説得したがうまくいかなかったらしい。おそらく……」

　ジャンがフィリップの話を遮った。

「説得がうまくいこうがいくまいが、それが殺人の動機に関係するかもしれません。彼女は売春をやめたかったのかもしれない。そのせいで誰かを怒らせたのかもしれません」

　アントワーヌがあっけに取られてジャンを見た。フィリップは〝動機は？〟と大きく書かれたスペースにその発言内容を書き入れ、言葉を続けた。

「よし。その仮定について、みんなはどう思う？」

　アキムがおずおずと手を上げた。

「話してくれ」

「わたしは、それはないと思います。犯人は執拗に遺体を傷つけています。もし彼女がやめたがっていて、それを阻止しようとした人物が犯人だとするならば、行きずりの暴漢による殺人事件に見せかけるはずでしょう。ところが今回は、サディストを思わせる兆候があるんです」

「わたしも同感です」アリーヌも口を開いた。「わたしは昨夜ずっと、親友のジュリーの事情聴取をしましたけど、そんなことは言っていませんでした」

アントワーヌが口を挟んだ。

「おそらく知らなかったのだろう」

「そんなはずありませんよ」アリーヌが反論する。「あとで事情聴取の調書をお渡ししますので見ていただければわかりますが、ジュリーはたくさんのことを知っていました。シンシアは彼女には何もかも話していたんですよ」

フィリップは応酬を打ち切って言った。

「友だちを危険に巻きこみたくなかったのかもしれないな。この手の女衒《ぜげん》には危険な手合いもいるから。ところで、シンシアという名前はもう使わないようにしようじゃないか。被害者の名誉を守るために、商売上の偽名で呼ぶのはやめることにしよう。アリーヌ、その友だちからは、他に何か情報が得られたかい?」

「どうもシンシアは、いえ、あの、アナイスは、最近元気がなかったようです。ちょっと過激なことを要求する客が何人もいたようで。実入りはとてもよかったけれど、我慢できなかったみたいです。それから、恋愛面ではとても孤独で、数年前から恋人はいませんでした。女友だちも他にはいなかったようです」

ジュリアンが話に加わる。

「住居からは抗うつ薬がたくさん見つかっています。そうしたことから考えると、孤独でうつ状態にあったことは明らかですね」

「それに、秘密も抱えていました」アキムも続ける。「サイバー犯罪調査課はアナイスのパソコンを解析するにあたって、すべてが暗号化されていたので苦労したようですよ。現在わたしの手元にある証拠品はスケジュール帳だけですが、プライベートでの人との約束やその内容については書かれているのに、商売上の客に関してはまったく何も書かれていないんです。名前はいっさい出てこないし、人に関する記述は全然ない。メールボックスは、宣伝と通販の注文ばかりだというし。おそらく、携帯しか使ってなかったんだと思いますね」

フィリップは会議を進めながら、ホワイトボードに情報を書き留めた。三名の若い課員からは、わずかながらもアナイスに関する情報がもたらされたが、ジャンとアントワーヌからは、両親とシュワルツ教授に関して特段の情報はなかった。フィリップは会議の締めくくりに入った。

「最後になったが、アントワーヌとわたしは多少の情報をつかんできた」

そしてホテルの防犯カメラの写真をファイルから取り出した。

「これは、アナイスの客の一人だ。ボビニーの男だという。そして妙なことに、すべての情報がボビニーにつながっているんだ。実は、売春斡旋業取締部の昔の仲間から電話があって、そこで調査中のエスコートガールを斡旋するウェブサイトに、我々の事件の被害者が載っていると言ってきた。そのウェブサイトが運営されているのはロシアだが、ボビニーに下部組織があるらしい。わたしの情報提供者の話もそれを裏付けるようなものだった。というわけで、アナイスがそこで定期的に仕事をしていたのかを知る必要がある。アキム、ICカード乗車券のナヴィゴを調べて、彼女の移動経路を割り出してくれ。それから、ウーバーや他の配車サービスに要請して、彼女がアカウントを持っていなかったかも確認してほしい」

ジュリアンが割って入った。

「ウーバーなら、そこに勤務している友だちがいるので、直接そこに要請書を送りますよ。そのほうが早く動くでしょう」

「ウーバーは使ってないんじゃないかな」アキムが言った。「アナイスは、フェイスブックやインスタグラムなどはまったくやっていませんでした。警察に目を付けられないようにしていたんだと思います。ですから、新たな〝ビッグブラザー〟となり得るサービスに登録して、監視される危険を冒すことはしないんじゃないかな。でも、ナヴィゴは調べる価値があると思います。午後はそっちをあたってみます」

「わかった」フィリップが続ける。「わたしとジャンはこれからボビニーに行って、防犯カメラに映っていたばかな男の身元を調べてくる。きみたちには、午前中はコンピューターに向かってもらおう。多少遅れたとしても調書ができあがるまでは、昼飯はなしだ。今の進捗状況を考えれば、手続きや書類のせいで肝心の捜査が遅れるようなことは避けなければならないからな」

その言葉を合図に立ち上がって仕事に取りかかろうとする課員を、フィリップは引きとめた。

「最後にもうひとつ。明日は売春斡旋業取締部の尾行に同行して、アナイスが客をとっていたかもしれないマンションを突きとめることになっている。有志二人に一緒に来てもらいたいのだが」

即座に、アリーヌ、ジュリアン、アキムの手が上がった。

「くじ引きで決めておいてくれ。わたしは次長に報告に行ってくる。いつもいつも、報告、報告だ……」

「それで検察をどうするつもりなんだ、フィリップ？　この二十四時間、きみはわたしにいっさいの報告なしだ。わかってるのか？　きみはパリ警視庁の警察官で、捜査の指揮官なんだぞ。つまり、進捗状況をすべてわたしに報告する必要があるってことだ。検察官のほうもひどくいらいらし始めてるっていうのに、これじゃあまるでわたしは役立たずみたいじゃないか」

フィリップは百九十センチの体で上司を見下ろしながら、いたずらの現場を押さえられた子どものようにうなだれた。二十五年以上前からの友人でもある次長のジル・ブリザールは、もっともな言葉を選んで矢継ぎ早に責め立ててくる。

「すまない、ジル。わたしから検察官に電話して説明するよ」フィリップは悪かったと思いそう口にした。

「だめだ、それだけはやめてくれ。検察との連絡はわたしの仕事だ。ほんとに困るんだよ、フィリップ。被害者がきみの情報提供者であったにもかかわらず、わたしはきみが捜査を続けられるよう、部長に対して擁護した。そのお返しがこれだとは……。まあいいさ。とっちめてやろうというつもりじゃないんだ。この二十四時間でずいぶん進展があったじゃないか。部下と一緒に引き続き頑張るんだな。わたしのほうは、グラジアーニ部長と検察をとりなしておこう。それで、課内の雰囲気はどうだい？」

「まあまあいいんじゃないかと思ってる。ただ、補佐については、あまりうまくいってない気がするよ」

「アントワーヌのことか？　まあ彼は、司法警察局内の気風が合わないようだからね……」

「まったく、尻《けつ》の穴から箒《ほうき》でも突っこんだみたいにがちがちで、もったいぶってるんだよ」

ブリザールはコーヒーでむせかえりながら、豪快に笑った。

「ヴァルミ警視、かの有名なきみの外交辞令のセンスはどこへ行ったのかな？」

「まったくだ……。どこかへ消えてしまったらしい。それどころか、きみの考えが正しいことを証明してしまったな……」

「わたしの考え？」

「わたしが検察と直接話すのはよくないということだよ」

ブリザールは微笑んだ。

「ところで、売春斡旋業取締部のその課長のことはよく知っているのか？」

「ちょっとだけだが」フィリップは答えた。

ブリザールが眉をひそめてフィリップの顔をのぞきこむ。フィリップには、ブリザールが何を考えているのかが手に取るようにわかった。

「出し抜かれるんじゃないかと心配してるのか？」

「部長は、別々の部署が同時に捜査を行なうことを心配しているんだ。わたしもそれがいいことかどうか迷ってる」

「実を言うと、その課長のことはよく知っている。だが、事件を横取りするようなやつじゃないよ。わたしの知るかぎりでは、大きな事件を解決したいとは思っているが、こっちの案件を盗むようなことはしないやつだ。それに大事なのは、犯人をブタ箱にぶちこむことだ。そうだろ？」

「きみの言うとおりだ、フィリップ。廊下に追いつめられたウサギのような卑屈な根性できみを悩ませるのはやめておこう。部長がどう考えるか様子を見てみるよ」

フィリップにはブリザールの物言いが可笑《おか》しかった。

「それじゃあジル、すまないが、もうきみの静かなオフィスからは退散するよ。牧歌的なボビニーの村落に出かけないといけないんだ」

「じゃあわたしにはチューリップを持ってきてくれよ、警視」

カランシー通りで、ジャンがルノーのメガーヌを急停止させた。

「ちくしょうめ！　ここの連中は運転の仕方も知らないのか」ハンドルを叩いて声を荒らげる。右側優先なのに左側から突っこまれたのは、二人が高速を下りてからこれで二回目だ。

ボビニーの警察署の前に着くと、フィリップはうら寂しいその建物を見上げた。正面扉には、紙切れがセロハンテープで無造作に貼られ、風でひらひらと揺れている。見ると、丁寧な文字で〝扉は故障中。ロレーヌ通りから入館のこと〟と書かれていた。道を隔てた向かい側には、これもまた不愛想な裁判所の建物が立ち、制服の巡査が一人、憲兵の一団を中に入れようと青い鉄柵を重そうに押し開けていた。フィリップは寒々とした気持ちになった。

「セーヌ＝サン＝ドニの扉は〝社会の階段〟と同じだな。いつも故障中だ」

警察署に隣接する住宅地の中を迂回して、車を詰め所の前に駐車すると、二人は署の中庭に入った。たばこに火をつけたジャンの耳に、いくつも亀裂が入ったガラス戸の向こうから口汚く罵る声が聞こえてきた。見ると、七人の少年グループが尋問されている。シャルル＝ペギー中学校の前で武器を手に暴行事件を起こしたらしい。歌のセリフじゃないが、セーヌ＝サン＝ドニの〝ジュロの木の下〟では、これがいつも繰り返される馴染みの風景だ。

二人は建物の中に入った。廊下の壁は組合のビラで埋め尽くされている。そこに、手錠をかけられた若い男がやってきた。逆立ったぼさぼさの髪に、紐の取れた靴。生気のない目をしていたが、ジャンを見ると瞳を輝かせた。今日のジャンは、いかにもロックな全身黒づくめにカウボーイブーツという出で立ちだ。ジャンの横を通り過ぎる時、若者は笑顔になって言った。

「ディック・リヴェール（フランスのロック歌手）かよ、あんた」

フィリップは笑い転げてジャンの肩を叩いた。笑いの原因となったジャンも可笑しさを隠しきれなかった。これなら侮辱罪にはあたるまい。

一時間後、フィリップとジャンは充血した目でコンピューターに向かっていた。カノンジュのソフトがインストールされているコンピューターの画面は旧式で、ブルーライトがカットされていなかった。二人は、犯罪者識別写真の中から、ホテルの防犯カメラに映っていた男に多少なりとも該当しそうな疲れた男たちの写真を順に表示していった。こうした写真には一種の黒魔術的なものが感じられた。たとえ、スターの白黒写真で有名な写真館〈スタジオ・アルクール〉で撮影したとしても、これは変わらなかっただろう。男も女も、憔悴しきった顔、輝きを失った目をしていた。まるで、カメラマンがそのレンズで、勾留措置の厳しさと勾留された人間の動揺をしっかり写しとることに成功した、とてもいうようだ。もっとも粗野で、もっともしぶとい面々でさえ、写真からは一種の人間味と独特の悲哀がにじみ出ているのだった。

画面に現われる数百の写真の中に、探している男の顔はなかった。ボビニーまで足を運んだことは徒労に終わったが、このすさんだ環境の下で勤務しなくて済むという自分たちの幸運を再認識する機会にはなった。ここで働く同僚たちは、人間の困窮がもっとも悲しい形で表出する事態に、なすすべもなく日々立ち向かわなければならないのだ。ジャンは最後のたばこを吸うことにした。留置場で時間を過ごすことになった先ほどの七人の少年グループがソネットを朗読している。未来の詩人たちの声を聴きながらジャンがたばこの煙をくゆらせているあいだに、フィリップはマックスに電話してみた。留守番電話になっていたが、それも当然だ。今は昼の十二時で、夜に働くマックスはまだ寝ている時間だ。

フィリップはメッセージを吹きこんだ。

「やあマックス、フィリップだ。メッセージを見たよ。今夜一緒に食事しながらその話をしないか？　いつもの場所で二十時に待ってる」

13

二〇一八年十一月七日　二十時〇分

サン＝ジェルマン大通りの夜は、黒檀色に染まっていた。街灯の下を次々に通り過ぎていく車のフロントガラスを、降り始めた霧雨が濡らしている。フィリップは車道を横切ろうとして、危うくスクーターに突き飛ばされそうになった。耳をつんざくようなクラクションの音が、しばらくのあいだ頭の中で鳴り響く。まったく忌々しい耳鳴りだ。豪華な建物に沿ってぶらぶら歩いていくと、ブラッスリー〈リップ〉の前で観光客の一団が列を作っていた。フィリップは自分が経験したことのない時代への郷愁にかられ、この店の壁にサーシャ・ギトリの機知に富んだ言葉が響き、酔ったセルジュ・ゲンズブールが重い扉の金色の取っ手につかまって立ち上がっていた良き時代に思いを馳せた。そして、秋になって葉を落とした木々を眺めながら夢見心地でぼんやり歩き、危うくサン＝ブノワ通りへの曲がり角を通り過ぎそうになった。車を駐車した場所からこの曲がり角までの五分間は、すべてを忘れていた。エロディーのことも、アナイスのことも、売春斡旋業取締部のことも死体のことも。アントワーヌは少し肩の力を抜いたほうがいいし、ジャンはタイムマシンから出てきたような服装をやめて別の店で服を買ったほうがいい。今朝、朝食の時に会った相棒ルイは、カンガルーブリーフをはいて〝ジョニー・アリデイ　１９９３〟と書かれたTシャツを着ていた。こうした生活の中の細々《こまごま》としたことが、すべて頭から消えていった。パリの街灯のおかげで。服を濡らす雨のおかげで。ひどい耳鳴りのおかげで。

〈ル・ルレ・ドゥ・ラントルコート〉の前まで来ると、そこにも観光客が押し寄せ、レストランの前三十メートルにわたって列ができていた。フィリップは店の接客主任の女性にそっと目配せした。主任はすぐに気がついて声をかけてきた。

「いらっしゃい、フィリップ。お友だちはもういらしてますよ。奥にご案内しています」

「静かな席？」

「静かな席です。しばらく前に案内した時にはそうでしたけど……」

マックスは赤ワインのグラスを前に座っていた。フィリップはいつものように、近づきながらその姿をじっくり眺めた。今日もいつもと同じ白いシャツを着て、頭は青々と剃られ、数カ月前から伸ばし始めたひげはきちんと手入れされている。黒い瞳に、粗削りなごつごつとした顔立ち。陽気な表情と格段に楽しげで感じのいい態度がなければ、完璧な殺し屋に見えるところだ。フィリップはマックスの前まで行くと笑みを浮かべたが、席には座らず、わかっているだろうという顔をして見せた。

「マックス、わたしがホールに背を向けて座るのが嫌いだってよく知ってるだろう」

情報提供者は立ち上がってフィリップの頰に挨拶のキスをすると、席を代わった。

「何も変えようとしないんだな、お巡りさんは。おれのことを信用できないのかい？」

「信用というより立場の問題だ。わたしは警察官だが、きみはそうじゃない」

「あんたと知り合ってからは、おれもなんだか警察官みたいなもんだよ」マックスがいたずらっぽい顔で答える。

「ああ、そうかもな。だがそれにしては、きみはわたしなんかよりずっと稼いでるようだが。それで、そっちはどうなんだい？　話したいことがあったんだろう？」

ウェイトレスがやってきて、店の定番の大きなくるみサラダを二つテーブルに置いた。マックスはサラダを頰張りながら答えた。

「パリのお歴々のお遊びには特に変化はないよ、フィリップ。平穏そのものだ。そっちの捜査は進んでるのかい？」

「防衛機密だ」フィリップはからかうように言った。

「そんなに進んだのか?」

「まさか。今のところは、袋小路に入りこんでる」

「じゃあ、この情報は役に立つはずだ。あの補佐のいる所ではあまり話したくなかったんだ。客としても、ずっと嫌なやつだと思ってたからな」

「まあそう言うなよ。昨夜クラブに入る時は本当に気まずそうにしていたんだから」

「あのあと、二人で話をしたのかい?」

「マックス、部下が勤務時間外に何をしようがわたしには関係のないことだ」フィリップは微笑みながら答えた。「それに誘導尋問はやめてくれ。話したいことというのはなんだい?」

マックスは長いあいだ沈黙した。フィリップは、マックスが自尊心が強く感じやすい人間だということを知っていた。情報提供者との関係というのは、時間がたって関係が進むほど複雑になるものだ。関係が健全なものであればあるほど、相手の自尊心を傷つけたり衝突したりする危険も大きくなる。情報提供者は絶壁のようなもので、少しずつ登っていって、高く登れば登るほど、しくじって転落する時の衝撃もより耐えがたいものになるのだ。二十年のあいだに、フィリップは情報提供者とのうまい付き合い方を学んできた。今は、待っていればマックスが自分から話し出すとわかっていた。

ウェイトレスがやってきて、フライドポテトがいっぱいに盛られた大きな銀色の皿をテーブルに置いたかと思うと、今度はすぐに別のウェイトレスが来て、伝説的なソースがかかった大きな肉をそれぞれの前に置いた。皿からあふれんばかりの料理を前にしてマックスの顔に笑みが戻った。フィリップは会話を再開した。

「世界じゅうで一番うまいリブロースだな。そう思わないか？」

「イエス、サー！　この店が閉店するようなことがあったら、おれはあんたに情報を流すのをやめるよ」

「それじゃあ、いつまでも安泰だ。きみは最高の協力者になるな」

「今も最高の協力者なんじゃないの？」

「もちろんそうさ。パリの夜を牛耳る大司祭、フランスじゅうを魅了してやまない閨《ねや》の幸福な主《あるじ》。きみの光でわたしを照らし続けてくれたまえ」

マックスが口をもぐもぐさせながら話し始める。

「シンシアは……ボビニーの男のところで商売してたらしいんだが……」

フィリップは話を遮った。

「きみはアルツハイマーか？　それはもう聞いたぞ」

「そうじゃない、最後までしゃべらせてくれ。その男は、ロシアを拠点にしている別の男と組んでいるらしいんだ。そいつはウェブサイトを運営していて……〈ヴェニュセスコー・ドット・コム〉というサイトだ。知ってるか？」

「ああ、ちょっとはね。もう調べ始めてるよ」

「なんだ、まだ知らないと思っていたのに……」

フィリップはしまったと思った。話の流れでこちらの情報を漏らしてしまったのだ。今となっては自分の情報提供者が、例の正体もわからないボビニーの男とやらと、ぐるでないことを祈るばかりだ。

「防衛機密さ。それを仕切っているのが誰かは知っているのか？」

「ウイ、ムッシュー」

マックスが冗談めかして答えたところに、ウェイトレスが肉のお代わりを運んできた。肉を皿に乗せてもらうと、マックスはものも言わずに再び食べ始めた。

「さあ、そろそろ吐いて楽になったらどうだ？」

「なんだい、その古くさい物言いは？　だてに白髪があるわけじゃないんだな。年を取ってるってわけだ。気をつけたほうがいいぞ、そのうち〝サン＝ジェルマンも昔はよかったのに〟なんて考え始めるようになるから」

フィリップは思わず眉をひそめた。

「まあいい……あんたが聞きたがってる男の名前は、ウィランっていうんだが……」

「おいおい、そいつはアメリカ人か？　さもなければずいぶんばかげた名前じゃないか」

「まあ、そうだな、そいつはセーヌ＝サン＝ドニ県で生まれたわけで、カリフォルニアの海岸からは遠く離れていたはずだが……。でも、名前はばかげているかもしれないが、本人は全然ばかじゃない。なにせ、これまでにどんな容疑でも一度も捕まったことがないんだからな。捕まえるのは至難の業だろうよ」

「どんなやつかわかるか？」

「そいつの住民登録情報を教えてくれとでも？　おれは何も知らないよ。知ってるのは、ある晩シンシアが電話で男と罵り合っていたことだけだ。金のことでもめていたようだ。電話の最後にこう言ってたよ。〝くたばっちまえ、ウィラン。もう仕事は一人でやるから〟ってね」

「そんな電話を往来でかけるなんて、シンシアもずいぶんまぬけじゃないか」

「彼女は麻薬でトリップ状態だったんだよ、フィリップ」

「それはいつのことだい？」

「二週間くらい前だ」

14

二〇一八年十一月八日　十五時〇分

「こちらはエルヴェ。全員に連絡する。現在リラ通りの、建物が見える場所で待機中だ。やつらが車で出てきたらヨアンは追跡を開始しろ。徒歩の場合はアリーヌが追え。わかったな。やつらは武器を持っている可能性がある。最大限の警戒をもって事にあたれ」

エルヴェとフィリップは警察の覆面車両の後部座席に座っていた。一方向ガラスによって外からは車内が見えない。フィリップは今回、ジーンズにポロシャツ、バスケットシューズを身につけ、往年の一流ゴルフ選手のような出で立ちだ。売春の仲介役二人が隠れ家から出てくるのを待ちながら、エルヴェ・デュランス警視は、かつての同僚なら話を聞いてくれると思ったのだろう、張りこみ開始二十分後には愚痴をこぼし始めた。

「まったくうちの部下たちときたら困ったもんなんだよ。わたしは以前と同じように警察無線のアクロポルシステムを使えって言ってるのに、まったくばかどもは尾行の時ずっと、自分たちの携帯にワッツアップだかなんだか知らないが、アプリでグループを作って使ってるんだ。だからわたしはいつもこう言ってるんだよ。〝ばかやろう、携帯のバッテリーが切れたり、ハッキングされたりしたらどうするつもりだ。敵にまんまと一杯食わされるぞ。こっちの手の内が全部ばれて、我々が何をしようとしているかが、手に取るようにわかってしまうじゃないか。結局のところ、古き良き時代のカメラとアクロポル、信頼に足る道具はこれだけだ〟ってね。そうだろう？　ほら、見ろよ。わたしがさっき無線で連絡したばかりなのに、あいつらときたら、全員が〝了解〟とショートメッセージで送ってきやがった。警視庁の中でもみんなコンピューターマニアになってきたから、そのうち、携帯のバッテリーが切れたら犯人に手錠もかけられない日が来るかもしれないぞ。そう思わないか、フィリップ？」

フィリップはしんみりとした気持ちになって微笑んだ。話の内容はあまり聞いていなかったが、声の抑揚から、〝昔はよかった〟というのがエルヴェの口癖だということだけはわかった。サン＝ジェルマン＝デ＝プレを通った時の自分や、カウボーイブーツを履いている時のジャンと同じだ……。いつの時代も変わらない、五十代の決まり文句というわけだ。

フィリップにとっては、現場の警察官の日常を形成するこうした張りこみの時間は、決して無駄なものではなかった。長いあいだ一ヵ所を見つめ続ける。ドアが開くのを待ち、窓に明かりが灯《とも》るのを待ち、バーから人相の悪い男が出てくるのを待つ。ネコ科の動物のように、目標から一瞬たりとも目を離さない。集配のトラックが来て一瞬でも視界を遮るたびに毒づき、状況が許せば同僚——だいたいいつも同じ同僚と組むことが多いが——と無駄口をたたく。だがフィリップはこういう時でも、決して監視対象から目を離したことはなかった。静まりかえった車や部屋の中から目標物を見据え続ける張りこみの時間は、頭に浮かぶ雑念を振り払うことができる瞬間でもあったのだ。気分のいい時は、すべてそらで歌えるローリングストーンズのアルバムの曲が頭の中で鳴り響いたものだ。

だが今日は、ステーションワゴンの後部座席でエルヴェが古き良き時代を懐かしむのを聞きながら、フィリップはエロディーのことを、避けられない離婚のことを考えた。相変わらず夢でも見ているように、自分が映画の登場人物であるかのように、呪われた警察官が仕事のせいで人生を蝕《むしば》まれ、妻に棄てられ、独りぼっちになる姿を想像する。続いて現実が目の前に戻ってくる。映画的な魅力は減るが、より安心できる現実だ。自分は犯罪捜査部の警視であり、殺人犯を捕まえる任務を負っている。アルコール依存症でもうつ病でもなく、妻を寝取られたまぬけ男でもない。その時、突然脇腹を肘で強くつつかれて、フィリップは物思いから我に返った。

「おい、ほら、出てきたぞ」エルヴェが無線機をつかんだ。「こちらはエルヴェ。全員に連絡する。男が二人出てきた。二人とも外見はヨーロッパ人、年齢は三十前後、身長は標準、髪は濃い茶色だ。二人とも下は色の濃いジーンズをはいて、上は、一人は白いワイシャツにスーツ風ジャケット、もう一人はグレーのスウェットだ。駐車場のほうに向かっている……」

「ヨアンが追跡します。駐車場の出口で二人をキャッチすべく待機中です……」

「了解。いまグレーのアウディA1に乗ったぞ。ナンバーはAK-987-ZJ……。ヨアン、尾行しろ。できればあいだに一台入れるんだ。ふだんどおりなら交通量はかなり多いはずだが、そのほうがいいだろう。他の車両はあとに続いて、順次交替するぞ。覆面バンはサポートのためにヨアンの後ろについてくれ。ラシッドはバイクで後方に待機し、前方車両が追跡を続けられなくなったら急いで前に出ろ……。連絡はアクロポル、通話はヨアン優先だ……。アウディが動いたぞ……。駐車場から出るぞ」

エルヴェはハンドルを握った。フィリップも座席の背もたれをよじ登って助手席に移った。尾行開始だ。数分後、無線機から声が聞こえた。

「こちらはヨアン。エルヴェに連絡します。やつら不穏な動きをしています。ロータリーを一周しています。追跡を中止し離れます」

フィリップが無線を取った。

「了解、ヨアン。こっちで引き取るよ」

ヨアンはアリーヌと組み、アリーヌがハンドルを握っている。二人の車はロータリーの最後の出口から外に出た。覆面バンを運転しているのはエルヴェの部下のマルクで、ジュリアンと一緒だ。バンはロータリーの入り口で、進入できずにもたついている風を装って停車している。アウディが二番目の出口からロータリーの外に出ていくと、エルヴェは覆面バンを追い越し、エンジンをうならせてアウディの後方まで追いついた。その後ろにバンとヨアンの車、ラシッドのバイクが続く。フィリップは進捗状況を報告した。

「アウディは地下鉄のボビニー＝パブロ・ピカソ駅の方向に向かっている……。裁判所の後ろのロータリーでUターンするぞ……。たぶん、駅で停車するような気がするな……。ロータリーだ、ジュリアン、アウディの後ろについて見張ってくれ……」

フィリップの勘は正しかった。アウディは、パリ交通公団のバスターミナル前で停車した。この下が地下鉄の駅になっているのだ。覆面車両の一団は近くの道路で、いつでも追跡を再開できるように待機した。ジュリアンが無線で報告する。

「動きはありません。二人とも車から降りません。たぶんここで女性たちを待っているんじゃないでしょうか」

「了解だ、ジュリアン。徒歩で尾行できるよう準備しておいてくれ。二人が別行動になったり、地下鉄に乗ったりするかもしれないから」

「わかりました……。アウディがヘッドライトで合図しています……。女性が二人、地下鉄のほうから出てきました。二十歳《はたち》くらいで体型は痩《や》せ型、二人ともジーンズで、一人は黒い皮のブルゾン、もう一人はグレーの膝上丈のコートを着ています。髪は二人とも栗色です……。身なりは結構いいですね……。車のほうに歩いていきます……。いま乗りました。出発します……」

「こちらはヨアン。了解しました。尾行を開始します」

バイクと三台の車両は、器用にめまぐるしい駆け引きを続けながら、アウディを追ってパリ市内までたどり着いた。被疑者たちを乗せた車はコンコルド広場からシャンゼリゼ通りに入り、やがてスピードを落とし始めた。すぐにも右折するのではないかと思い、フィリップはバイクを先に行かせた。案の定、アウディは右折してワシントン通りに入り、配送車専用の駐車スペースに停車した。どうするべきか、エルヴェは瞬時に決断しなければならなかった。結果、ラシッドはバイクを歩道に停め、携帯を取り出して誰かを待っているようなふりをした。他の車両は周辺に散って、ラシッドの無線連絡を待った。

「こちらはラシッド。全員に連絡します。女性二人が車を降りました。運転していた男はハンドルを握ったままです。もう一人のジャケットの男は七十二番地の建物に入っていきました……」

エルヴェが無線機を握った。

「わかった。アウディはすぐに出発するはずだ。ラシッドとヨアン組は尾行を続けて、集合場所以外でどこに停まるかを確認してくれ。覆面バンと我々はここに残る。なんとかその通りに駐車場所を見つけよう。客らしい男が建物に入っていくのを見たら、そいつが再び出てくるまで待って供述をとるぞ。いつものよ……（ここで無線が一瞬途切れる）……。チームの組み合わせを変える。フィリップとジュリアンはバンに乗って建物を見張る。マルクとわたしはこの車に乗って通りの先で客を阻止する。ラシッド、アウディが動いたらすぐに皆に合図を送れ。そしてやつらのあとを追うんだ」

「了解しました、エルヴェ」

数分後、フィリップはジュリアンの乗っているバンに移動した。これまで何人もの口数の少ない同僚に出会ってきたが、ジュリアンはそうではなかった。張りこみの時間は、課長と若い課員がお互いを知るいい機会になった。フィリップはすぐにジュリアンに親しみを感じ、信頼感を抱いた。そして、まるで二十年来の友人と話すように、ジュリアンに話し始めた。

「なんて言うか、ここに異動を希望したのにはいろいろと辛《つら》い事情があったんだよ。犯罪捜査部に来てからも、家ではちょっと面倒なことがあってね」

ジュリアンは、フィリップが誰かに話をする必要があるのだと感じとった。

「どんな面倒があったんです?」

フィリップはすぐには答えず、しばらくのあいだ黙りこんだ。頭の中を、ここ数週間の出来事が瞬時に駆け巡った。

その時、建物のドアが開いた。フィリップはアクロポルを手に取り、ジュリアンはワッツアップでマルクにメッセージを打ち始めた。ジェネレーションの異なる警察官二人は、いつも意見が合うというわけではないらしい。

「こちらはフィリップ。エルヴェに連絡する。出てきたぞ……。年は五十前後、禿げ頭で、水色のポロシャツにベージュのズボン、紺のブレザー姿だ。茶色のアタッシュケースを持っている。外見はこの辺の住人のように見える。よし。そっちに向かっているぞ」

男が通りの角に姿を消すと、フィリップは話の続きを始めた。キャバレー課での仕事のこと、エロディーのこと。すべてを語った。エロディーとの出会い、自分たちが子どもを望んでいたこと、だが自分は不妊症で子どもをつくれないこと、そして今は離婚が避けられない状況であることを。

　ジュリアンは、一カ月前から自分を統率する立場にある上司が、自分の前で弱みをさらけ出すのを黙って聞いた。これまでずっと――アントワーヌが課長代理になるまでは――ジュリアンは上司であった課長たちの中に、間違いを犯すことのない人間の姿を見てきた。それは、躊躇することなく最後まで付き従っていくべき相手の姿だった。そこに人間の弱さを見たいとは思わなかった。そんなものを見たら、上司の決定に疑義が生じてしまうからだ。導き手を必要とし、それを自然に上司に求める若い捜査官としては、普通の反応だ。それほど多くの上司の下で働いたわけではない。アントワーヌの前には二人だけだ。そしてアントワーヌが課長代理になった時、自分の本当の〝指針〟となる人間は、すべての秘訣を教えてくれるもっとも賢明な人物は、ジャンなのだと気がついたのだった。

　ジュリアンは、フィリップが自分の不幸を語るのを黙って聞いた。そうすればフィリップの気持ちが晴れると思ったからだ。人の話を聞く能力はジュリアンの天賦の才といえた。誰もがジュリアンに胸の内を打ち明けた。フィリップが話を締めくくって言う。

「まったく、きみもわかるだろう、女っていうのは……」

「いいえ、フィリップ、わたしにはわかりませんね」ジュリアンは微笑みを浮かべて言った。

「謙遜するのはよせよ……。いかにもプレイボーイっていう顔をしてるぞ。もめた話がいくつもあるはずだ……」

ジュリアンはあけっぴろげに笑った。

「職場では、誰もあなたに教える人がいなかったみたいですね……」

沈黙が流れた。フィリップは突然その意味を理解した。

「いや、なんてことだ！　すまない、ジュリアン、知らなかったんだ……」フィリップは口ごもった。

ジュリアンは笑いが止まらなかった。以前、課の夕食会が開かれたレストランに、人生の伴侶である男性ヤニックを連れていった時の同僚たちの反応が思い出された。

「いえ、謝る必要はありませんよ。一九八一年以降は、これはもう病気ではなくなったんですから」

「なに言ってるんだ……。職場ではそのことで大変な思いをしたりしなかったのか？　同僚もみんながみんな繊細な神経の持ち主というわけじゃないからな……」

「詳しいことは言いませんが、職場では特に文句を言いたくなるようなことはありませんでしたよ。昔のことは知りませんが、今は職場の中に影響力のある団体ができていて、同性愛嫌いの人たちが大っぴらに反感を表明しにくい状況になっているんです」

「カウボーイブーツを履いた警察官の団体もできればいいのにな。そしたらジャンも救われるのに……」

「あれは、わざとやっているところがあると思いますね。ジャンの伝説の根源は、あの靴底の先端にあるんですから、やめ……」

話を終える前に、何かがジュリアンの注意を引いた。

「あの男、通りの先にいるあいつです……。携帯を見ていますが、わたしの勘ではクロですね。次の客だと思いますよ」

男は手に書類かばんを持ち、豪奢な建物に沿って歩いてくる。うつむいて携帯電話をのぞきこんでいるので、毛が薄くなった頭のてっぺんしか見えない。フィリップとジュリアンは、夕方の薄暗がりの中で男の顔を確認しようと注視した。男が顔を上げた瞬間、フィリップは思わず目を見開いた。そして部下の肩を叩いて言った。

「ジュリアン、アナイスを教えていたシュワルツ教授を紹介するよ。無欲の善きサマリア人だ……」

15

二〇一八年十一月九日　八時五十八分

レ・マレショー通りとクリシー通りの交差点。甲高いクラクションの音が鳴り響き、自転車がフィリップの車の前を横切っていく。緑と灰色の工事用フェンスが歩道に沿って立ち並び、渋滞をさらに悪化させている。フィリップはラジオをつけ、ハンマードリルのうるさい音に覆いかぶせるようにニュースを聞いた。そして小型トラックとハイヤーとのあいだに挟まれて身動きできなくなっていることを忘れようとした。他にも周りで身動きできなくなっている十台あまりの車は、宿直を終えて公用車で帰宅しようとしているパリ警視庁司法警察局の同僚たちに違いなかった。横を見ると、黒のスマートに乗った若い女性が怒鳴りながら、ハンドルを叩いてクラクションを鳴らしている。乱れた髪が目の上に覆いかぶさり、その視線は悪魔に取りつかれているようだ。神経がぶっちぎれたに違いない。

パリの渋滞はオゾン層に穴を開けるだけじゃない。人の脳みそにも穴を開ける。

ラジオニュースの始まりを告げる音楽が流れた――〝九時になりました。ニュースをお伝えします〟。最初の悪いニュースだった。今日は遅刻だ。〝今日お伝えする最初の項目です。パリで起きた若い女性の殺人事件の捜査に関し、犯罪捜査部は足踏み状態のようです。首都で起きた女性殺人事件から三日たった今朝、パリ検察局は記者会見を開き、国民に最大限の警戒を呼びかけました。被害者はポルト・ド・ラ・ヴィレット周辺で、着衣がなく体にひどい損傷を受けた状態で発見されています〟フィリップはラジオを切った。クラクションの音は気力を萎《な》えさせるだけではない。数分後に執務室で現実になるであろう場面が思い起こされ、胃が痛くなった。友人でもある次長のジル・ブリザールがドアをノックし、憔悴した顔で入ってくるだろう。グラジアーニ部長も一緒だ。部長はいかなる場合も落ち着き払った顔をしているが、できるだけ早く結果を出すことが必要なのだとフィリップにわからせるはずだ。結局のところ、急いで出勤してもいいことはない。

三十分後、課員が一堂に会した。今日のアントワーヌは、肘掛け椅子に座っておとなしくしている。フィリップは徐々に業務にも慣れ、日々の捜査会議に落ち着いて臨んだ。

「嵐の前の静寂のあいだに、きみたちに状況を伝えておこう。メディアが今回の事件を大きく報道し始めた。予想していたことだから、慌てふためく必要はない。彼らは彼らの仕事をし、我々は我々の仕事をするだけだ。今の上層部なら我々を掩護《えんご》してくれるだろう。首尾よくいけば、マイクを向けられるような事態はまったくないと思う。広報部が発表の準備をしているが、部長たちが我々の捜査の邪魔にならないような文言を考えてくれるだろう。彼らはメディア対応の研修を受けているが、我々は受けていない。したがってもし記者からコンタクトがあっても、直接答えるようなことはせず、部長や次長にまわすように。わかったな?」

各人が恭《うやうや》しくうなずいた。

「よし、メディアについては今のところこれだけだ。次に、昨日の張りこみでは、娘たちに売春をさせていた男二人の写真と、マンション一カ所の住所が入手できたが、この方面からはアナイスと結びつく情報は得られなかった。売春斡旋業取締部が引き続き捜査を行ない、通信傍受や監視の中で何か出てきた場合には知らせてくれることになっている。だが、昨日の成果が何もなかったというわけじゃない……。皆すでに承知のとおり、張りこみの場にシュワルツ教授が現われ、アナイスが属していた可能性のある組織の、エスコートガールのもとを訪れた。シュワルツを警戒させないよう、取締部からはそのままやつを泳がせておく許可をもらったので、これからはそっちを調べることにする。親切な教授が悲嘆に暮れる若い女性を救おうとしたという理論が完全に除外されたわけではないが、新たな状況の出現によって、我々はその理論を再検討する必要が生じたことを認めざるを得ない――。今のわたしの言い方を聞いたな？　捜査にあたってシュワルツにものを言う時は、まさにこういう態度で臨むように。ソルボンヌの教授なら影響力もあるだろうから、無駄に機嫌を損ねることのないよう気をつけるんだ。特に、周りにはマスコミがうろうろしているからな。ジャン、アントワーヌ、アキム、そっちは何か新しい情報があるか？」

ジャンとアントワーヌは昨日一日を書類や手続きを片づけるのに費やし、アキムはアナイスの持ち物やスケジュール帳を引き続き精査していたが、三人とも特に新たな発見はなかった。フィリップが今日の捜査の割り振りを発表しようとした時、アキムのメールボックスが小さな音をたてた。他の課員の迷惑そうな視線に構わず、アキムは画面に飛びついてメールをチェックし始めた。フィリップが再度口を開こうとしたが、アキム巡査部長のほうが早かった。

「アナイスの携帯の通話記録が届きました。事業者は超特急で送ってくれましたよ。要請書に下線付きの太字で〝重大殺人事件〟と書いておいたのが功を奏しましたよ」

「じゃあ、このあと、部長たちの話が終わったらすぐそれに取りかかってくれ。繰り返し出てくる番号から常連客を探すんだ。六カ月分全部　遡《さかのぼ》れ。メルキュールのソフトで見つけることができなかったものを、今度は昔ながらのやり方で……蛍光ペンで線を引きながら、見つけるまでだ。そういうソフトにだってできないこともあるだろう。何事も偶然には任せられない。誰か助手が必要か?」

アキムは首を横に振った。今日一日、通話明細を調べて過ごせることが嬉しくて仕方がないようだ。

「アリーヌとジュリアンは、アナイスが住んでいた地区をまわってくれ。近所の人や近くの商店に知り合いがいなかったか知りたいんだ。ジャン、アントワーヌ、手続きはどこまで終わっている?」

「遅滞なく昨日までの分は終了しています。あとは課長が昨日の張りこみの調書を書けばいいだけですよ」ジャンが朗らかに答える。

フィリップは笑顔を返した。

「オーケー。部長たちの話が終わったらすぐにパソコンに張り付くことにするよ」

その時、ジル・ブリザールとミシェル・グラジアーニが現われて会議は中断された。グラジアーニ部長が話を始めた。ブリザール次長は両手を体の後ろにまわし、厳かな態度で後方に控えている。

「諸君、たった今わたしのところに局長から電話があった。メディアが今回の事件を嗅ぎつけ、世の中の女性たちを震え上がらせることに決めたようだ。だがそんなことはどうでもいい。我々はそういったことには慣れている。言っておきたいのは、わたしは全力で諸君を支援するつもりだということだ。テレビカメラが来ることによって、徹底的な事件の捜査ができなくなるような事態はもってのほかだ。常軌を逸した内容でなければ、どんな要請にもわたしは責任をもって応えるつもりだ。もしきみたちに記者から直接コンタクトがあった場合は、わたしの所に来るよう言ってくれたまえ。わたしの言いたいことは伝わったと思う。さあ、仕事に戻れ」

グラジアーニは、捜査官たちに一言も言葉を発する間を与えずに部屋から出ていった。ブリザールもすぐ後ろをついていった。

捜査会議が終わると、課員たちはそれぞれの仕事に取りかかった。午後になって、フィリップは友人でもある次長の執務室に行った。

「ジル、さっきの芝居はなんだい？　突然会議の途中にやってきたかと思ったら、質問も受けつけずに出ていくなんて」

ブリザールは笑みを浮かべた。

「あれがグラジアーニのやり方なんだよ。ようこそ我々の部へ！　うちの上司はちゃんとサポートしてくれるんだっていうメッセージはしっかり伝わっただろ？」

「伝わったのはむしろ、部長が対メディアの最前線に顔をさらすってことと、だから万が一事件を解決できなければ、まぬけ面をさらすのは部長自身だってことだ。そうなれば部下を許せなくなるだろうさ。違うか？」

「まあそう心配するな、フィリップ。あの人は冷徹な人間に見えるが、三十年間のキャリアの中で部下を裏切ったことは一度もないよ。ああいうやり方は今に始まったことじゃないんだ。それにわたしもいる。わたしだってきみを見捨てたりしないさ。さあ、仕事だ、仕事だ。背後の守りは任せておけ」

そこにアキムが闖入《ちんにゅう》してきた。ブリザールは椅子から立ち上がって眉をひそめた。

「いやはや、アキム……。ドアはノックするものだと習わなかったのかね？」

アキムが息を切らしながら答える。

「すみません、次長。フィリップ！　通話記録を見に来てください。わかったことがあるんです」

瞬時に部屋の雰囲気は一変し、フィリップとブリザールはアキムのあとを追った。執務室では、課員全員が机を取り囲んでいた。アキムが説明する。

「アナイスの携帯の通話記録を分析したんです。三時間かかりましたよ。アントワーヌからシュワルツの携帯番号を教えてもらっていたので、それも探してみたんです。そしたら、明細の中にその番号があったんですよ！」

アントワーヌが遮って言った。

「そりゃそうだろう。シュワルツはアナイスに売春をやめさせようとしていたんだから。そんなことを言うためにわたしたちを呼んだのか？　ずいぶん大げさにラッパを吹き鳴らしたもんだな」

フィリップは苛立って口を挟んだ。

「アントワーヌ、まずは、戦前のような言葉遣いはやめるんだ。次に、アキムに最後まで話させてくれ、頼むから」

アキムは口元に笑みを浮かべ、話を続けた。

「確かにその点についてはわたしもそう思いますよ、アントワーヌ。ただ、夜中の零時から三時のあいだに電話とショートメッセージが立て続けに発信されていることが何度もあって、ここ二カ月のあいだ、少なくとも週に三回はそうした発信が記録されているんです。わたしとしては、これは怪しいと言わざるを得ませんね」

フィリップは成果に満足して手を叩いた。

「よくやった！　こんな短時間でどうやって分析できたのか、あとで説明してもらおう。まったく驚いたよ。だが、いま一番話を聞きたいのはシュワルツだな。供述調書は何度も読んだが、アナイスに夜中に電話したとは一度も言っていない。問題は、なぜ我々にそのことを隠していたかだな」

ジャンが答える。

「たぶん恥ずかしかったのでしょう。高名な大学教授ともなれば、娼婦に会いにいったと認めることは簡単ではないでしょうからね」

「それはわかりますけど」ジュリアンが続ける。「じゃあ、アナイスが売春をやめられるよう助けたかった、という善きサマリア人を気取った芝居は、いったいどういうわけなんです?」

しばらく沈黙が続いたあと、アリーヌが口を開いた。

「二つ考えられると思います。ひとつは、買春を恥じていたから、そして警察が通話記録を調べれば自分の電話番号もいずれればれるだろうと予測したから、つじつま合わせのためにあらかじめ芝居を打っておいた可能性です。でもシュワルツは、なんとなく漫画の『タンタンの冒険』に出てくる〝ビーカー教授〟みたいなところがあるようですから、まさかそんなことはできないんじゃないかという気がしますね。もうひとつの可能性は、教授がアナイスに夢中になってしまって、しつこく電話したというケースです。売春をやめるよう助けたなどというのは教授が頭の中ででっちあげた空想の世界ですよ。親友のジュリーはシュワルツのことなど何も言ってませんでしたから、何も知らなかったはずです。つまり、シュワルツは真実を自分に都合よく曲解していたと思われます」

アントワーヌがすぐに反応した。

「わたしは二つ目の仮定のほうに賛成だ。そういうことなら、今すぐやつを尋問しに行こう」

ジャンはアントワーヌに優しい視線を向けて言った。

「落ち着いて、アントワーヌ。今はまだたいした証拠はないんだよ。もし教授が反論してきたら、こちらはすぐにぐうの音《ね》も出なくなってしまう」

「確かにそうだ。わたしはどうかしていたようですね。ジャン、あなたの言うとおりだ」

フィリップはアントワーヌの反応に驚いた。まるで夢を見ているようだと思いながら話を引き取る。

「わたしも二つ目の仮定のほうに賛成だ。シュワルツが、売春が行なわれていたマンションに入っていったことは大きな手がかりであって、そこからいろいろなことがわかり始めた。だが今のところはすべて推測の域を出ない。この方面から、もっと掘り下げて調べてみよう」

最後にブリザールが意見を表明した。

「同感だよ、フィリップ。そいつは確かにうさんくさいが、なんらかの決断を下すのはまだ早すぎる。ところで、事件の夜、その男が十九区をうろついていなかったかを知りたいと思うんだが。アキム……」

　アキムは次長が言い終えるのを待たずに、メルキュールシステムで、ローザ・パークス地区やその周辺一帯での携帯の通信記録データを調べ始めた。コンピューターが結果を出すまでの数分間、部屋は重苦しい空気に包まれた。

「大当たりです！　シュワルツの携帯電波が、午前二時にこの近辺から検出されました」

　ブリザールはぜんまいに弾《はじ》かれたようにドアまで飛んでいった。

「検察に電話してくる」

16

二〇一八年十一月九日　十四時〇分

数時間後、ブリザール警視正が〝オープンスペース〟に入ってきた。課の全員がブリザールの言葉を待ち構えるなか、フィリップが口火を切った。

「次長、〝ビーカー教授〟の通信を傍受する許可は取っていただけたんでしょうか」

フィリップは、課員の面前でブリザールと話す時は丁寧な物言いをすることにしていた。

「それ以上だよ。諸君、明日は朝早いぞ。検察はシュワルツの勾留を要求している」

フィリップは驚いて不満を口に出した。

「そんなこと、無理に決まってるでしょう。こっちは情報が不足しています。勾留しても、シュワルツを追い詰められる証拠は何もありませんよ。新米巡査みたいにはねつけられるのが関の山です」

ブリザールはフィリップをなだめようと試みた。

「シュワルツはこれまで一度も勾留されたことがないんだから、きっとすぐ落ちるに違いないさ。それに、シュワルツが嘘をついていたこと、犯行日のしばらく前から被害者に何度も夜中に電話をかけていたこと、犯行のあったまさにその夜に現場付近で携帯の電波が検出されていること、そしてエスコートガールに会いに行く現場を張りこみ中に目撃されていること、この四つの事実を総合的に勘案したうえで、検察は、勾留が正当な措置だと判断したんだ。確かに、筋は通っていると言わざるを得ないだろう」

パリの街に夜の帳《とばり》が下り、警視庁司法警察局の建物からも人気《ひとけ》が消えた。残っているのは宿直の警察官だけだ。警備担当官が、留置場の監視カメラを見ながらできることをして時間をつぶしている。七階の執務室ではフィリップとジャンが、シュワルツ教授に関してわかっているわずかな情報の検討を続けていた。教師の評価が書きこまれたウェブサイト上でシュワルツに関するコメントが見つかったが、それによるととても褒められた教師ではなかったようだ。女子学生に手を出す傾向があったらしい。

フィリップもジャンも目が真っ赤に充血し疲れきっていたので、ジャンが休憩を宣言するとフィリップもすぐに賛成した。

「ポルト・ド・クリシーでハンバーガーを買ってくるよ。それでいいかい？」

フィリップの言葉に、ジャンはけしからんという顔で返した。

「そんな化学物質みたいなものを食べるなんて冗談じゃない。今夜はもう徹夜に決まったようなものなんだから、サン＝ラザール駅のブラッスリーへ行って何か食べましょう。どっちにしろあの爺さんの情報は何もないいんだから、二時間休憩したからってどうってことない。違いますか、課長？」

「そのとおりだ。一カ所電話をかけたら戻ってくるよ」

フィリップは廊下に出ると、携帯電話を耳に押し当てて同じ場所をうろうろ歩きまわった。鼓膜に呼び出し音が響き、やがて留守番電話から自動音声が流れた。エロディーは一度も自分で応答メッセージをカスタマイズしたことがない。フィリップはメッセージを吹きこんだ。留守電にメッセージを吹きこむのは苦手だ。人がいないところで話すのは誰だって得意なはずがない。出頭を要請するために証人に電話して留守電にメッセージを残すたびに、フィリップは口ごもってしまう瞬間があった。必ずそうなることが自分でもわかっていた。いつ言葉に詰まるかと自分でも構えてしまうのだ。穴だらけの道を目隠しをして歩くようなもので、いつ転ぶかは自分でもわからないのだった。

今、この土壇場になって、フィリップはもう一度よく考えてみた。自分たちの関係が混沌とした状況になっていくのを前にして、ばらばらになった二人の関係を自分は本当に修復したいのか、わからなくなったのだ。結局のところ、なぜ今回の諍《いさか》いはすぐに解消できなかったのだろうか？　その答えは自分でもわかっていた。問題は子どもを作れないことではない。怖くて、妻にそれを話せなかったことなのだ。打ち明けたらその瞬間から、自分が彼女の人生の重荷になってしまうと、心のどこかでわかっていたからに違いない。

サン＝ラザールに向かって、フィリップは黙って車を運転した。ポケットの中で携帯が振動した。運転中の通話が嫌いだったので、フィリップは携帯をジャンに渡して頼んだ。

「このメッセージを読んでくれないか？　きっと明日の尋問の件だ」

ジャンは電話を受け取って画面に目を走らせると、しばらく沈黙した。

「それで、なんだって？」

「フィリップ、これは自分で読んだほうがいい。すみません」

フィリップはハザードランプを点滅させて路肩に車を停めると、電話を手に取った。画面にはエロディーのメッセージが表示されていた。〝もう会わないほうがいいと思います。大家にアパルトマンの契約解除通知書を出したので、一カ月後には明け渡します。わたしの人生にもう二度と立ち入らないで。さようなら〟

17

二〇一八年十一月十日　五時三十分

朝の五時半。夜は明けきっておらず外はまだ暗い。十一月の寒気に頰を紅潮させ、ジュリアンがバスティオンの庁舎の七階に到着した。〝オープンスペース〟に入ると、フィリップがソファーで眠っていた。ドアを軽くノックして起こすと、フィリップは熊のようなうなり声を漏らし、ジュリアンに手で軽く挨拶しながらコーヒーメーカーのほうに歩いていった。

しばらくすると、課員たちが犯罪捜査部のフロアに集まってきた。執務室の電灯に照らされただけのフロアは、静謐《せいひつ》な空気に満ちている。コーヒーメーカーのこぽこぽという絶え間ない音の合間に、拳銃に弾を装塡するカチャカチャという金属音が響く。課員たちは防弾チョッキを着て武器をベルトに装着すると、全員フィリップの周囲に集まった。そこで、作戦は密かに行なうべし、との指令が下された。

一同は、薄暗い早朝のパリの街を三台の車に分乗して進んでいった。大地がやっと白み始めるこの時間は、道路はまだそれほど渋滞していない。一行はほどなくヴォージラール通りにある豪奢な建物の下に到着した。六人の私服警官は建物の扉の前に集まり、ここで最後の指令の伝達が行なわれた。幸い、シュワルツの事情聴取の際にアントワーヌが気を利かせて、住んでいる階と、建物の扉の開錠コードを聞き出していた。捜査官たちは中に入り、分厚い赤い絨毯《じゅうたん》が敷き詰められた大理石の階段を上がっていった。ジュリアンが今にも木のドアを突き破らんばかりの勢いで工具を持ってドアの前に立ったが、フィリップはそれを遮って呼び鈴を押した。ここで無駄に騒ぎを起こす必要はない。六人はドアの左右に分かれて立った。ドア枠の下から、黄色がかった照明の光が差してきた。中では何も気づいていないようだ。ドアが開いた。フィリップとジュリアンは室内に押し入り、容赦なくシュワルツを取り押さえて手錠をかけた。絹のナイトガウンを着てぼさぼさの髪をしたシュワルツは、何が起こったのかまったくわかっていないようだった。

「シュワルツさん、ここにいるのはあなた一人ですか?」フィリップが淡々と質問するあいだに、他の四人は住居の捜索を開始した。

「ええ、わたしは離婚していますから。いったいこれはどういうことです?」

「あなたをアナイス・サリニャックに対する殺人容疑で勾留します。あなたには医師と弁護士に面接する権利、雇用主または家族の誰か一名に連絡する権利があります」

「なんだって？　何を言ってるのか理解できませんね」

「最後まで聞いてください。あなたは質問に答える権利または答えない権利、任意の供述を行なう権利または黙秘する権利があります」

「座ってもいいですか？」

「もちろんです」

ジュリアンが客間の肘掛け椅子を調べ終わると、教授は手首に手錠をはめられたまま椅子に倒れこんだ。フィリップは椅子の正面にある低いテーブルに腰かけた。

「お伝えしておきますと、この措置の効力は二十四時間で、一度の更新が可能です」

「警視、どういうことか説明してください。お願いしますよ」シュワルツが懇願する。

「話はのちほど警察で聞きましょう。その前にここを家宅捜索します。権利は放棄しますか？」

シュワルツはパリ弁護士会所属の弁護士である友人の付き添いを求めたが、医師の診察や大学への連絡は断った。スキャンダルを恐れたのだろう。シュワルツがピリピリしているのを感じたので、フィリップはわざと最小限のことしか話さないようにした。そしてジュリアンにもそうするよう目で合図した。シュワルツが調書にサインできるよう、ジュリアンが右手の手錠を外した時、アリーヌが客間に戻ってきて言った。

「確かに、ここには一人で住んでいるようですよ」

家宅捜索によって一組の手錠が発見され、携帯電話やタブレット、パソコンとともに押収された。ナイトテーブルからは、手錠の他にも数多くのSMプレイの道具が見つかった。

最初はびくびくしていたシュワルツだったが、徐々にうわべだけでも威厳を保とうとし始めた。課員たちはいくつもの抽斗《ひきだし》をひっくり返して丹念に中身を調べていたが、シュワルツはそこから住所録を取り出してある警視正の名前を挙げ、自分の知り合いであるこの人物が、苦境から自分を救ってくれるだろうと言い始めた。フィリップは苛立ち、教授を廊下の端に引き寄せた。

「先生、よく聞いてくださいよ。これは駐車違反とはわけが違うんだ。あなたのコネでどうにかなる話だとはわたしには思えませんがね。我々がお宅のフレンチヘリンボーンの床を剝がして他にSMの道具がないか調べ始める前に、何か言っておくことはないんですね？」

「それはわたしの私生活の問題だ、警視。実のところ、何を根拠にこんなことをするんですか？」

「先生、その話は、まだこれから二十四時間ありますからその時にしましょうか。今は、我々の役に立つ供述を行なっていただきたいのですが、もし供述する権利を放棄するというのであれば、せめて家宅捜索中は、黙秘権を行使することを強くお勧めしますよ」

「ベッドのマットレスの下だ。他の道具はそこにある」

フィリップは奥に向かって呼びかけた。

「アントワーヌ、聞こえたか？」

「はい、見に来てください」

行ってみるとそこには黒い箱があり、その中からいくつもの奇妙な形のセックストイと少量のコカインが見つかった。その後、家宅捜索が終わるまでのあいだ、シュワルツは完全黙秘を貫いた。フィリップは捜索を終えて出発する時、人前で手錠をかけられた姿が見えないよう、あまり効果はないかもしれないがシュワルツの肩からレインコートをかけた。建物のロビーを通り過ぎた時、管理人室のカーテンがわずかに開いてその隙間から好奇の目がのぞいた。

バスティオンまでの帰路、三台の車列はサイレンを鳴らしながら走ったが、パリの渋滞に捕まってなかなか先に進めなかった。アントワーヌとフィリップは同じ車に二人だけで乗っていた。

「アントワーヌ、午後になったら〝監視人〟に会いに行ったほうがいいな」

「えっ？　誰にですか？」

「管理人のことだよ。さっきの建物の。ロビーを通った時、カーテンの隙間からこちらを盗み見ていただろう。住人の往来について話を聞けるんじゃないかと思うんだが」

「わかりました。ジャンと一緒に行ってきます。管理人というのは、そういうことが大好きですからね」

18

二〇一八年十一月十日　九時〇分

シュワルツ教授がバスティオンの勾留施設のある階に到着した。独房の扉が教授の背後でぴしゃりと閉まると、ジュリアンとアキムは監視カメラで被疑者の様子を観察した。教授は神経が高ぶって座っていられないといった様子で、うろうろと歩きまわっている。何かをいじっているようなしぐさが見えたので、無遠慮なカメラのズームで手元を拡大してみる。すると被疑者は警察の厚意で渡された紙パックのオレンジジュースに、手早くぶっきらぼうにストローを差しこむところだった。ズームで見ていた二人はなんとも言えないきまり悪さに襲われた。

この場所は建物は新しいものの、禁断症状の出た麻薬中毒患者が独房の壁を叩くので、その音がいつもフロアじゅうに反響している。白くて無味乾燥なこの場所には独特な雰囲気が漂っていた。そして男も女も、囚われの身にある者たちはつねに、そうした人間に特有の形容しがたい緊張感を醸し出していた。一種の胃痙攣のようなものだ。ガラス張りの重い扉が並んだ廊下には不満感が満ちていて、それが皮膚の毛穴を通って各人の中に染み入っていくかのようだった。

しばらくして、フィリップは待合室に入った。

「おはようございます、先生。犯罪捜査部のヴァルミ警視です。ずいぶん早くいらっしゃったんですね」

「これはどうも、警視。弁護士のカルモナです。クライアントに呼ばれたら、わたしは走って駆けつけますよ。こうやってわたしの事務所は信頼を得ているんです」

弁護士はにこやかで感じがよかった。しっかりと握手をしたあと、二人は留置場に向かって歩いた。

シュワルツと弁護士は看守の監視の下、防音室の中で話をした。被疑者と弁護士との会話は秘密である。捜査官たちはこんな時、できるものなら小さなネズミに変身して、被疑者が何を話しているのか聞きたいと思うのだった。

三十分後、捜査官の席の向かい側にある座り心地の悪い椅子に、シュワルツが腰かける。フィリップは壁を背にして立った。供述内容を記録しながら主として質問をするのはアントワーヌだ。

「シュワルツさん、アナイス・サリニャックさんとはどのようなご関係でしたか?」

シュワルツは、自分の後ろに席を割り当てられた弁護士を振り返った。弁護士は小さくうなずいて、質問に答えるよう指示する。

「前にも言いましたが、彼女はわたしの学生でした。悪い道にはまっていたので、そこから抜け出せるよう支援していたのです。それ以外に何を言えばいいのかわかりませんね。わたしはどうしてここに連れてこられたんでしょうか? いったいどういうわけなんです、警部?」

「今は質問に答えるだけにしてください」アントワーヌが冷やかに言った。「抜け出せるように支援していた、とおっしゃいましたね。具体的には何をしたのですか?」

「何度か一緒にコーヒーを飲みに行って、彼女が学業を続けるつもりなら必ず支援するからと言いました。そして、遅れを挽回して学士号を取得し、修士課程に進めるように、彼女の書類を審査委員会に推薦したんです」

「彼女に言い寄ったことは一度もないんですか?」

「いったいわたしを誰だと思ってるんです?」

フィリップがシュワルツに近寄り、上から見下ろすように立った。

「わたしの補佐が先ほど言ったはずです。今は我々が質問しているんです」

「答えてください、シュワルツさん」

「言い寄ったことなんか一度もない。彼女は頭のいい子だったので、ああいった下劣な世界から助け出してやりたかったんだ」

「どういった世界のことです？」

「それはもちろん、売春のことですよ。彼女が夜に出入りしていた、少なくともひどく偏向した場所のことです」

「偏向した場所？」

シュワルツは唾を飲みこみ、片手で髪の毛を触った。

「そうです、卑猥なサドマゾのクラブなんかですよ。一緒にコーヒーを飲んだ時に何度かその話をしてくれました」

シュワルツの回答を入力し終えると、アントワーヌはキーボードから指を離した。そしてゆっくりと眼鏡を外し、何も言わずに被疑者の目を見据えた。沈黙が続き、その場の緊張感はさらに高まった。シュワルツが椅子の上で身をよじる。居心地は良くないはずだ。すがるものは何もない。壁の飾りも、テーブルの置き物もなかった。周りの殺風景な景色が、孤独感をいや増す。部屋の中の誰も口をきかなかった。弁護士は記録を取るのをやめた。フィリップは壁にもたれている。アントワーヌが一言ずつ区切ってゆっくりと言った。

「教授、これからひとつ、質問します。答えは、よく考えてから言ってください。二〇一八年十一月の、五日から六日にかけての夜、あなたはどこにいましたか？」

シュワルツは眼鏡を外し、目をこすった。そろそろ限界に来ているようだ。声を震わせながら答える。

「どうしてわたしを疑うのか、まったくわからないな。彼女を傷つけるようなことをわたしがするはずがないのに」

「質問に答えてください」

「オーケストラのコンサートに行っていましたよ。そのあと一杯飲んでから、二時頃に帰りました」

「その時は一人でしたか？」

「コンサートのあいだはそうです。そのあとは、楽団のチェロ奏者と一緒に一杯飲みました。友だちなんです。彼がコンサートに招待してくれたんだ」

「チケットはまだお持ちですか？　それから、確認を取るためにお友だちの連絡先も教えていただきます」

「ええ、招待状はEメールで受け取りました。連絡先はフォルダーの中にあります。名前はジュール・グピルです」

アントワーヌがコーヒーを勧め、教授がそれを受け入れたので、フィリップはコーヒーの自動販売機に向かった。この休憩のあいだ、アントワーヌはシュワルツから目を離さなかった。たっぷり五分間、二人の男は互いを見つめ続けた。教授も警察官も、微動だにしなかった。だがどちらも、この対峙の中から何かを読み取ることはできなかった。フィリップが部屋に戻ってみると、二人は相変わらずどちらが捕食者でどちらが獲物なのかも判然としない様子でにらみ合っていた。やがてアントワーヌが質問を再開した。

「アナイスの友人たちをご存じですか？」

「ええ、ジュリーとかいう子がいましたよ。二人はいつも一緒にいましたからね。わたしに彼女を助けてくれと言いに来たのはこの子でした」

「シンシアの両親のことはご存じですか？」

「いいえ、おわかりでしょうが、ふつう、学生の親のことなどほとんど知りませんよ」

ここでアントワーヌはキーボードを脇へ押しやった。今からこの場で話されることは調書には記録されない、ということを教授に示すためだ。

「今度はあなたの品行についてお話ししたいのですが。家宅捜索の際、たくさんのＳＭの道具が見つかっていますが、日常的にそうした行為をなさっているのですか？」

シュワルツは自分の地位にふさわしい品位を取り戻すかのように、背筋をしゃんと伸ばした。

「それはわたしのプライバシーに関することですから、あなたにそんな質問をする権利はありませんよ」

ここでフィリップが割って入った。

「シュワルツさん、エスコートガールの女性が殺され、彼女があなたの教え子だったことが明らかになっています。いっぽうであなたの家からはSMの道具と白い粉が見つかっている。白い粉は検査の結果コカインと判明しています。したがって、我々にはこの質問をする権利があるんですよ」

「コカインはわたしのじゃない。どうしてあそこにあったのか、わたしは知らないんだ」

そう言うとシュワルツは後ろにいる弁護士のほうを振り向いた。

「それに、そんなことはなんの証拠にもならないでしょう？」

アントワーヌが手短に締めくくった。

「わかりました、教授。事情聴取はここまでにしましょう。今ご自分が話されたことを再度よく考えておかれることをお勧めしますよ。続きは今日の午後にしましょう」

シュワルツは調書を読んでサインすると、独房に戻された。フィリップは弁護士に同行し、次の事情聴取は二十時からだと告げた。アントワーヌは一人廊下の端に立ち、教授が歩いていく姿を眺めた。シュワルツは、昨夜自宅から連行される際に慌てて着替えたビロードのズボンとツイードのジャケットという服装だったが、その姿はこの場の雰囲気から完全に浮いていた。廊下ですれ違った麻薬中毒の男が、シュワルツを上から下までじろじろと眺めた。独房に戻ってドアが閉められると、シュワルツは椅子に腰かけ、いらいらと足を踏み鳴らした。しばらくすると鑑識の職員たちが来て指紋を取った。その作業のせいで両手についたインクの汚れを、シュワルツは自分のカシミアのセーターで拭きとるしかなかった。犯罪者識別用の顔写真も撮影された。疲れきっているにもかかわらず、シュワルツの目は異様にらんらんと輝いていた。

ブリザール警視正は自分の執務室で電話をスピーカーモードにした。隣にはフィリップとアントワーヌが控えている。呼び出し音三回で検事が電話に出た。

「警視正、良い知らせを持ってきてくれたんでしょうね」

「検事、我々はヴィクトール・シュワルツの事情聴取を終えたところです。家宅捜索では、コカイン一グラムとさまざまなＳＭの道具を見つけました。電話機、タブレット、パソコンは現在解析中です」

「それで、我々のお客さんはどういった状況でしょうか？」

「検事、それについては部下が直接お答えします」

アントワーヌが話す。

「失礼します、ベルフォン警部です。尋問を行なったのはわたしです。現時点ではシュワルツは全面的に否認していますので、言い分をそのまま話させています。ですが、すでにいくつも矛盾点が出始めています」

「なるほど。初回尋問では反論せず好き勝手に言わせる戦法ですか。昔ながらのやり方だが、結局一番効果があるというわけだ。被疑者は弁護士の同席を求めたと思いますが、誰でしたか？」

これにはフィリップが答えた。

「失礼します、検事。ヴァルミ警視です。弁護士に面接したのはわたしです。担当はカルモナ弁護士です」

「優秀な弁護士だ。あなたがたをてこずらせたりしませんでしたか？」

「これまでのところは大丈夫です。関係は友好的です。もちろん書類を見たいという要求はありまし……」

「そしてさりげなく欧州人権裁判所のことをほのめかした。つまり弁護士は、クライアントの人権が守られていないと言いたかったわけだ。そこに気づくべきでしたね。まあ、それはたいしたことではない。それで警視、あなたは被疑者についてどう思っているんです？」

「まずは押収したデジタル機器の中身を技術部門に分析させ、それをもとに再検討する必要があります。ただ、何かしっくりこないんです。うまく説明できないのですが、我々はみな、何かひっかかりを感じています。確かにシュワルツは性的に倒錯した面がありますが、だからといって殺人者になるというわけではありませんから。次の尋問は二十時に実施する予定です」

「二回目の尋問のあとに、わたしが被疑者に会って勾留延長の話をしようと思うのだが」

「テレビ会議ですか？」

「いや、そちらに行きますよ。わたしはおたくの新しい建物のすぐ近くに住んでいるのでね。司法官が目の前に現われたら被疑者は間違いなく動揺するでしょうから。それでは皆さん、失礼しますよ。引き続き報告をよろしく」

　シュワルツは独房の中で横になっていた。何時間ものあいだ天井を見つめたまま、身動きひとつしなかった。以前ここに勾留されていた者たちが適当に壁に刻みこんだ落書きが、シュワルツの不安を紛らした。シュワルツは時間が過去に遡《さかのぼ》っていくように感じた。ゆっくりと、少しずつ。強化ガラスの向こう側で日の光が傾いていく。以前兵役についていた時のことが思い出された。一九六八年の五月革命世代である若かりし頃のシュワルツは、ヴォージュ県にあったヒッピーの共同体に参加しようと脱走を試み、禁固処分になったことがあった。今はその時に似ていなくもなかった。

フィリップと課員たちは〝オープンスペース〟に集まった。アントワーヌが尋問の様子を報告しながら、仕掛けた罠にシュワルツがしっかりはまったことを告げる。アキムは、到着した電話の解析記録を皆に説明した。鑑識からも押収品に関する報告書が届いており、フィリップは満足した。三十分後には二回目の尋問が始まる。

独房内に、勾留者用の夕食の胸の悪くなるような匂いが充満している。シュワルツは食事には手をつけなかった。シンシアのこと、彼女と過ごした夜のこと、彼女の肉体のことを思い浮かべた。彼女とのちょっとした遊戯のせいでこんなところまで来ることになろうとは……。究極の懲罰だ。こうした恥辱を受けることは快感だった。シュワルツは両手で下腹部を触りたくなったが、監視カメラがあるので思いとどまった。壁面に染み付いた汚れも、ひどい悪臭も、四方の壁に響き渡る勾留者の叫び声も、すべて気に入っていた。だが、刑務所に入れられるなどはもってのほかだ。なんとかしなければ。大切なのは名士としての地位であり、十五区の豪華なマンションであり、通ってくる家政婦であり、ロータリークラブでのパーティーだ。それらを維持したうえで、卑しい行為にふけり、火遊びをし、手痛い罰を受けるのが好きなのだ。シュワルツは正気に戻った。自分は本当にどうかしていると思った。逮捕された直後も、手錠をかけられて階段を下りる時、一瞬女性の警察官に腕を支えられ、ひどく興奮したのだ。その時、外で鈍い音がして独房のドアがノックされた。

二回目の尋問が始まった。それぞれが自分の席に着く。フィリップとアントワーヌは服を着替えていた。シャワーを浴びて身ぎれいになり、さっぱりとした印象だ。いっぽうシュワルツのほうは汚いままで、カシミアのセーターからはすえた匂いがした。部屋の中には重苦しい空気が漂った。フィリップはシュワルツの後ろに立ち、話を始めた。アントワーヌが機械的に記録を取る。シュワルツはフィリップのほうを見るために、椅子の上で体をぐるっとねじらなければならなかった。

「シュワルツさん、先ほどの事情聴取でわたしたちにおっしゃったことに変わりはありませんか？」

「もちろんです。わたしは本当のことを言ったんですから。いつの日か、あなたがたが無実の人間を執拗に攻撃するのをやめる日が来るといいのですが」

「アナイスに言い寄ったことは一度もないんですね？」

「一度もありません」

「でも、彼女は結構美人でしたよね。その気になったことは一度もないんですか？」

「でも結局は娼婦ですからね。わたしにはそんなものは必要ありませんよ」

「娼婦ですか？　彼女のことは、自分の学生として考えておられるのだとばかり思っていましたよ」

シュワルツがつっけんどんに答える。

「両立は可能ですよ。そうでしょう？　いったい何が言いたいのかわかりませんね」

「彼女が偽名で売春していたことをご存じですか？」

「いえ、そんなことは知りませんよ。知りたくもない」

フィリップは机の上に身をかがめ、被疑者の顔に自分の顔を近づけた。

「先生、本当のことを言ってもらわないと困ります。被害者の電話の通信記録があるんですよ。あなたは三カ月間、週に何度も真夜中に彼女に電話していますよね。それはどう説明するんです？」

「彼女が時々話をしたがったんですよ。彼女は不眠症だったし、ゆっくり話ができるように電話していたんです。わたしの知るかぎり、それは法律で禁止されていないはずです

ハヤカワ文庫の最新刊

●表示の価格は税込価格です。
＊価格は変更になる場合があります。
＊発売日は地域によって変わる場合があります。

7
2021

SF2331,2332

主要SF3賞受賞の『宇宙《そら》へ』続篇！

火星へ（上・下）

メアリ・ロビネット・コワル／酒井昭伸訳

eb7月

一九六一年、月面基地を建設した人類は、つぎは初の火星有人探査を計画していた。女性宇宙飛行士エルマはそのクルーに選ばれるが……

定価各1144円［14日発売］

NF576

世界的ベストセラー『樹木たちの知られざる生活』続篇

後悔するイヌ、嘘をつくニワトリ

動物たちは何を考えているのか？

eb7月

動物も幸福や悲しみをかみしめる——その内面は実に奥深い。ドイツの森林管理官が長年の体験と科学的知見をもとに綴ったエッセイ

定価990円［絶賛発売中］

スタン・パリッシュ／上條ひろみ訳

HM488-1

2020年パリ警視庁賞受賞作

夜の爪痕

アレクサンドル・ガリアン／伊禮規与美訳

eb7月

パリ市内で全裸の女性の惨殺死体が発見された。捜査の結果、被害者は大学院生で、エスコートガールをしていたことがわかるが……

定価1188円［絶賛発売中］

●新刊の電子書籍配信中

ebマークがついた作品はKindle、楽天kobo、Reader™ Store、hontoなどで配信されます。

ゴンクール賞最優秀新人賞受賞！

ベケット氏の最期の時間

マイリス・ベスリー／堀切克洋訳

eb7月

パリにある引退者が暮らす施設「ティエル＝タン」。静寂の中、記憶をたゆたいつつ人生の最期を待つ一人の老人がいた——事実に即して、ノーベル賞作家サミュエル・ベケットの強烈な個性を再現しながらも、死を待つ人間の普遍的な姿を浮き彫りにした小説。

四六判上製　定価2860円［14日発売］

『ぼくらが漁師だったころ』著者による壮大な物語

小さきものたちのオーケストラ

チゴズィエ・オビオマ／粟飯原文子訳

eb7月

ナイジェリアの貧しい養鶏家の青年チノンソは、富裕層の女性と恋に落ちた。彼女と結婚するため全財産をなげうってキプロスに向かうが、そこで待ちうけていた運命とは——。チノンソの守り神は天界の法廷で神々に彼の人生を語りはじめる。ブッカー賞最終候補作

四六判上製　定価3960円［14日発売］

二人の少女のかけがえのない友愛に捧げられた、ボーヴォワール未発表小説

離れがたき二人

シモーヌ・ド・ボーヴォワール／関口涼子訳

eb7月

二十世紀初頭のパリ。少女シルヴィーは、厳格なブルジョワ家庭で育ちながらも自由を求めて反抗して生きる、ある少女と出会った。たがいに強く惹かれ合う二人の友愛は、永遠に続くはずだった——。一九五四年に執筆されるも、発表されることのなかった幻の小説

四六判並製　定価2750円［絶賛発売中］

が？」

「我々の技術部門があなたの携帯電話を解析し、削除されたショートメッセージを復元したんですよ。十月二十七日零時十分――〝わたしを懲らしめてくれ。すぐに来て。五百ユーロ〟。十月三十日一時二十分――〝今日の午後のは気に入ったかい？　さあ、うちに来て。コートの下には何も着ないで。七百ユーロ〟。十一月一日……」

「そんなのはでっちあげだ。わたしを罠にはめようとしているんだ。きっと彼女の仲介人たちがわ……」

フィリップは言葉を遮った。

「先生……。先ほど、アナイスの商売上の偽名は知らないと言われましたが……」

「そうです。そんなのは知りません……」

それを聞くと、フィリップは突然声を張りあげてシュワルツの周りを歩き始めた。

「あなたは凶悪殺人事件で勾留されているんですよ。そろそろ真実を語るべきだ。これがどういう結果を招くのか、あなたはよくわかっていないようだ。嘘をついてもどうにもならないんですよ。今朝の事情聴取で、我々はあなたに質問しましたよね。〝シンシア〟の両親のことはご存じですか、と。なぜその時あなたは反応しなかったんです？」

シュワルツが顔をあげてフィリップを見た。悲しい目だった。そして諦めたように言った。

「警視、あなたはメグレには似ていないかもしれないが、凄腕の刑事のようだ。わたしは自分の学生とのこんな関係が公になるなんて、とてもじゃないが我慢できなかったんだ。どれほどのスキャンダルになるかあなたも想像できるでしょう？　でも、だからといってわたしが殺人犯になるわけじゃない。違いますか？」

アントワーヌがあとを引き継いだ。

「あなたの家で見つかった手錠からアナイスのDNAが検出されたらどうします？」

「プレイでよくその手錠を使っていましたから、検出されても不思議はありません」

「問題はですね、教授、その手錠の形状が、遺体に残っていた拘束の痕跡と一致していることなんです」

シュワルツは黙ったままだ。フィリップがとどめを刺した。

「先生、検事正が、あなたの勾留の二十四時間延長を決定しました。このあと、あなたは検事に会い、夜はここに泊まってもらいます。何か異議はありますか？」

シュワルツはパンチを食らったあとのようにぐったりとなって、やっとのことで口を開いた。

「ありません、警視」

「わかりました。事情聴取を終了します」

パリ警視庁司法警察局の高い建物の前で、カルモナ弁護士がたばこを勧め、フィリップがそれを受け入れた。

「本当に教授が犯人だと思っているのですか、警視？」

「何も申し上げることはできませんよ、先生。よくおわかりのはずです。ただ、あなたのクライアントがこの壁の中にいるということは、何かがあるということです」

弁護士は射るような目でフィリップを見た。

「わたしはあの人をよく知っています。確かにへそ曲がりでうぬぼれが強く、少々女性蔑視的なところはあります。ですが、殺人を犯すような人物ではありませんよ」

フィリップは寂しげに微笑んでみせた。

「こういったことはなかなか予想できないものですよ、先生」

「でも、何かしっくりこないと思ってらっしゃるのでは？　現状では根拠のない推測にすぎません」弁護士は諦めずに続けた。

フィリップは微笑むのをやめて言った。

「それでは先生、明日の午前十時に、事情聴取と面談でお会いしましょう」

カルモナはフィリップと握手しながら答えた。

「それでは明日、警視。どうぞ頑張ってください。夜は短いですからね」

19

二〇一八年十一月十日　二十二時四十五分

　赤ワインが入った二つのグラスにろうそくの炎が揺らめき、脚の短いテーブルの古い木目に深紅の光輪が映っている。フィリップはソファーに伸びたまま、かつての相棒がアメリカ式ダイニングキッチンで立ち働いているのを眺めた。相棒は湯気のたった二つの皿を手にしてテーブルに戻り、隣に座った。フィリップはぼんやりと宙を見ながら、料理を機械的に口にし、その合間に赤ワインをごくごくと飲み干した。ルイは、静かなジャズの音楽で雰囲気を和らげてから沈黙を破った。

「家に仲間がいるのはいいもんだ。孤独を感じなくてすむからな。だが、ちょっとはしゃべるのをやめたらどうだ。まったくおまえは本当におしゃべりだからな」

　フィリップは可笑《おか》しくなってルイを見た。

「悪かった。今日の被疑者のことを考えてたんだ」

口に食べ物を入れたままルイがなんとか言葉を口にする。

「勾留してるやつがいるのか？」

「被害者の大学の教授なんだが、被害者の客でもあったんだ」

「つまりは、もう文部省の教育は信用できないってことだな。だからそいつを引っ張ってきたのか？」

「いや、ずいぶんばかにしてくれるじゃないか。そいつの携帯の電波が犯行現場付近で検出されたんだよ。さらに家宅捜索でコカインと手錠が見つかったんだが、手錠は被害者の拘束の痕跡に一致していた」

ルイは感心したようにフィリップを見た。

「へえ、なかなかじゃないか。それで尋問の結果、そいつが犯人かもしれないと思ってるのか？」

「どうかな。なんとなくすっきりしないんだ。確固たる証拠はないし、本人は断固として否認しているしね。被害者と性的関係を持っていたのは確かだが、そんなのはなんの証拠にもならないだろ。エスコートガールと寝たからといって重罪院に送られるわけじゃない」

「そんなことになったら、人口の半分はブタ箱行きだな。でも、携帯の電波が検出されてるんだろ？」

「そこが難しいところなんだよ。犯行のあった夜、被疑者はオーケストラのコンサートに行っていたんだ。つじつまは合ってる」

「電波は何時頃検出されたんだい？」

「午前二時頃だ。だがコンサートが終わったのは零時で、そのあと、ホールの向かいで演奏家の一人と一緒に飲んでるんだよ」

「で、その演奏家はなんと言ってるんだ？」

「確かに二時より少し前に別れたと言ってる」

「それでおまえはどう思ってるんだよ？」

「アナイスの殺され方を考えると、あの男があんなやり方で女を殺すとは思えないんだ。セックスプレイが度を越してしまった――そうかもしれない。救急車を呼ばずに死体を空き地に捨てた――それもあり得るだろう。だが、あの男があそこまでひどい殺し方をすることは想像できないんだ……。そうは思えないんだよ、ルイ」

「その事件、結構面倒くさそうだな。あっちの、エルヴェと一緒に尾行したほうのルートはどうなってる？」

「エルヴェの課が捜査を続けて、こちらにも情報を流してくれている。でも同じなんだよ。この事件には、何か抜け落ちているものがあるんだ。だが、その教授に着目して捜査することになったのは、その時の尾行のおかげだ」

「今日小耳に挟んだところでは、エルヴェはその売春仲介業者の手法について、自分の情報提供者から何か聞いたらしいぞ。そいつらは女たちに対して結構ちゃんとしてるらしい。殴って言うことをきかせるようなグループじゃないみたいだ」

「かもな。ウェブサイトはかなりプロという感じだったし、やつらがばかの集まりじゃないってことはわかる。やつらは不況を利用して、最新のｉＰｈｏｎｅを買いたい女の子たちをくいものにしている。だが、暴力を使っている様子はないわけだ」

「おれの頭が錆びついたのかもしれないが、その事件、どうしようもない手がかりばっかりみたいだな」

ルイは特大盛りのパスタを食べ終えて言った。

「古巣のキャバレーが懐かしいか？」

「それほどでもないさ。むしろ、自分の刑事としての反射神経を再発見するのは楽しいものさ……。それに、エロディーと前よりたくさんの時間を一緒に過ごせる……というか、過ごせたしな」

「そっちのほうは、なんとかなるんだろ？」

「だめだと思う。彼女はもう決心したようだから。それに、ほら、おれは男女の別れの達人だからな」

フィリップにはわかっていた。粉々になった関係を修復する望みはもうすべて失われているのだ。フィリップはエロディーとの別離を考えるたびに打ちのめされた気持ちになっていたが、いま初めて、そうは感じなかった。これまでの人生でも、あっというまに終わってしまったいくつもの恋愛があり、破局のたびに何度も苦しんできた。だが今となっては、恋愛で絶望したことは単なる過去の出来事でしかなかった。フィリップは運命論者の仲間に加わり、苦しみや涙というものは自分以外の人間のものになっていた。今、自分の存在は、ただひとつの目的に捧げられている。アナイスを殺した犯人を見つけることだ。

ルイが、フィリップをそのままにしてテーブルを片づけ始めた。フィリップは催眠術にでもかかったように、ルイが席を立ったことにも気づかず、自分の赤ワインのグラスに映るろうそくの炎を見つめていた。しばらくして、拳銃に弾を装填する音に気がついて顔を上げると、ルイがにこやかにこちらを見つめていた。

「情報提供者に会いに行ってくるよ。おまえの事件で何か知っていることがないか聞きだしてみようか？」

「ありがとう、ルイ。だがいっそのこと一緒に行くことにするよ。冷たい空気を吸ったほうがずっと気持ちもいいしな」

フィリップは話しながら立ち上がり、上着に手を通した。

「いや、おれがおまえのような美男と一緒に出かけるのを嫌がってると思わないで欲しいんだが、フィリップ、おれの協力者はちょっと偏執症的なところがあってね。おまえのことは知らないわけだし、おれが一人で行くほうがいい。それにおまえは明日の朝予定が入ってるんだろ」

フィリップは内心むっとしたが、「わかったよ、気をつけてな」とつぶやいた。ドアが閉まってルイが行ってしまうと、フィリップは自分のノートパソコンをつかんでソファーに座りこんだ。何度かクリックして〈ヴェニュセスコー・ドット・コム〉のサイトを開き、女性たちの写真をひとつひとつ見ていく。サイトの二ページ目に、かつての情報提供者の〝プロフィール〟があった。クリックする。そのとたん胸の鼓動が早くなり、フィリップは身を乗り出した。被害者の写真の上に〝対応不可〟と記された目隠しが加えられている。やつらはいったいどうしてそのことを知ったのだろうか？

二〇一八年十一月十日　二十三時〇分

まったく最高のホテルだ。豪華なシャンデリアにビロード張りのソファー、上着の襟に誇らしげに黄金の鍵《レ・クレドール》の徽章《きしよう》をつけているコンシェルジュたち……。落ち着いた雰囲気、目の飛び出るような値段でカクテルを出すバー……。ウイスキーでも注文したいところだが、そうしてはいられない。なんにでも対応できるよう態勢を整えておかなければならない。上の階ではおれが手配した娘が、高い金を払った男たちに自分を差し出している最中だ。そして高い金を払う人間が皆そうであるように、あの男たちも自分たちにはすべてが許されていると思っている。後始末が必要になるのであれば、準備を整えておかねばならない。このホテルのことは熟知しているから、何も問題はない。前回のようにやればいいだけだ。それでも、もしあいつらが手がかりをつかんだら……。いや、幸い彼女は何も知らない。

だから事の経緯をたどることはできないだろう。それに、客たちが口を開くはずがない。こんなことが知れたら身のためにならないからな。そう思うことにしよう。

周囲がざわついてきた。大勢の中国人観光客が、ホテルの金箔装飾の前で自撮りをしている。写真の背景に写りこまないように席を変えることにする。間の悪いハッシュタグのせいで面倒に巻きこまれるのはごめんだ。

上の階に行かせた娘のことを考える。二十歳《はたち》になるかならないかくらいだった。悲しいことだ。まだ若いのにこんな浅ましい行為に身を委《ゆだ》ねるとは。雌鹿のような瞳とまだ引き締まった体は客たちの気に入ったに違いない。スイートルームで現在繰り広げられている光景を想像してみる。餌食として差し出された彼女の周りを取り囲む、ずっと年上の男たち。すると、下腹部に違和感を感じて脈が速くなった。自己嫌悪に陥る。あんなふしだらな小娘に興奮するなんて冗談じゃない。おれはそっと立ち上がって洗面所へ行き、個室に人がいないことを確かめる。そしてひとり鏡の前で、自分に平手打ちをくらわせ、腹を拳《こぶし》で殴りつける。興奮と、肉体的苦痛とを結合させるのだ。そうすれば興奮は消えていく。まだ子どもの頃におれはそう教えられた。それから席に戻ってポケットから五十ユーロ紙幣を取り出し、二杯目の輪切りレモン入りペリエを注文する。バーテンダーが自分を見ているような気がしたので、その視界に入らない席に移動する。どんなに用心してもやりすぎということはない。

静かにちびちびとペリエを飲んでいると、エレベーターの到着音が聞こえた。振り向くとさっきの男が見えた。男は急いでこちらにやってくる。おれは腰を上げた。男は何も言う必要がない。何があったかはもうわかっている。愚か者どもが。またおれが手を汚さなければならないじゃないか。

やつらは徹底的に汚い仕事をおれに残していった。この豪華なスイートルームに、娘が裸で寝かされている。体は青あざだらけで鞭の痕がそこらじゅうにある。鼻も唇も殴られて腫れあがり、片方の目は黒いあざで覆われている。やつらは彼女に目もくれずに打ち捨てていった。あの男たちは一人の人間の命を金で買ったのだ。子どもが壊れたおもちゃを放り出すように、やつらは女をここに放り出していった。やつらの手下はおれに追加の金が入った封筒を置いていった。だが、金なんてどうでもいい。大事なことはひとつだけ。彼女がなすすべもなくおれの前に横たわり、おれの意のままになるということだ。おれは彼女の体をしげしげと眺める。ぴちぴちの、ほっそりとした体だ。肌はきっとすべすべだ。ここで自分に盛大なびんたをくらわせて、気分を落ちつかせる。彼女が半分開いた目でこちらを見ている。瞳の奥底には恐怖が見える。だがこの目はまもなく硬直し、二度と開くことはないだろう。おれは微笑んだ。というか、微笑んだのだと思う。そして、奇妙な感覚に襲われた。まるで、自分の魂が体から抜け出て部屋の上部を漂ってでもいるかのように、おれはこの光景を外から観察しているのだ。きっとおれは、狂人に見えるに違いない。その証拠に、おれを見る彼女の顔は引きつり、おぞましいほどに歪んでいる。この女が大嫌いだ。おれはゆっくりと両手を彼女の首に置く。殴られて腫れあがったまぶたの下から、涙が流れ始める。彼女は理解したのだ。証人を生かしておくわけにはいかない。

ちくしょう、手袋を忘れていた。動転して彼女から手を離す。素手で触ってしまった。初心者のミスじゃないか。おれのDNAは警察のリストには載っていないが、今、首にDNAを残してしまったに違いない。大きく深呼吸をしてラテックスの手袋をはめる。彼女がベッドの上で力をふりしぼって横向きに転がった。シーツに血の跡がつく。ほら、動いちゃだめだって言ってるだろ。ナイフを手に取る。片をつける時間だ。彼女をしっかりと押さえつける。やっとおれのお勤めが始まる。

彼女の目をじっと見つめる。命が、彼女の体からゆっくりと抜けていった。その眼差しは灰色のベールで覆われた。おれはオルガスムスよりも、安らぎを強く感じる。まるで、彼女の体を離れた命を、おれが取りこんでいるかのようだ。

そろそろ芝居の演出に取りかかる時だ。ルームサービスに電話して大量の料理を注文する。ボーイを待つあいだに、細心の注意を払って彼女の腹に切り傷を付ける。作業が終わった頃に、静かにドアをノックする音がする。高級ホテルの静寂な雰囲気だ。おれは声音を変えて答える。「ぼくたち今、服を着ていないので、ドアの前に全部置いていってください」。フロア担当のボーイの足音が遠ざかる。ドアを開ける。計画どおりだ。ワゴンが置いてある。この中に彼女を隠すことができる。幸い、おれはいつも小柄な娘を選んでいる。そのほうが隠すのに都合がいい。地下の駐車場まで人目を引かずに移動することができた。自分の車の場所まで運んでトランクの中に入れる。緊張する。この瞬間が、一番アドレナリンが噴出する時だ。車のドアを閉める。これでやっと、車の中で落ち着くことができる。おれはエンジンをかけ、ゆっくり夜の中へ漕ぎ出していく。

20

二〇一八年十一月十一日　四時〇分

カメラのフラッシュが光り、その瞬間、地面に積もった枯れ葉が明るく照らし出された。枝や木の葉が重なり合った上に遺体が横たわり、その周りではフィリップの課のメンバーが総出で、ぬかるみの中を苦労して歩きまわっている。時刻は朝の四時だ。ブーローニュの森のこの一角では、女装のゲイたちはすでに仕事を終え、ごくたまに通りかかる自動車も、道路に警察がいるのを見ると速度を上げて通り過ぎる。黙々と現場検証を行なう捜査官たちの動きを邪魔するのは風だけだ。

アキムとジュリアンが木々のあいだをぬって奥へ分け入ると、遺体から百メートルほどの場所に仮ごしらえのキャンプが見つかった。二人用のテントがひとつ、大きな石で地面に固定され、二本の野ばらの木のあいだに洗濯ひもがぶら下がっている。二人は用心しながらテントを開けてみた。中には誰もいない。さらに森の奥深くへと進むことを決めて足を踏み出すと、今度はパステルカラーのテントが十張りほど並んだ、まさに小さな村とでもいえるようなものを発見した。アキムは信じられない思いで目の前の光景を見つめた。洗濯ひもの向こう側に、ほとんど軍隊の組織を思わせるような仮の住居が並んでいるのだ。それぞれのテントは二メートルほど離して配置され、入り口は向かい合っている。これならば、たとえ客の一人が慌てて帰ろうとしても、他の売春婦たちの前を通らざるを得ないわけだ。太いロープで各テントの杭と杭とが結ばれており、さながらキャンプ場の周りを取り囲む臨時の国境のようだ。

「ジュリアン、あれを見たか？」アキムが目を丸くして言った。

「あれって？」

「本当に小さな村みたいだな、ここは」

「悲しいことだが、こうやって団結せざるを得ないんだよ。さもないと身ぐるみ剝がされてしまうからね。人が思っている以上に彼らはずっと連帯感が強いんだ」

「どうしてそんなによく知っているんだい？」アキムが笑顔で尋ねる。

「前にも言ったことがあると思うけど、ぼくは以前十六区で勤務していたんだよ。この森のことならなんでも知ってるさ」

「じゃあ、力を貸してくれるような情報提供者はいないの？」

「ああ、いるよ。朝になったら電話してみるよ。まあ、彼女が電話番号を変えていなければの話だが……」

黒々とした夜の闇が、この場の陰鬱な雰囲気をさらに暗くしている。二人は念のため、この仮設テントのファスナーをひとつずつ開けて調べることにした。懐中電灯の光が内部をさっと照らし出す。地面には安物の寝袋、その周りには使用済みのコンドームが散らばっている。客や売春婦が忘れていった、片方だけの靴下や髪留めが残っているテントもあった。アキムは口にこそ出さなかったが、こんな惨めな状況下でいったいどうやって情事をやり遂げることができるのだろうかと訝《いぶか》った。アキムの心の内を読んだかのように、ジュリアンが言う。

「こういうので興奮する人間もいるんだよ」

警察官になって十年経つが、いまだに何を見ても驚かされることばかりだ、とアキムは思わざるを得なかった。

風の吹きすさぶ音が、あたりの雰囲気をますます重苦しくしていた。アキムはこの場所が、ミュエット通りに立ち並ぶ豪奢な建物群から数百メートルしか離れていないことが信じられなかった。パリの外環道は、ここでも見えないカーテンとなって、困窮する人々と普通の人々とのあいだにそびえ立っているのだ。突然、パキッと枝の折れる音がした。アキムとジュリアンはびくっとして、拳銃を手にとると反射的に互いのほうに近づいた。背中合わせになり、懐中電灯でそれぞれ反対方向を照らす。ジュリアンが照らした光のなか、数メートル先の二本の木のあいだに、華奢な人影が現われた。女装姿の男が両手を空に向けて上げ、まるで車のヘッドライトに驚いて身動きできなくなったウサギのようにこちらを見ている。二人は拳銃をしまうと、そちらの方向に近づいていった。歩きながらジュリアンが声をかける。

「こんばんは。ぼくたちは警察の者です。聞きたいことがいくつかあるんだけど」

「今は許可証を持ってないわ」

ジュリアンは彼女を安心させようと試みた。

「ぼくたちはきみの書類のことなんかどうでもいいんだよ。ただ話がしたいんだ」

厚化粧に覆われた顔からニヤリと笑みが漏れた。

「警察官っていうのは、ふつう話なんかしないものよ。あたしたちを客引きのかどで引っ張っていきたいだけ。わかってるんだから」

「ぼくたちはそうじゃないよ。きみの名前は?」

「ローザ。あんたは?」

「ジュリアンだ。いいかい、今夜この森の中でちょっとしたことがあってね。きみはこのキャンプで働いているの?」

「そうだけど、何があったの?」

「なにか変わったことに気がつかなかった?」

「いったい何があったの? 教えてよ」

「女性が死んでいるのが見つかったんだ。それで質問を繰り返すけど、なにか変わったことに気がつかなかった?」

ローザは、爪にマニキュアが施された手で口元を覆った。

「死んでいたのは誰?」

「わからない。だけど、この森で働いていた人じゃないと思う。で、何か気がついたことは?」

「確かに、その道まで入ってきた車が一台あったわ。ふだんは、客は大通りに車を停めるから、ここまでは入ってこないのよ」

ジュリアンとアキムは瞬時に視線をかわした。アキムがすぐにメモ帳を取り出す。

「それ、何時だった?」

「わからない。仕事中は時間を見ないから。見ると気分が落ちこむのよ」

「きみは一人だったの？」

「そうよ。他の女の子たちは早く帰っちゃったから。今夜は静かだったわ」

「みんなは何時頃に帰ったの？」

「十一時くらいだと思うけど」

「その車のことだけど、見たらわかるかな？」

「いいえ、あたしはヘッドライドが消えたのを見たのと、エンジンの音を聞いただけ」

「どのくらいそこに停車していたの？」

「ほんのちょっとよ。たぶん二分くらい。だから客じゃないと思ったの」

ジュリアンはがっかりした顔でアキムのほうを見た。

「わかったよ。ありがとう、ローザ。これからぼくたちと一緒に犯罪捜査部まで来てもらうよ。証言してもらわなくてはいけないから。いいね？」

遺体発見現場では、ジャンが遺体のそばにしゃがみこみ、ボイスレコーダーに向かって言葉をはっきりと発声しながら録音していた。

「被害者は二十歳前後。体格は痩《や》せ型。外見はヨーロッパ人。髪はブロンドの長髪。積もった木の葉の上に右の脇腹を下にして置かれている。顔は地面に向いている。背中には数多くの打撲傷あり。臀部《でんぶ》には、鞭で打たれたと考えられる細かな裂傷がある。足首と手首には、手錠によるとみられる拘束の痕跡がある」

鑑識のカメラマンが現況写真を取り終えると、アントワーヌとジャンは遺体の向きを変え、フィリップはその作業を見守った。遺体の顔が上を向くと、三人は思わず嫌悪を感じてわずかに顔をしかめた。

被害者の顔は腫れあがっていた。何時間も虐待を受け続けたに違いなかった。ジャンはプロフェッショナルであろうとして、言葉を続けた。

「遺体を仰向けに動かした。被害者の下腹部の表面には、十二カ所の切り傷が付けられている。胸には火傷の痕。紙巻きたばこより大きなもの……たぶん葉巻によって付けられた火傷の痕だと思われる。喉《のど》は鋭利な刃物で切られている。頸動脈のあたりに凝固した血液の筋が目視できる。顔は赤く、何度も殴打されたとみられる。左目は腫れあがり、唇も同様である」

ジャンはボイスレコーダーを止めると、フィリップとアントワーヌのほうに近寄って言った。

「皆、同じことを考えているんじゃないかと思いますが？」

フィリップはゆっくりとうなずいた。

「同じ犯人の仕業だな。だがやり口はさらにひどくなっている。あの遺体の傷つけ方を見ただろう。あれはま……」

話の途中で鑑識の技術者が近くに来て話しかけた。

「ジャン、周辺に吸い殻とコンドームのパッケージが捨ててあったんだが、どうする？」

「全部回収して封印しておいてくれ。いずれにしても、何も手がかりはないんだから」

アントワーヌがジャンの隣に来て声をかける。

「今から負けを認めるのは早すぎる。死体解剖で手がかりが出てくるかもしれないし」

三人は黙って遺体を見つめた。フィリップは力づけるようにジャンの肩に手を置いて言った。

「この事件は必ず我々の手で解決しようじゃないか。何があろうと、絶対に解決するぞ。葬儀社がそこに来ているから、わたしは書類にサインしてくるよ。それからバスティオンに戻ろう」

会議室となったバスティオンの執務室のホワイトボードは、新たな被害者の写真でいっぱいになった。課員は全員集合している。大きな窓の外では夜明けの光が、灰色の空を淡く黄色い縞模様に染めている。ブリザール警視正も捜査会議出席のためにやってきて、部屋の隅に黙って座った。グラジアーニ部長は目下、パリ警視庁司法警察局の局長室に呼ばれている。局長自ら捜査状況を詳細に把握することに決めたらしい。

フィリップはこれまでにない緊張感に取りつかれていた。今朝は誰にも挨拶さえしていない――ひょっとして口先だけでおはようくらいは言ったかもしれないが――。静かな自分の執務室でコーヒーを飲み、二時間のあいだ電話にも出なかった。ジュリアンとアキムがローザの事情聴取を行なっているあいだ、これまでの調書をすべて読みなおし、見逃していたかもしれない手がかりを探した。フィリップは自分の身にすべてを背負って〝オープンスペース〟に入った。課員たちが夜を徹して行なってきた何日にもわたる捜査を、サリニャック夫妻の苦しみを、そして今度は新たな被害者――仮に女性Xとしておこう――の家族の苦しみを背負って。

「まずは要点をはっきり言おう。共通点の多さから見て、二つの事件は関係があると言わざるを得ない。検察の考えも同じだ。したがってこの事件は今後、アナイスの事件と同一案件として捜査する。そこでこれまでの書類をすべて読みなおしてみたのだが、何かを見落としているという気がしてならないんだ。もちろんすべてに関してではない。きみたちはこれまで素晴らしい仕事をしてくれているよ。さて、現在の状況をまとめると次のようになる。我々は、二人の女性の殺人事件を解決する責任を負っている。二人とも、喉を切り裂かれ、体を傷つけられ、同じようなやり方で殺されている。いっぽう、勾留中の被疑者は無実だと考えられる。誰にも気づかれずに独房を出て、エアロック式の保安扉を通過してここを抜け出し、死体を放置したあとに、他の勾留者がわめき続けている留置場に戻ってひと眠りするなんてことはできるはずがないからだ。たぶんきみたちも、ある言葉が喉から出かかっているんじゃないかと思う。だが今はまだ……その〝連続殺人犯〟などという言葉を使うのはもってのほかだ。たとえそんな臭いを感じたとしても、被害者が三人以上いなければ連続殺人犯とは言えないのだということを、アントワーヌがさきほどわたしに思い出させてくれた。だから我々は犯罪学者の言葉に従い、憎むべき犯人に、この呼び名に値することをしでかす時間を与えないようにしなければならない。ジュリアン、アキム、目撃者はなんと言っている？」

「たいしたことは言っていません。通りに車が一台停車していたのを見たそうです。ちょうど遺体が発見された場所です。土砂降りだったので本人はテントの中にいて、キャンプ場には他には誰も、娼婦も客もいなかったということです。車はエンジンを止めずに二分ほど停車して立ち去りました。ヘッドライトがまぶしくて車の形状は見えなかったようですが、エンジン音は普通車のもので、スポーツカーでも電気自動車でもなかったと言っています。つまり、防犯カメラで車を特定できる可能性はほぼないということです。そのうえ彼は、目撃した正確な時間がまったくわかってないんですよ。ということは、三時間余りのあいだに、ブーローニュの森周辺の五つの防犯カメラの前を通った車両すべての登録情報を、調べなければいけないということです」

「構わないさ。それは調べるべきだ。今ある唯一の手がかりだからな。じゃあ、頑張って仕事にかかろう。次長、他の課から応援を頼めますか？」

ブリザールが答える。

「やってみるよ。まあ問題はないと思う。ジューヴはどうもこの案件をやりたがっていたようだから、説得して部下を何人か手伝いにまわしてもらうことができると思うよ」

「外環道の監視カメラですが、最初の事件当夜の映像と比較したほうがいいですね」ジャンが提案した。「根気のいる作業になりますが、何か出てくるかもしれません」

「悪知恵の働く犯人がレンタカーを使っていなければだが」アントワーヌが悔しそうに付け加える。

フィリップは力なく両腕を広げた。

「まあ、もしそうなら、調査に力を費やしたあげく、手がかりはなしということになるな。まあよくあることだが」

話を聞いていたアリーヌが口を開いた。

「でも、アントワーヌ、万が一犯人がレンタカーを使っていたとしても、それはむしろこちらにとっては都合がいいと思いますよ。監視カメラでレンタカーを見つけるたびにレンタカー会社に情報を請求すれば、運転手の身元がすぐに判明します。そうやって犯人を特定できるかもしれません。いずれにしても、できることはそれくらいしかありませんから」

今度はアキムが手を上げ、おずおずと発言した。

「犯人が我々から逃げおおせるとしたら、それはアプリを使って個人間で車を借りた場合です。その場合は追跡不可能です」

フィリップはため息をついた。

「そうだな。だが車両の調査は、やってみる価値はあるだろう。それじゃあ、ジュリアン、きみは支援要員と一緒に車の登録情報の割り出しをしてくれ。アキム、きみは二番目の事件現場付近の携帯の通信状況を調べて、最初の事件現場近辺の記録と比較してみてくれ。アリーヌ、きみは被害者の身元を割り出すために、フランス全土で過去五年間に家出や失踪をした未成年者を調べるんだ。ジャンとアントワーヌは今日までの調書を仕上げておいてくれ」

　フィリップはブリザールのほうを振り向いた。

「次長、シュワルツの件で検察と連絡をとりましたか?」

「至急電話をくれと検事にメッセージを残しておいたよ。もう八時半だから、まもなく電話があるはずだ。なければ十分以内にわたしのほうからかけるつもりだ」

「わかりました。それじゃあみんな、仕事にかかろう。わたしは全員分の食べ物を買ってくるよ。食べて力をつけないと。そのあとでシュワルツの勾留解除の手続きを始める。たぶん釈放されることになるだろうから、前もって準備しておくつもりだ。司法解剖は急遽十一時に行なわれることになったので、今回はわたしが行ってくる。昼にまた状況を確認しよう」


　三十分後、フィリップがシリアルバーや菓子パンが詰まった袋をいくつも抱えて階段をのぼっていくと、踊り場でブリザールから声をかけられた。

「わたしの部屋に来てくれないか?」

「うちの部隊に食糧を配給したらすぐ行くよ」

　ほどなくフィリップは、上司であり友人でもあるブリザールの執務室に入ったが、時間を惜しんで椅子には座らなかった。服装はパリッとしているものの、髪は乱れ、顔には疲れがにじみ出ている。ブリザールが用件を切り出した。

「話は二つある。ひとつは、先ほど検察から電話があって、シュワルツの勾留は即時停止になった。きみは弁護士に電話していいし、本人にもそのことを伝えに行っていい。二つ目は、今回のきみの仕事のやり方にわたしが満足している、ということを伝えておきたかったんだ。課長らしくなってきたじゃないか、フィリップ。だが、あまり無理するな。よくたばこのパッケージに載ってる写真みたいに、恐ろしく不健康そのものって顔をしてるぞ。ちょっとは休んだほうがいい。エロディーとはうまくいってるのか？」

「ちょうど別れたばかりだよ。でも、今はあまり余計な話をしている時間はないんだ、ジル。シュワルツの件を片づけに行ってくるよ。じゃあまたあとで」

返事も聞かずに出ていく友を、ブリザールは心配そうに見送った。

十分後、フィリップは勾留終了の調書を手に、留置場のあるフロアに行った。看守がシュワルツを独房から外に出す。シュワルツの髪はぼさぼさで、伸びたひげがその疲れた顔にますます暗い影を落としていた。どんよりとした目からはなんの表情も読み取れない。体からは、独房に特有の臭いがした。ここには殺人犯や麻薬中毒者、時には無実の人間が入れ替わり立ち替わりやってくるが、衛生観念が一般人より怪しい人間も多い。フィリップも他の全警察官と同様、どんなに多種多様な匂いの中からでも、間違いなくこの臭気なら嗅ぎ分けられるだろう。シュワルツのどんよりとした呼気がフィリップの鼻をくすぐり、不快感が広がった。

「警視、わたしの弁護士は来ていないんですか?」

「下で待っていますよ。あなたは自由の身です、教授。勾留終了の調書にサインしていただきます」

シュワルツの目に怪しい光が宿った。

「どういうことです?」

「あなたが無実だと考えられる理由が出てきました。それ以上は申し上げられません。あなたにも、あなたの弁護士にもです。今回の間違いについては申しわけなく思っています」

シュワルツはその締まりのない身なりと疲労にもかかわらず、活力を取り戻すと居丈高に言った。

「間違いだって、警視? 冗談だろう? わたしは地獄を見せられたんだぞ。欧州人権裁判所に訴えてあんたの首を取ってやるからな」

フィリップが答えようとした瞬間、まるで雷のような笑い声が隣の独房から聞こえてきた。この施設の常連とでもいうべき麻薬の売人だ。

「地獄だって？　爺さん、ふざけてるのかい？　ここの留置場は五つ星だぜ。そのうえお巡りのしゃべり方も、あんたにはずいぶんと優しいじゃないか。わかったらさっさとここから出ていきな。ありがたく思って口をつぐんでおくことだ。このへぼ野郎が」

フィリップは心の中でにやりとしながら、シュワルツに付き添って建物の玄関口まで下りた。建物の前では、弁護士がフォードアセダンの乗用車に背をもたせかけてクライアントを待っていた。フィリップはガラス越しに、シュワルツが遠ざかっていくのを見送った。弁護士の車に乗りこむ瞬間、教授はフィリップのほうを振り返り、背筋が凍るような視線を投げつけていった。

21

二〇一八年十一月十一日　十時五十分

凍てつくような風がフィリップの顔に吹きつける。眼下では、セーヌ川の波が百年を経た土手に打ち寄せ、灰色の飛沫《しぶき》が堤防の石を濡らしている。川の流れと、河岸のラペ通りに入っていく車の流れを、上空から同時に見下ろしている地下鉄高架線の甲高い音が、フィリップの耳元できんきんと鳴り響いた。フィリップは目の前にどっしりと建つ、まるで巨大なコンクリート製大型船舶のようなパリ法医学研究所を見つめた。夏に見ると侘《わび》しく、冬に見ると陰気なこの建物は、四季を通じて雰囲気が変わることのない珍しい場所だ。いくつもの家族の悲嘆の声が響き渡るこの壁には、永久に消えない死の刻印が刻みこまれている。

フィリップは受付に寄ってから、地下にある担当法医学者の研究室に行った。四十歳くらいの小柄な女性がにこやかにフィリップを出迎えた。そしてすぐに、その優しい眼差しでフィリップの目をまっすぐに見つめた。

「こんにちは。ヴァルミ警視ですね。医師のイングリッド・イシグロです。わたしが解剖を行ないます。要請書類はお持ちになりましたか？」

書類を渡しながら、フィリップはこの場の雰囲気を和らげようと試みた。

「こんにちは、先生。うちの記録係から先生のお話はいろいろうかがっていますよ」

「ジャンのことですね。元気にしていますか？」

「仕事に忙殺されて疲れきっていますよ。わたしたち全員がそうなんですが」

「そうでしょうね。では、これ以上時間を無駄にしないようにしましょう。書類によれば、被害者の女性Xさんはブーローニュの森で発見されたそうですね。売春をしていたのですか？」

「ええ、たぶんそうだと思います。我々は、先週発見された被害者を殺した犯人と、同一犯の仕業だと考えています」

「確かに、一見したところではそのように思われますね。解剖室にはすでに、鑑識から同僚のかたがたがいらしてますよ。被害者の身元はまだ判明していないのですか？」

「もうすぐわかると思います……先生……。すみません、先ほどお名前がはっきり聞き取れなかったのですが」

「イシグロです。同じ名前の作家がいるでしょう。日本の名前ですよ。でもご心配なく、ご同僚のかたがたは全員、少なくとも一度は調書に間違った名前を書いていますから」

「そんな失礼をすることがないように気をつけます、先生」

「楽しみにしておきましょう」

数分後、フィリップは病院の手術衣とキャップを身につけ、メモ帳を手にして、教会のように静まり返った広いタイル張りの部屋の真ん中で、司法解剖の開始を辛抱強く待っていた。やがて両開きのドアが開き、ステンレス製の大きな担架が入ってきた。その上には布で覆われた遺体が載っている。運んできた解剖助手の男が、担架をフィリップの足下近くまで押して止めた。フィリップと男はわずかに頭を動かして挨拶を交わしたあとは、イシグロ医師が来るのを待つあいだ、ずっと冷やかにお互いを見つめ合った。フィリップは遺体の反対側に立った男を値踏みした。この解剖助手は、こういう任務を行なう人間はこんな感じの人だろう、と人々が想像するタイプにはまったく似ていなかった。小柄で不愛想、ごつごつとした顔立ち。艶のない金髪を首の後ろで結ぶと、男は無菌手袋をはめた。男の青く冷たい目は、日々死者を切り刻んでいるとは思えない、むしろ笑っているような目だ。いっぽう顔には、その眼差しとは対照的に、深刻な表情を浮かべている。フィリップは警察での数十年の経験によって、些細な特徴からその人物がどういう人間であるかを割り出すことができるようになっていたが、いま自分の目の前にいる人物に関しては、簡単に結論を出すことができなかった。フィリップが常々〝化粧石鹸〟と呼んでいるタイプの人間だ。話を一言も聞かなくてもわかる。この男はつるつる滑る化粧石鹸のように、とらえどころがない人物なのだ。

かすかな足音がして、フィリップは物思いから引き戻された。イングリッド・イシグロが解剖室に入ってきた。

「警視、どうやら助手のウジェーヌとはもうお知り合いになったようですね。よろしければすぐに始めましょう」

フィリップは大きく息を吸いこんでから鼻の下にタイガーバームを少々塗り、手袋をつけた。第二の被害者の解剖のため医師が準備を整えるあいだ、部屋の中は静まり返り、換気装置のうなる音だけが響きわたった。やがて解剖に先立ち、不穏な動きが慌ただしく進行する。鑑識の技術者たちが傷跡を指摘しながら、遺体をあらゆる角度から写真に収めるのだ。その間、医師は書類に目を通している。そして死体解剖が始まった。沈黙のうちに、医師と助手は遺体を動かしながらすべての傷口を計測し、あらゆる打撲痕を調べていった。さらに、犯人に繋がるものを炙《あぶ》りだすために、被害者の皮膚を一平方センチメートルずつ丹念に調べていく。三十分後、イシグロ医師は手袋とマスクを取って言った。

「外傷の鑑定については、予想どおりでした。頸動脈に深い傷があり、そこからの出血が死因でしょう。下腹部の皮膚にはいくつもの不規則な切り傷があります。これは深い傷ではありません。さらに、明らかな血腫が三十二カ所に見られました。顔は殴られて腫れあがっていますが、歯は無傷です。これは被害者が受けた暴力から考えると奇跡に近いことです。胸には、たぶん葉巻によってつけられたとみられる、直径一・五センチメートルの円形の火傷がいくつもあります。犯人はかなり執拗に攻撃したと思われますね。ここまでは、すでに皆さんご存じのことばかりだと思いますが。ジャンはかなり観察力が鋭いですから、遺体を見てこうしたことはすべて皆さんに伝えていることでしょう。さあ、それでは内部の鑑定に移りましょう。警視、しっかり安全ベルトを締めてくださいね。これからが手に汗握る瞬間になりますから……」

イシグロ医師がプロ意識を発揮して任務を進めていくのに対して、フィリップのほうはどうにも居心地が悪かった。一時間前から死の気配に取り囲まれて、ひんやりとした空気が衣服のあいだからしみこんでくるような気がしていた。医師と助手が超然とした態度で遺体を扱う様子を目の当たりにして、フィリップはこうした犯罪捜査に関わる技術者たちに対して称賛の念を禁じ得なかった。イシグロがメスを取り、遺体に最初の切りこみを入れたその瞬間、フィリップは目をそらした。医師は次々に斑状出血を探して、背中、腕、脚、そして首と、メスでたくさんの傷痕をたどっていく。

「警視、もしかしたら役に立つことがあるかもしれません。ほら、見えますか？　ここです、首の部分」

フィリップは黙って近づいた。むきだしの臓器を見ながら、この体は、二十四時間前まではまだ生きていた若い娘のものだということを忘れようとした。

「斑状出血帯といって、はっきりとは血腫が見えない部分なのですが、絞扼《こうやく》によって引き起こされることがあります。わたしの思い違いでなければ、鑑識がまさにこの部分から痕跡を採取しているのではないかと思うのですが」

鑑識の一人がその言葉にうなずいた。

「そうです。その部分から接触ＤＮＡをしっかりと検出できました。あとはそれを、国の遺伝情報自動照合データファイルで検索して、一致するものがあるよう祈るだけです」

フィリップは、ひと筋の希望の光が見えた気がした。殺人犯が初めてミスを犯したのだ。イシグロはさらに鑑定を続け、それぞれの臓器を丹念に調べていく。助手が計量のために遺体の各部位を取り出した時には、フィリップは危うく吐きそうになった。その光景を見ないようにし、マスクの内側で呼吸して、なんとか平静を保とうと試みる。だが、被害者の頭蓋を開くためにウジェーヌが丸い専用鋸《のこぎり》をつかんだ時には、脚がかくがくと震えてしまった。どこでもいいから他の場所に行きたいと願い続けたフィリップをよそに、司法解剖は気道の解析をもって終了した。今やフィリップは被害者の臓器の隅々まで知ることになったわけだが、それでもいまだにこの女性についてはXと呼ぶしかなかった。

解剖が終わるとイシグロ医師は手を洗い、フィリップについてくるように言った。研究室に入ると、フィリップは血の気の失せた顔でプラスチック製の椅子に腰かけた。イシグロは同情したように微笑んだ。

「解剖には慣れていらっしゃらないんですか、警視？」

「もう長いあいだやっていないので。犯罪捜査部ではわたしは新入りなんですよ……ちょっとばかり年をとってますけどね」

「今日は立派にやり遂げられましたよ。でも、ちょうどわたしの担当に当たってよかったわ。同僚の中には、少々……子どもっぽい人もいますから」

「新人いじめから救ってくださって、ありがとうございます」

「あなたの年の功ですね。わたしも、すっかり慣れたかたかと思っていましたから。うまくやれたことを自慢していいと思いますよ。それで、被害者についてですけれど、予想どおり死因は、頸動脈切断による外出血です。死後硬直の度合いからみて、死亡時刻は今日の午前零時から一時のあいだだと考えられます。消化管内の残留物からわかることは、被害者は死の直前、食べ物は少量しか摂取しておらず、いっぽうでおそらく多量のアルコールを飲んでいただろうということです。凶器はご想像のとおり、最初の被害者の時と同じ、先の細いナイフかメスのようなものですね。いずれにしても、頸部の切開は非常に的確になされています。それに比べて気になるのは、血腫の深さが場所によって異なっていることです。同じ強さで殴られてできたわけではないようですね。考えられる理由は二つです。ひとつは、犯人が複数で、体格や腕力に差があったから。もうひとつは、一人の犯人が徐々に力を強めていったから。はっきりしているのは、警視、あなたが追っている犯人はかなりのサディストだということですね」

「貴重なご指摘をありがとうございます、先生。報告書はいついただけますか？」

「遅くとも明日の朝までには提出しますよ。何かあればいつでも電話してください。それでは警視、また今度」

「解剖室でお会いするのはできるだけあとにしてほしいですね。お電話しますよ。それでは失礼します、先生」

法医学研究所の外に出ると、フィリップは冷たい外気を思いきり吸いこんだ。渋滞の激しいパリの街の排気ガスを吸いこんでこんなに喜びを感じたことは、初めてだった。携帯電話の電源を入れると、ブリザールからショートメッセージが届いていた――〝検察が予審を開始した。今日の午後からは、司法共助依頼に基づき、予審判事の指示に従って捜査を行なうことになる。職場に戻ったらわたしのところに来てくれ〟。数分後、今度はジャンのメッセージが画面に表示された――〝電話をください。至急の用件。被害者の身元判明〟。

22

二〇一八年十一月十一日　十三時〇分

「まだDNAの確認を待たなければなりませんが、一応身元が判明しました。被害者は、二十歳のクララ・ブルドワゾーである可能性が高いです。クララはボルドーで育ち、十六歳の時に家出しています。現地の警察にはすでに電話してありますので、そこでの確認がとれ次第、家族に電話する予定です」

全課員を前にして、アリーヌが調査結果を誇らしげに発表した。課員たちはサンドイッチを頬張りながら、被害者の人物像の説明に耳を傾ける。

「ボルドーで家出事件を担当した巡査部長の話では、クララはブルジョワ家庭の出身で、父親は弁護士、母親は企業のプロジェクトマネージャーをしています。恋人のことで両親と言い争いになり、家を飛び出したそうです。恋人は国内各地をまわって投げ銭をもらうストリートミュージシャンで、クララは恋人を追ってパリに出たようなのですが、その後の足取りはわかっていませんでした。ところが実際には、定期的に妹に電話していたようなのです。わたしが思うに、たぶん両親は妹を通じてクララの無事を知っていたので、二《は》十歳《たち》になるまで放っておいたんじゃないでしょうか」

「よくやった、アリーヌ」

ハムバターサンドをぱくつきながら合いの手を入れたフィリップに、アントワーヌが非難がましい目を向ける。ジャンが口を開いた。

「ＤＮＡの件でディクトンに会いにいくといいかもしれませんね」

「それじゃあ、ジュリアン、きみが行ってくれるかな？　それにしても、どうして〝ディクトン〟（俗諺の意）なんだい？」

ジャンはおどけた表情で答えた。

「ご自分で行ってみることをお勧めしますよ。行けばわかります」

「じゃあ今日の夕方、一緒に行こうか。それから、仕事に戻る前にみんなに伝えておくが、十四時以降は、司法共助依頼の枠組みで捜査を行なうことになった」

アントワーヌが驚いた表情になった。

「もうですか？　まだ自由裁量捜査期間を存分に活用できていないじゃないですか。いったいどういうわけなんです？」

「なんなら次長に聞いてみるが」

ジャンが不満そうな声で割って入る。

「それには及びませんよ。非公式ながらすでにその回答を小耳に挟んだのでね。どうやらシュワルツの弁護士が反撃に出たらしくて、検察としては慎重にならざるを得ないようなんです。しばらくは家宅捜索も、以前のように自由にはできなくなっちまうでしょうよ……」

アキムがジャンの不満をなだめようと言葉をさし挟んだ。

「文句を言うのは、どの判事が担当になったかわかるまで待ちましょうよ。もしよく知っている判事なら、仕事もやりやすいはずですよ」

フィリップは話を打ち切って言った。

「数分後には答えがわかるさ。今からブリザール次長に会ってくるよ」

湯気の立つ二つのコーヒーカップを挟んで、フィリップは友と向き合った。座り心地のいい肘掛け椅子に座っていると、ここ数日間の緊張がゆっくりとほぐれていくのが自分でも感じられた。ここ四十八時間ほどのあいだ、二十分以上の休憩をとっていなかった。今になって体が疲労のシグナルを出し始めていた。フィリップは心ならずも疲れた声でゆっくりと話しだした。

「ジル、解剖で新たなことがわかったよ。重要なことだ。鑑識が被害者の体から接触DNAを検出したんだ。それから監察医は、前回と同一犯である可能性が非常に高いと言っている。もしそうなら、早急に犯人を捕まえる必要がある。さもないとそいつは必ず次の事件を起こすに違いないからな」

ブリザールは黙って聞いていたが、肘掛け椅子に深く身を沈めて両手を顔の前で組むと口を開いた。

「とにかくきみはたいしたやつだよ。この部にやってくるや否や、凶悪殺人事件の担当になってしまうんだからな。ジューヴはもう十年も前からずっと、大きな事件を担当したがっていたんだが、きみがその事件をかっさらっていったわけだ」

「こんな事件、やらなくて済むものならわたしだってやりたくなかったよ。でも、仕方ないじゃないか」

「わたしへの報告はそれだけか？」

「いや。確定ではないが、被害者の身元が判明したよ。まだ鑑識で確認する必要があるから、ここを出たらすぐに自分で行ってくるつもりだ。これはアリーヌが調べてきたことだ。

しっかりした課員たちに恵まれてラッキーだったよ」

「課員といえば、アントワーヌとはうまくいってるのか？」

「今のところは友好的だよ。いい友だちになったとは言わないが、一緒に仕事ができるようにはなった。だが、少々心配なところがあるのは確かだ。アントワーヌ自身は、パリ警視庁の、この司法警察局が自分にふさわしい場所だと感じているんだろうか？」

「彼は捜査部門での勤務を強く望んでいるんだよ。こちらとしてもいろんな人間が必要だ。もしきみのようなベテランしかいなかったら、それはそれで組織はやっていけないだろう、フィリップ。解決策というのは、バランスを保つことにあるんだよ。きみだってわかってるだろう」

「相変わらず楽天家だな、ジル」


フィリップとジャンは、蛍光灯の白い光に照らされた長い廊下を歩いていった。身分証明書で二重扉のロックを解除して中に入ると、そこが鑑識のフロアだ。フィリップは憧憬と愛惜の入り混じった気持ちで周りを見渡した。ハイテクのコンピューターと舌をかみそうな難しい名前の機器が並び、警察の科学捜査は、やっと二十一世紀の仲間入りをしたように見える。フィリップが最後に鑑識のフロアに足を踏み入れたのは、オルフェーヴル河岸三十六番地の古い建物の時だった。七十年代のタイル張りの床と木の壁のせいで田園風の雰囲気が漂っていた鑑識は、DNAのコンピューター解析がやっと始まったばかりの当時にあってさえ、使われている技術との差異があまりにも際立って見えたものだ。それが今や、使用されている設備はアメリカの連続テレビドラマに登場するものと比べてもなんら遜色なく、各分野での先駆的役割を担うようになった鑑識地域部は、超現代的な場所に居を構えているのだった。

ジャンが執務室のドアをそっとノックした。中では二人の男が、指紋の画像を前にして忙しそうに働いている。フィリップは技術者に握手の手を差し出して挨拶した。

「こんにちは。犯罪捜査部の新任課長のフィリップ・ヴァルミです」

男は歌うような抑揚で答えた。

「こんにちは。わたしは上級巡査部長のパトリック・シャンフランです。あなたのことは知っていますよ。うちには公報がすぐにまわってきますからね」

「あまり悪い噂がたっていないといいのですが」

「わたしの知るかぎり、あなたの悪い仕業を聞いたことはありませんよ」

フィリップは思わずジャンのほうを見たが、ジャンは涼しい顔をしている。

「早朝に採取したDNAに関して、何かわかりましたか？」

シャンフランはコンピューターのウィンドウを開いた。

「残念ですが、警視、登録済みのDNAの中に、一致するものはひとつもありませんでした。でも確実に言えることは、この犯人は残虐美道で言語両断だということですね」

ジャンが手を口の前に持っていった。ひげの奥で口が笑っている。フィリップは面食らいながらも、真面目な表情を崩さなかった。

「それでは、今朝のDNAはどこにも登録されていなかったということなんですね？」

「少なくとも、わたしにアクセス権のある、遺伝情報自動照合データファイルには登録されていませんでした」

「被害者のほうはどうですか？　DNAを照合できましたか？」

「ああ、そっちですか。得られる結果は千差分別、被害者のほうは、一致するDNAがありましたよ。二年前に、強盗事件に関連した共犯者として登録されています」

「我々の捜査では、クララ・ブルドワゾーという人物に行きついたのですが、同じ人物ですか？」

「おやおや、あなたがたも今日一日、のんびり油を買って過ごしていたわけじゃあないようですね」

フィリップは思わず微笑んだ。何か言おうと思ったが、その瞬間、ジャンに肘でつつかれた。

質問したくてたまらず唇がむずむずしていたフィリップは、鑑識のフロアから外に出るや否やジャンに話しかけた。

「どうして〝ディクトン〟と呼んでいるのかは、もう説明してくれなくてもいいよ。だけど、慣用句の使い方がごちゃまぜになってるってことを、これまで誰も本人に指摘してやらなかったのかい？」

「わたしの知るかぎりは誰もそうしなかったようですね。パリ警視庁は口の堅い組織ですから。言い伝えによれば、二十五年前に彼が捜査官として着任した時、上司である課長が彼の言葉の癖に気がついた。そして新人いじめの悪ふざけで、課員たちに対して何も言うなと指示した。その言葉が他の職員のあいだに広まり、以来ずっと秘密が守られてきたというわけです。でも彼は、あの少々独特な弁舌を別にすれば、警視庁の中でも優れた警察官の一人ですよ。何か見つけるべきものがあるのなら、彼は必ず見つけてくれます。その点は安心していいです。まさに猟犬のような男ですからね」

「パリ警視庁ってところは、いつまでたっても驚くことばかりだな」フィリップは微笑みながら言った。「よし、これで被害者の確認はとれたわけだ。アリーヌとアントワーヌをボルドーの両親に会いに行かせよう。きみには、アキムとジュリアンとともにパリの住居の捜索をしてもらう。わたしは調書を全部読みなおすことにするよ」

「家宅捜索の件は了解しました。でも、アリーヌとアントワーヌは互いに毛嫌いしていますが、大丈夫なんですか？」

「だからだよ。これが距離を縮めるいい機会になるかもしれないだろ。今回は難しい任務だから、どうしても助け合わなければならない。二人にとって悪いことになるはずがないさ」

　ジャンがフィリップの肩をぽんと叩いた。

「ヴァルミ式のマネジメントというわけですね……。すべてにコンセプトがある」


　執務室に一人残り、フィリップはアナイスとクララに関する書類を読みふけった。次々に写真を見なおしながら、殺人犯の身になってその思考回路を理解しようと試みた。警察ものの映画の中には、刑事が目を閉じるとぴんと直感が働き、一瞬にして犯人がわかってしまう場面がよくあるが、フィリップもできればそんな映画の中に入っていきたかった。だが、パリ警視庁の警視フィリップ・ヴァルミにはそんな魔法の力もなければ、神秘的なフラッシュバックも起こらない。長い時間をかけて書類の同じ個所を読み返し、胸の悪くなるような写真を見なおし、最初の殺人事件の際に見落としていたかもしれないものを必死に探すしかなかった。自分や課員が何か誤りを犯していたのかもしれない。そして、そのせいで残虐なサディストに二度目の犯行を許してしまったのかもしれなかった。フィリップはデスクライトの暖かい光の下に調書を広げ、ひとり思いを巡らせた。どうしても、忌まわしい結末のことしか考えられなかった。サリニャック夫妻のこと、二人の絶望した姿を思い出した。そしてクララの両親のことを考えた。この二人も、数時間後には同様の苦しみを味わうことになるのだ。フィリップは、胃が締め付けられるのを感じた。自分の子どもは持てないけれども、できることなら、せめて他の子どもは守ってやりたかった。

23

二〇一八年十一月十一日　二十時〇分

日没から数時間後、覆面パトカーはオベルカンフ通りに入った。霧雨がプジョー308の窓ガラスを濡らす。パリの若者たちを満員のバーの前で降ろそうとするタクシーやハイヤーの二重駐車の列が続き、なかなか前に進めない。雨にもかかわらず、何軒かの流行《はや》りのレストランの前の歩道には人溜まりができている。いらいらとひとしきりクラクションを鳴らしながらその場を通り抜けると、ジャンは裏通りにある、現代風のきれいな石造りの建物の前で車を停めた。管理人の女性がうんざりした様子で扉を開ける。こんな夜の八時に男三人でやってきてブザーを鳴らすなんて、いったい何者なのだ、と訝《いぶか》っているに違いない。

「もう管理人室は閉まってますよ」

ジャンは三色旗《トリコロール》の警察手帳と、歯磨き粉の宣伝に出てくるような、歯を剝《む》いたとっておきの笑顔を見せて言った。

「こんばんは。パリ警視庁の犯罪捜査部です。こちらの住居のひとつに用があって来ました」

管理人はジャンの任務にも、ましてやその笑顔にも関心を示さず、仰々しくため息をついた。

「誰のところなの？」

「クララ・ブルドワゾーです。ご存じですか？」

「四階に住んでる小柄なブロンドの子ね。もちろん知ってるわよ。週に一度あの子の部屋を掃除してますからね。彼女になんの用？」

「非常に重大なことが起こったので、家宅捜索をしたいのです。部屋の鍵をお持ちですね？」

「そっちこそ、令状は持ってるんでしょうね？」管理人が高飛車に聞く。

その言葉に警察官三人は、ほんの少し前に管理人の顔に浮かんだ表情よりも、もっと苛立った表情を浮かべたが、ジャンができるかぎり冷静に説明を始めた。

「フランスでは、家宅捜索の令状というものはないんですよ。わたしたちは、予審判事による司法共助の依頼に基づいて行動しているのです」

ジャンはかばんの中から書類を出し、管理人に差しだした。

「ほら、どうぞ。ご覧のとおり、すべて規定に則っています。ところで規定といえば、法律上家宅捜索の際には、証人が二人必要になります。ですからあなたには我々にご同行いただきますが、さらにもう一名が必要です。同席してくださるご近所さんをご存じありませんか？」

「ええ、あの子の隣の部屋に住んでいる女性がいますよ。さっきちょうど帰宅するところを見ましたからね。でも、いったいあの子に何があったんです？」

「よかった。ではその女性に同席してもらいましょう。ブルドワゾーさんは、殺害されました」

その知らせを聞くと、管理人の目の中に悲嘆の色が広がった。四階に住むまだ若いブロンドの女の子のことを、可愛く思っていたのだろう。だがすぐに、管理人は陰気な表情に戻った。そして、動揺を見せまいとするかのように、完璧にアイロンがけされているエプロンのしわを伸ばすようなしぐさをしながら、意味のない言葉をつぶやいた。

「まったく、なんて世の中だこと……」

クララのアパルトマンは、小さいがしゃれた部屋だった。二十歳《はたち》の女性の部屋を想像してみろと言われたら、まさにこういう部屋を思い浮かべるだろう。管理人と隣の部屋の女性は部屋の隅に立ち、黙って捜索を見守った。三人の警察官は順を追って、隅から隅まで部屋の中を丹念に調べていく。指揮はジャンがとった。

「あとでクララの家族が遺品を引き取りに来ることを忘れるな。あまり散らかさないようにするんだ」

アキムが、ナイトテーブルの抽斗《ひきだし》の中からiPadを発見した。調べてみると、パスワードでロックされていないことがわかった。クララはプライベートに関して、アナイスより不用心だったようだ。中身をざっと見てみるとすぐに、いかがわしい写真がいくつかと、オンライン予約システムに連動した長い連絡先リストが見つかった。

「ジャン、タブレットをひとつ見つけました。掘り出し物ですよ。中身をきちんと調べなければいけませんが、ぱっと見たところ、クララもエスコートガールをやっていたことは間違いなさそうです。そちらは何か見つかりましたか?」

「いいぞ、それを封印するんだ。わたしたちのほうはたいしたものはないな。コカインが少々と、高級ランジェリーくらいだ。押収品をまとめてさっさと帰ろう」

ジャンは被害者のアパルトマンに差し押さえの封印を貼付し終えると、刑務所の扉のごとくずっと無愛想な顔をし続けている管理人と、もう一人の女性に礼を言った。

「お二人には、司法警察局までおいでいただき、家宅捜索の調書にサインしていただかなければなりません。名刺をお渡ししますので、明日の朝電話してください。その時に約束の時間を決めましょう」

管理人はわざとらしくため息をついて、苛立った素ぶりを見せた。隣人のほうは捜索開始時からずっと黙っていたが、ジャンににっこりと微笑みかけて言った。

「いいですとも。必要なことがあればなんでもおっしゃってくださいね」

ジャンは車に戻りながら、まったくいつも驚かされてばかりだ、と思った。普通の人々の整然とした世界に予告なく恐ろしい出来事が起こった時、その恐怖が引き起こす人々の反応があまりにも人それぞれであるからだ。


フィリップはバーの中でゆったりとしたクラブチェアに腰かけ、目を閉じて周囲のざわめきに身を任せていた。女性たちの大きな笑い声が聞こえてくる。ゆっくりと目を開け、ラガヴーリン十六年もののグラスを右手に持ったまま、フィリップは笑っている若い女性グループを眺めた。するとその中の一人とたまたま目が合った。フィリップは悪事の現場を押さえられたような気まずさを感じて、落ち着かない気持ちで今度は腕時計に目を落とす。女性たちはエロディーと同じくらいの年齢に違いない。彼女たちの目と、目尻にわずかに寄っているしわを見ていたら、別れた妻の目が思い出された。そしてその笑い声を聞きながら、もう長いこと、自分はエロディーを楽しませたり笑わせたりしていなかったことを思い出した。ルイはまだ来ない。いつもどおり遅刻だ。フィリップはウイスキーをひとくち飲んだ。アルコールがゆっくりと喉《のど》を落ちてゆく。喉を焼け付かせるようなその心地よい感覚が、一瞬のうちに緊張をほぐしていく。友を待ってはいるのだけれど、あの女性たちを眺めていればこのままひと晩でも過ごせそうだ。彼女たちの楽しそうな様子を見ていると、自分も幸せな気分になれた。シングルモルトの酔いとも相まって、その嬉しい気持ちは、フィリップが忘れてしまったと思っていた充足感をもたらした。その時、ドアの横に立つハイヒールを履いた若い娘に目が留まった。窮屈そうなスーツを着た六十代とおぼしき男をうっとりとした眼差しで見つめている。再び事件のことがひたひたとフィリップの心に忍びこみ、そのことしか考えられなくなった瞬間、ルイの腹の出たシルエットが入り口の回転ドアから入ってくるのが見えた。

「おいおい、時間に急《せ》きたてられるってことはないのかい」頬に挨拶のキスをしながらフィリップは友に言った。

「確かにないな。急ぐのはやめたんだよ。もう年だからな」

ルイはフィリップの空のグラスに目をやった。

「おれが来るのを待っててくれなかったようだな」

「時間を無駄にするのはやめたんだよ。もう年だからな。同じものを注文しようか？」

「ああ。だが今夜はおれのおごりだ。競馬の三連勝式で千ユーロ当てたところなんだ。相棒に笑顔を取り戻すためにこの金を投資しようと決めたのさ」

フィリップはウェイターにそっと合図した。ルイは向かいの肘掛け椅子に座ると、同情的な目でフィリップを見た。

「それで、昨日の死体はどうなってる？」

「今のところは、まあまあ進んでる。アリーヌが身元の割り出しに成功したんだ」

「アリーヌって、可愛い褐色の髪の子か？」

フィリップは、ウェイターが自分の前に置いていったグラスに目をやった。

「まあ、そうとも言える。だがこの事件は、ちょっと気になることがあるんだよ。まあまあうまくいってるんだが……。いってるけれども、どうしても一点気に入らないことがあるんだ……」

友の話に一生懸命耳を傾けていたルイが言う。

「ほら、いいから白状してみろよ」

「そうだな……。ばかだと思われるかもしれないが、自分には、これが一人の犯人の仕業だとは思えないんだ」

フィリップは秘密を打ち明けるかのように、ルイのほうに身を乗り出した。

「死体解剖をした医師が言うには、殴られてできた血腫の程度が、全部一様じゃないんだよ」

「そりゃまあ、犯人がだんだん興奮していって、時間がたつにつれてより力が入ったんだろうよ。なんの不思議もないと思うが……」

「もしそうじゃないとしたら……。おかしなやつだと思わないで欲しいんだが、ルイ、もしこれが複数犯の犯行だったとしたら……」

「じゃあどういうことだ？　組織の犯行か？　エルヴェと一緒に捜査した件は関係ないのか？」

「関係なくはないんだが、その線だとかみ合わないことが出てくるんだよ。調べたんだが、二人目の被害者はやつらのインターネットサイトに載っていないんだ。だからつながりがない。いっぽう、単独の手配師だったら……」

「つまり、一人の女衒《ぜげん》が、自分が手配した娘たちを一人ずつ殺していくってことか？　それは考えられないな。どうしてそんなことをするんだ？　それに、どうして芝居がかった犯罪にしたてる必要があるんだ?」

「違うんだ、ルイ、言いたいのはそういうことじゃない。それじゃあ、あまりに素人考えだろう」

ルイはむっとした顔をした。

「犯罪捜査部の敏腕刑事のようにすばやく頭が巡らなくてすみませんね。だが、おまえの言ってることはわからないよ」

「なんというか、クララに起こったことは、偶発的な出来事ではないんじゃないかと思っているんだよ。つまり、客たちが女で憂さ晴らしをするような夜の集まりを企画しているやつがいるのかもしれない……。女は殴られて、少々ひどすぎる目に遭わされる……」

「それで女衒の男は厄介ごとを避けるために、殺人事件のように偽装してるってことか。まったくいかれてるが、恐ろしく賢いってことだな……映画のセリフだが」

フィリップはがっかりして視線をグラスに落とした。

「そんなことあり得ないと思ってるのか?」

「そういうわけじゃないが、はっきりしない話ではあるよな。おれもおまえも、パリの夜の世界のことはよく知ってる。もしそんな集まりが実際にあるのなら、おれたちの耳にはいってもいいはずだ。その世界の協力者がいないわけじゃないんだから」

「おまえのいうとおりだ。焦って考えすぎたのかもしれないな。だが一応上司には、明日一言話しておくことにするよ。すべての可能性を考えておいたほうがいいだろうから……」

その言葉を聞くと、ルイはフィリップの肩に手を置いて言った。

「ばかなまねはよせ、フィリップ。今のはなんの根拠もない話なんだぞ。はねつけられて落胆するのが関の山だ。本当にそう思うんだったら、もっと掘り下げて調べるんだ。それで何か見つかれば、安心して前に進めるだろ。おれも情報を探してみようか？」

「ああ。でも目立たないように頼むよ。その件に注目が集まっては困るから」

「本当におれのことを新人扱いするつもりか、フィリップ？　まったく最後までおれをばかにするんだからな」

酔いがまわって、フィリップは微笑んだ。空のグラスをテーブルに置いて三杯目を頼み、しばらくして四杯目を注文した。しまいにはウェイターが、ボトルごとウイスキーを置いていった。ボトルの中身が下がっていくにつれて、会話の中身も下がっていく。ルイが会計を済ませているあいだ、フィリップはバーで待っていた。すると隣のテーブルにいた若い女性たちの一人がフィリップに声をかけた。

「友だちがみんな、わたしがあなたに一杯おごるなんてこと、できっこないほうに賭けるって言うんですよ。彼女たちを笑ってやるために、わたしに協力してくれません？　わたしはエステル。あなたは？」
フィリップは女性の目を見つめながら、申し出を受け入れた。

狭いエレベーターの中でフィリップは、褐色の髪の美人と情熱的なキスを交わした。彼女のアパルトマンに向かいながら、頭はもう何も考えていなかった。両手が彼女の体の上をさまよう。急いでコートを脱ぎ、彼女をソファーに寝かせる。右手が知らぬまにエステルのカシミアのセーターの下に入っていくと、フィリップはもうずっと昔に失ったと思っていた激情が湧きあがってくるのを感じた。彼女と何度もキスを繰り返すことによって、束の間でも、すべてが消えていった。エロディーのことも、仕事のことも、過去に受けた心の傷も。激しい情欲の中で、すべてが徐々に遠ざかっていった。

24

二〇一八年十一月十二日　七時〇分

「もしもし？」

「ヴァルミか？　エルヴェだ。起こしてしまったかな？」

フィリップは音を立てずに起き上がり、毛布をかぶって寝ているエステルの体の線に目をやった。

「まあな。朝の七時だから」

「悪いな、フィリップ。実は夜のうちに、例の〈ヴェニュセスコー・ドット・コム〉のやつらが開いた乱交パーティーに踏みこんだんだ。盗聴器がずいぶんと役にたったぜ。ロシアとの連絡係も一緒にいて、全員捕まえてやったぞ」

フィリップは目をこすり、ひどい頭痛のせいでまだぼんやりしている意識をしっかりさせようと試みた。

「おめでとう、エルヴェ。レジオンドヌール勲章に推薦してほしいかい？」

「朝は機嫌が悪いな……。これからそいつら二人の自宅に捜索に入るから、あんたが来るか部下を送ってくるかしたいんじゃないかと思ったんだが」

「ぜひ頼むよ。出発は何時だ？」

「九時の予定だ。捜索先が二カ所なので、二チームに分かれるつもりだ」

「わかった。若いのを何人か送るよ。見つけるべきものがあれば、ちゃんと探しだしてくれるはずだ。話はそれだけか？」

「他にもあるといえばある。その乱交パーティーで捕まえた客の一人が、ポケットにコカインを少々持っていてな。それで熱心な同僚が、ついでに麻薬所持に関する手続きを始めたところ、その男がとんでもない話を始めたんだ。少々過激な集まりがあって、そこでは女たちが拷問のような目に遭っているとかなんとか言ってな。もちろん、起訴を逃れるためにありもしない話をでっちあげた可能性がないわけじゃないが、万が一ってこともあるからな。だからあんたに話しておこうと思ったんだが……」

フィリップは鞭で打たれたような気がした。

「すぐそっちに行く！」

フィリップは公用車に乗って出発した。パリの街は、まだ眠りから完全には覚めていない。車の流れはスムーズだった。嵐の前の静けさだ。フィリップは、シャツに自分の汗とエステルの甘い香水の混ざった匂いがしみこんでいることに気づいた。罪悪感を感じさせる匂い。最初の結婚のことが思い出された。妻との関係は、一緒に暮らし始めて二年後には、もう危うくなり始めていた。張りこみや、情報提供者との夜の約束がどんどん増えていった。最初の頃は、フィリップも夜に家を空けるのは嫌だった。それが徐々に、わざわざできるだけ遅く帰宅するようになっていった。人生の伴侶から責められるのを避けるためだ。二人の関係が悪化していることはわかっていたが、どうにかして改善しようとはしなかった。フィリップはあっというまに、妻にとって単なる同居人になった。夜の張りこみも、同僚と出発する前に手短に電話で知らせるだけのものになった。

そしてある夜、フィリップは、絶望を見知らぬ女の腕の中で紛らした。しばらくして、また同じことを繰り返した。心を苛《さいな》む罪の意識は、自分がものにした女たちの腕の中で、表面的ではあっても自分を包みこんでくれる、そのめくるめく愛撫の中で消えていった。それは、妻がもう自分には与えてくれないものだった。エロディーと一緒になってからは、一度もそんなことはしていなかった。自分にはもっと分別があると思っていたし、狂った犬のようだった年月は過去に置いてきたと信じていた。だが、本性は駆け足で戻ってきた。

ウイスキーのボトルにまたがって。自分が作り上げたと思っていた盾は、捜査と別離の重圧で粉々に砕け散ったのだった。

エレベーターが売春斡旋業取締部のフロアに着いた。エルヴェ・デュランスは機嫌よく握手でフィリップを出迎えた。

「友よ、ようこそ、わが部へ」

「ここに来るたびに、胸が締め付けられるような気がするよ」

「その石のような外見の内側に、偉大なロマンチストが隠れていたことは前から知っていたが」

「人間それほど変わるもんじゃない。仕方ないさ。それで、その客はどこにいる？」

エルヴェは大声を出すなと身ぶりで合図した。

「すぐそこだ」

右側の待合室の椅子に、スーツにネクタイ姿の男が体を丸めて座っている。

「牢に入れてないのか？」

「つまり、我々に協力する代わりに、強制的な措置の対象から外されている。勾留状態にはなく、自発的にここにいるというわけだ」

「ここで夜を過ごしたのか？」

「ここに戻ってきてまだ三時間しか経ってないんだ。ソ連の強制労働収容所とは違うぞ」

エルヴェが気を悪くしたようなのでフィリップは話題を変えた。

「家宅捜索に加わる要員は九時にこっちに来るよ。その前にそこの客と話がしたい。部屋を貸してもらえるかな？」

ほどなくして、フィリップは男と向かい合った。目の前で背を丸めているその姿は、どこにでもいる男のようでもあり、誰にも似ていないともいえた。小柄で痩《や》せぎす、仕立ての悪いスーツを着ている。スーツの明るい灰色が目の隈を際立たせていた。フィリップが差し入れた湯気の立ったコーヒーカップを前にして、男は自分の靴から目を離さない。それが、詮索する目で視線を合わせようとしてくる警察官から逃れるための、最良の方法だと考えているのだろう。フィリップは可笑《おか》しくなった。それはまさに、売春斡旋業取締部の取り調べ室に連れてこられる男たちの、典型的な態度だったからだ。夜のあいだ、心地よいスパークリングワインと柔らかな照明の陰で、売春の悲惨な実態が巧妙に隠されていた時には、男はその実態を見ないふりをすることができた。しかしここは、どぎつい蛍光灯の光によってそれが容赦なく照らし出される場所なのだ。数時間前から、乱交パーティーのあいだ自分の側にいた娘たちが、捜査官に見守られながら次々とやってくるのを、男は目にしていた。捜査官たちは娘たち一人ひとりから話を聞いて書類を作り、男も共犯者である売春斡旋の実態を、さらに詳細に暴いていく。夜の薄暗い場所を離れて見ると娘たちの顔はまだ幼く、それを隠すために使う安物の化粧品のせいでできたにきびが、たくさん見える。娘たちの隈のできた目は悲しげで、もう客たちの要求に従うことなどはどうでもよくなっているようだ。この娘《こ》たちは二十歳《はたち》そこそこで、すでに充分すぎるほど辛《つら》い目に遭ってきたのだ。そしてこの男、エピナルにある薬品会社のセールスマンであるフレデリック・ブゴンは、この破廉恥な流通網に金を注入したのだった。男はそのことを自覚していた。男が自覚していることはフィリップにもわかった。

「ブゴンさん、わたしを見るんだ」

フィリップの毅然とした声に男はびくっとし、黙って顔を上げた。

「いいですか。ここで時間を無駄にしている暇はないんだ。同僚の話では、あなたは何か話すことがあるそうですね。それを聞きましょう」

「逮捕されないと保証してもらいたい」ブゴンがおずおずと口を開いた。

フィリップは男を見つめ、今にも飛びかからんばかりの勢いで机の上に両手をついた。

「あんたは乱交パーティーで未成年の娼婦と一緒にいるところを見つかったんだ。ポケットにはコカインもあった。それなのに、あんたはまだ留置場の壁の色さえ見ていない」フィリップは続けた。「我々はこれまであなたに対して、どちらかと言えば謝意を示し、礼儀正しく対応してきたはずだ。起訴手続きに関しては、わたしの同僚が検察と話をし、検察が結果を通告することになる。いずれにしても、今のあなたの状況で保証を要求することは、最悪の戦略だと思いますね。さあ、話を聞きましょうか」

この四十代の男はもう一度自分の靴に目をやり、ゆっくりと話し始めた。

「一ヵ月前、あるパーティーに行ったら、友人が何人か女の子を呼んでいて……。みんな楽しんだあとに、その……。つまり、その、最後にそのうちの一人と一緒になったんです。それで二人で、その……。その時、彼女の背中に大きな赤い痕がいくつもついているのが見えたので、それはなんだと聞いたんです。わたしはいつも女の子たちに関心を持つようにしているんですよ。ふだんは答えてもらえないけれど……。でもこの時は、彼女が泣き始めてしまったんです。わたしのことを親切だとか、他の人たちとは違うとか言って」

フィリップは男のほうに身を乗り出して次の言葉を待った。

「だからわたしは、どういうことなのかと聞いたんです。すると彼女は、自分は特殊なパーティーを企画している男のところで仕事をしているのだと言ったんです」

「話したのはそれだけ?」

フレデリック・ブゴンが泣き始めた。

「まだあります。報酬はとてもいいけれど、男たちはやりたい放題、なんでもする権利があるんだと言っていました。際限がないのだと」

「というと？　ドミネーションパーティーか？　その企画したやつのことは他に何か言ってましたか？」

「いいえ。ただ、とても怖いと。それから、その男はとても力を持っていて、有力者とのコネもあると。わたしは警察に行くように言ったのですが、彼女はそんなことは無理だと、警察はその男からは守ってくれないと言っていました」

　フィリップは半信半疑で男を眺めた。

「ブゴンさん、この難局を乗り切ろうと作り話をしているんじゃないだろうな？」

　ブゴンはさらに激しく泣き始めた。

「いいえ、絶対に違います。全部の質問にちゃんと答えようとしていますよ」

「その娘について、他に何か知っていることがありますか？　外見はどんな感じでしたか？」

「白人で、年は二十歳《はたち》くらい。ブロンドで、とても痩せていました」

　フィリップは血の流れが止まったような気がした。

「言葉に訛りは？」

「ありませんでした。フランス人だと思います」

「名前は？」

「ビアンカと名乗っていましたが、本名ではないと思います」

「では、これからあるインターネットのサイトを見せるので、彼女がそこに載っているかどうか言ってください」

フィリップは〈ヴェニュセスコー・ドット・コム〉のサイトを開くと、検索機能を使ってブロンドの白人女性の写真をすべて表示させた。そしてブゴンにその娘を探させているあいだに、こっそりジャンにショートメッセージを送った──〝新しい被害者の写真を交ぜて何人かの識別用写真を準備し、至急、売春斡旋業取締部に持ってきてくれ〟。

フィリップの勘は当たった。ブゴンはサイトの中には見当たらないと言った。いつものように朝早く出勤していたジャンが、数分後、一枚の用紙を手にして現われた。そこには被害者の写真と、彼女に容姿の似た他の家出娘五人の写真が載っている。男は即座に三番の写真──クララ・ブルドワゾーを選んだ。フィリップとジャンは長々と顔を見合わせた。ジャンはその場に留《とど》まることにした。上司がこれから、目の前に座っている男にとどめを刺すと思ったからだ。

「ブゴンさん、あなたがいま確認した女性は、昨日死体で発見されました。ですから、土曜日から日曜日にかけての夜、あなたが何をしていたか、うかがわなければなりません」

ブゴンは明らかにショックを受けた様子で、両手で頭を抱えこんだ。左手の薬指にはめられた結婚指輪が、場違いで所在なさそうに見える。

「学会に参加するためベルリンにいました。抗アルツハイマーの新薬を発売することになって、ドイツの医師に薬を紹介するために出かけたんです」

ジャンが質問する。

「週末はずっとベルリンにいたんですか？」

「用事は土曜日の午後でしたから、そこで泊まって、日曜の朝九時のフライトで帰ってきたんです」

フィリップが質問を続けた。

「まだチケットを持っていますか？　そこにいたことを証明できる人は？　土曜の夜はベルリンで何をしていたんです？」

「チケットはまだ持っています。ベルリンでは、一人で、売春宿にいました」

「結構。確認できるまでここにいてもらいます。これから部下がDNAの採取もします」

部屋を出ていったジャンが、大きな銀色の封筒を持って戻ってきた。そして検査キットを取り出すと顔にマスクを付け、小さなスティックを男の口の中に差しこんだ。男はされるがままになっている。ジャンは男の唾液少々をセルロースペーパーの上に乗せ、急いで封印するとそれを持って出て行った。一時間後、フィリップは航空会社からの連絡によってフレデリック・ブゴンのアリバイを確認し、調書に供述を記録した。男は泣き続けていた。それまで隠されていた、売春の帳《とばり》の向こう側を垣間《かいま》見たのだ。そこでは、可愛い娘たちが半死半生の目に遭わされている。それは男たちが、思春期をやっと過ぎたばかりの少女を金の力で買いあさり、もっとも下劣な本能を野放図《のほうず》に解き放っているからなのだ。

二〇一八年十一月十二日　三時三十分

奈落の底に落ちるような自分の叫び声で目が覚める。自分の寝室にいるのだと理解できるまでに数分かかった。枕もとのランプをつけて水をひとくち飲む。彼女たちが、勢ぞろいしていた。シンシア、ビアンカ、母さん、セーヌ川に流して誰も見つけられなかった女。みんな白い服を着て、おれを取り囲んでいた。おれに笑いかけていた。傷口がよく見えた。みんな血を流していた。汗でしっとりとした毛布が体に冷たい。おれは起き上がる。部屋の家具が動いているように見える。冷えたウォッカをグラスに注ぎ、ろうそくに火をつける。炎の暖かさとゆらめきが心を落ち着かせ、アルコールがいっきに体を温める。筋肉が引きつる。最初のひとくちで頭がくらくらする。女たちの顔が不気味に周りで踊り続け、一人の顔がどんどん大きくなる。母さんだ。突然おれの人生から消えた母親。生活のためにレ・マレショー通りに立って客をとっていたが、そんなことは屁とも思っていなかった母親……。おれが少年だった頃、いつも社会福祉事務所の職員が次々にやってきては、母親に追い返されていた。おれはいつも悲しい目をして台所の隅に座っていた。毎日入れ替わり立ち替わり情夫やら売人やらが、時には同時に現われた。誰もおれには目もくれなかった。うちの戸口を入ってくる男は、みんな母親が目当てだった。母親の金と体が。しまいには、母親はもう部屋のドアを閉めることさえしなくなった。おれは視線をそらしながら毎日を過ごした。そしてある日、母親は強すぎる麻薬注射を打った。その時おれは十五歳で、毎晩ごろつきどもに囲まれて街なかで夜を過ごしていた。母親が意識を失っているのを見て、おれはチャンスをつかみとった。その時チャンスは、枕の形をとって現われた。おれはそれを上から押し付けた。力いっぱいに。母親が息をしなくなるまで。ガキの面倒をみなかったレ・マレショー通りの売春婦は、こうして片がついた。それ以来、おれはすべて一人でやってきた。デカに捕まったことも一度もない。こそ泥をしながら、成人するまで生き延びた。決して貪欲になりすぎることなく。そのおかげでこれまで身を守ることができたのだ。そんなことを思い出しているうちに、不安がごちゃごちゃに渦巻いて頭が爆発しそうになる。

何か見慣れたものにすがろうとするが、おれの部屋にはおよそ人間らしいものがない。

壁の絵も置き物もない。だから低いテーブルをじっと見つめる。口の中に血の味が広がるのを感じながら、このくだらないテーブルの脚は直径何センチなんだろうと考える。両手は震えているが、この指の腹は、まだあの娘の首の感触を覚えている。どうやって首を絞めたのかも。彼女は、直前までは涙で潤んだ目でおれを見つめていたが、その瞬間になったらおれの体を通り越して遠くを見ているようだった。ベルヴェデールをもう一杯、グラスに注ぐ。可愛いクララとの思い出は感動的だ。彼女は警戒していなかった。もちろん、おれのことは好きじゃなかったろうが。おれが電話した時、嫌なことをやらされるとはわかっていただろう。だがおれのことを信用していた。おれはまともな人間だったからな。おれがどのくらい彼女を嫌っていたか、彼女は知らなかった。彼女は、理由もわからないまま死ななければならなかったのだ。それこそが、おれにとっては最高に楽しいことなのだ。朝の四時だ。もう今からは眠れない。一日を始めなければ。ちょっとした強壮剤が必要だ。書斎の本を開き、白い粉の入った小さな包みを取り出す。効き目は即座に現われる。おれは覚醒し、不安の発作から解放される。悪夢は遠くに去る。おれにとり憑《つ》いていた娼婦をみんな、記憶の深淵に突き落としてやった。再び完璧な安らぎを感じる。何ものも、おれを傷つけることはできない。外はまだ、夜の静寂が続いている。外出して、おれの好きなパリの空気を吸う時間だ。浮浪者どもがうろつくパリ、誰も知らないパリ。夜中の三時から五時のあいだ、首都の通りは、眠らない者たちのものだ。冷たい空気がおれに力を吹きこむ。昨夜、新たな注文が入った。おれの商売のタネは、腹黒い男たちだ。やつらは、自分たちがもう留まるところを知らなくなっているのだということを、わかっていない。おれが与えてやったものにもう飽きているのだ。さらに欲深くなり、さらに多くを欲しがる。だからおれは、想像力を倍にしなければならない。だがやつらは知らないのだ。おれの限界はもっと遠い。やつらの限界より、はるかに先にあるのだ。

25

二〇一八年十一月十二日　九時三十分

「これまでで最高の手がかりですね。予想外でしたが」じっとしていられない様子でジャンが言う。

フィリップとジャンは、急ぎ足でグラジアーニ部長の執務室に向かっていた。

「今はまだ上には言わないでおく。そして裏付けをとる」

ジャンは目を丸くしてフィリップを引きとめた。

「冗談でしょう？　上からはまた催促が来ますよ。またとない解決の糸口が見つかったというのに、言わないでおくとはどういうつもりです？」

「ジャン、〝猿に木登りを教える必要はない〟と言うだろう。今この情報を必要としているのは上層部じゃないんだ。わたしは、犯罪捜査部に来たばかりで死体を二つも抱え、すでに無実の名士を勾留している。部内にはわたしの成功を願わない者もいるだろう。それにもしかすると、あの男は麻薬所持の罪から逃れるために事実を誇張しているのかもしれない。お粗末な話だがあり得ないことではない。実際、たった一人の人間が、パリのSM業界で誰にも知られることなくそんな集まりを開催するなんて、そんなことが可能だろうか。今夜、何人か情報提供者に探りを入れてみるから、その結果を見てからにしよう」

「それがいいやり方だとは思えませんね、フィリップ。もし犯人が今夜のうちにもう一人殺したらどうするんです？」

「まさにそれだよ。もし上層部がこっちのやり方に反対して大がかりな捜査網を敷き、結局煙《けむ》に巻かれるだけだったら？　その間にまた別の被害者が出たら？」

フィリップはそういう状況を知っていた。そうなるのは絶対に嫌だった。だがジャンの言うこともっともだ。そのうえこの上級巡査部長はかなりの頑固者だ。すぐには引き下がらないだろう。フィリップは賭けに出た。

「ジャン、わたしを信用してほしい。この業界のことはわたしが誰よりもよく知っている。今回の調書はここで留め置き、その間に男の話の真偽を確かめる。上を動かすのはそのあとだ」

ジャンはフィリップの意図を理解した。

「いいようにしてください。ボスはあなたですから」

グラジアーニ部長の部屋の前で、フィリップは大きく息を吸いこんだ。この会議の中で、圧力に譲歩せざるを得なくなるかもしれない。本来なら部長レベルが部下をそうした圧力から守るものだ。フィリップは課長である自分が板挟みになることがわかっていた。メディアのせいで、この事件は今や政治的な意味合いを帯び始めていたが、これを早急に解決したい上層部の意向と、現場の実態とのあいだで、自分はバランスを保ち離れ業をやってのけなければならなくなるだろう。一時間前から、フィリップのスマートフォンには次々に速報が表示され続けている——〝シリアルキラー、首都で娼婦を次々と襲う〟〝連続殺人鬼：切り裂きジャックの亡霊がパリを徘徊〟。次々と表示されるセンセーショナルな見出しは、編集部の思惑どおり人々に〝クリックさせる〟力があると同時に、人々のパニックを引き起こす可能性があり、司法警察局の局長や警視総監は躍起になってそれを抑えようとしているのだ。

上司の緊張を感じとったジャンは、片手をそっとフィリップの肩に置いて言った。

「大丈夫ですよ、フィリップ。部長はあなたを驚かせてくれるかもしれませんよ」

フィリップはドアをノックして、広い執務室の中に入った。すでにアキムとジュリアン、ブリザール警視正が、革張りのソファーと大きな肘掛け椅子に座っていた。グラジアーニは窓にもたれて立っている。

「きみたちを待っていたよ、ヴァルミ。座るがいい。わたしのほうは良くない知らせがある」

「そうでしょうね、部長。わたしも速報を受信しましたよ」

グラジアーニはフィリップを見つめて寂しそうに微笑んだ。

「局長と広報部は、熱心なジャーナリストたちをなんとか抑えることに成功しているよ。しかし、残念ながら心配ごとはそれだけではない」

「わかりませんね、部長。メディアから受けている圧力に関してのお話があるものと思っていました」

グラジアーニは腰を下ろすと、体の前でゆっくりと両手の指を組んだ。

「きみはまだわたしという人間をよくわかっていないようだな、ヴァルミ。前に言ったはずだ。わたしがすべての責任をとるから、きみたちはそういう心配はしなくていいと。それはわたしの仕事だ。確かに、ここ数年見たことがないほど事態は混乱しているが、今のところなんとか乗り切っている。そしてきみたちの任務は、捜査することだ。メディアの相手をすることじゃない。したがって、用件はそのことではない。きみを呼んだのは、被害者の家族とのあいだに問題があったからだ。昨夜アントワーヌとアリーヌが、被害者の死を知らせるために家族に会いに行き、母親を自宅に一人残したまま立ち去った。そして翌朝、母親が死んでいるのを息子が発見した。自殺だった」

フィリップは驚きを隠せなかった。

「それは、説明がつかないことではないですよね？」

「もちろんだ。問題は、息子が国家警察監察局《IGPN》に告発したことだ。どうやら我々のアントワーヌが非常に事務的で、家族の心情に配慮が足りなかった可能性があるということなのだが……」

「通例に従って、母親を誰か親しい人と一緒に置いてこなかったんですか？」

「母親は息子のところに泊まると言ったようだ。それでアントワーヌとアリーヌはそのまま立ち去ったらしい」

フィリップは両手で頭を抱えた。

「なんてことだ！　これは問題になると思いますか？」

「監察局《IGPN》と電話で話したが、手続き上、明らかな規則違反はなかったようだ。きみの補佐は、心理学研修の強制受講ですむだろう」

ジャンが言葉を差し挟んだ。

「それじゃあ効果はないでしょうね」

課員たちが忍び笑いをする。グラジアーニ部長も口元が引きつるのを隠せなかった。

「何も聞かなかったことにするよ、ジャン」

「アリーヌとアントワーヌに電話をしてみます。二人はもうこのことを知っているのですか？」フィリップは心配になって聞いた。

「まだだ。連絡はきみに任せる。わたしのほうは二人を守るために手を尽くそう。それでは、事件の進捗を報告してもらおうか」

フィリップは、いま会ってきたばかりの男から聞いた話はわざと省いて、部長に事件の概要を説明した。グラジアーニは立ち上がり、部屋の中を行ったり来たりし始めた。

「それは連続犯の匂いがするな。ジャン、きみはどう思う？」

「犯人は明らかに犯行のレベルを上げてきているような気がします。油断できない状況です。ですが我々のほうも、携帯電話や監視カメラなど、現在複数のルートから捜査中です。ジュリアン、アキム、そっちの状況は？」

二人は昨日同じ部屋で、調査対象となった何千という電話番号や車のナンバープレートの多さに毒づきながら、ずっと一緒に過ごしていたので、ジュリアンがまとめて二人分の結果を報告する。

「鋭意調査中ですが、今のところたいしたことはわかっていません。監視カメラについては、レンタカー会社からの回答待ちです。携帯のほうは予想どおりで、ブーローニュの森周辺では多くのプリペイド式携帯電話からの発信記録が確認されています。ですがご存じのとおり、こういう機器の販売業者はあまり手続きを順守していないので、犯人がプリペイド式携帯を使っていたとしても、そこから持ち主を特定できる可能性はほとんどありません」

ミシェル・グラジアーニはあごをなでた。自分がまだ若い警視正だった頃の記憶が頭の中によみがえった。犯罪捜査部の次長だった当時、今も脳裏にこびりついて離れない、ある事件の捜査指揮をとっていた。もともとが粗野でも祭り好きな人間でもなかったものの、現在のグラジアーニが常に冷淡な外見を見せているのには理由があった。当時二十七歳だった若者の肩には荷が重すぎたその事件の、混沌とした状況が原因だった。事件の被害者たちには共通点があった。年取った独り暮らしの女性で、皆、慎ましい暮らしをしていた。殺人犯は女性たちからいくらかのアクセサリーや金を奪ったが、特徴的だったのは、長時間にわたって女性たちを拷問したことだった。それは連続殺人事件で、ずっとグラジアーニを悩ませることになるのだが、最初の遺体を目の前にした時、若き警視正グラジアーニは、自分が実力に比して大きすぎる役割を担っていることを突如思い知らされた。そして、八十歳の女性の、苦痛に歪み、腫れあがった顔を見ているうちに、自分の新たな責任の大きさがわかってきた。警察幹部を養成するサン・シル・オー・モン・ドールの国立高等警察学院時代、グラジアーニは理論の講義を受け、模擬演習に参加した。そして、堂々たるキャリアを持つ指導教官や専門家たちの言葉に耳を澄ました。彼らは、知識欲さかんな未来の警察官たちを前にして、自分の体験談や、心に傷跡を残した出来事について語ったが、多くの場合、冷静に淡々と自分の考えを話していった。そのことに、若いミシェルは感銘を受けた。そこまで自分の感情を隠すことは、自分にはできないと感じた。未来になれば、そうではないことがわかるのだったが。しかし、精神科医や犯罪学者、あるいはFBIの捜査官の話し声が、時としてわずかに震えているように感じられる時があった。それまでより長い沈黙。講堂の奥をさまよう視線。まるで入り口のドアがスクリーンとなって、被害者の顔や、父親の涙や、殺人犯の薄笑いがそこに映しだされているかのようだった。グラジアーニをたじろがせたのはそうした瞬間だった。それは予告なく開かれ、人間のもろさを垣間《かいま》見せる窓だった。

何カ月にも及ぶ長い捜査の末に、老女連続殺人犯は逮捕された。勾留の最初の二十四時間のあいだ、犯人の男はいっさい口を割らなかった。捜査官たちが独房から出そうとするたびに、男は大声でわめき、激しく暴れた。取り調べ室に連れていくために、時には捜査官が三人がかりで廊下を引きずっていかざるを得ない時もあった。三十年以上の経験を持つ当時の課長も、こんな粗暴な男は初めてだと言った。あたかも憎悪を糧として食らい、それが、犯罪捜査部の腕っぷしの強い警察官や、汚い独房への監禁に抵抗するエネルギーを生み出しているかのようだった。熟練の警察官三人に対する犯人の抵抗の強さを見れば、被害者のか弱い老女たちがどのような目に遭ったかは、想像するだけでも恐ろしいことだった。勾留第一夜が明けた時、課長がグラジアーニに会いにきた。

「次長、あんなやつは見たことがありませんよ。まったく狂暴で、そのうえ自信満々ときている……。この際、〝絨毯《じゅうたん》の取り調べ〟を試してみたいんですが」

若いグラジアーニはそれを恐れていたが、適切な解決手段であることもわかっていた。〝絨毯の取り調べ〟とは、警視正が立派な執務室で被疑者を尋問することだ。被疑者に自らを重要人物のように感じさせ、うっかり警戒レベルを下げさせるためのものだった。かくしてミシェル・グラジアーニは、狭い廊下の奥にある執務室で、自分の机の前に座ってその時を待った。背筋をぞくっとさせるうなり声が聞こえ、壁を叩くくぐもった音が声と混ざりあい、重なりあって響いた。グラジアーニは目を閉じて深呼吸を繰り返した。叫び声が近づくにつれて、どこかに消えてしまいたくなった。だが、被害者たちの顔が頭の中に戻ってきた。逃げることなどできるはずがない。この三年間、冷静沈着を心がけ、感情を表に出さないようにしてきたではないか。

犯人が、元ラグビー選手だった記録係にしっかりと腕をつかまれながら執務室に到着し、グラジアーニの前に座った。グラジアーニは犯人の目をのぞきこんだ。だがそこに見えたものは、虚無だけだった。こういう人間は、映画の登場人物ハンニバル・レクターのように、目の奥底にサディズムの残虐な光を宿しているのではないかと思っていた。だがそこには何もなかった。底知れぬ空虚な空間にぶち当たっただけだ。グラジアーニは瞬きもせず、犯人の目から視線をそらさなかった。たぶん三十秒ほどだったろうが、数時間にも思えた。部屋の中は静まり返っていた。捜査官たちと何度も争って疲れた犯人の、息切れの音がするだけだ。グラジアーニは、目の前に座っている男から視線を離さずにファイルを広げた。そして男の鼻先に被害者の写真を何枚も並べた。男は写真を見てから、目を閉じた。顔に薄笑いが浮かぶ。自分の犯罪を回想しているようだった。グラジアーニはくじけることなく、犯人を見つめ続けた。やがて男が目を開けた。そしてその瞬間、グラジアーニは敗北を喫することになった。あたかも、回想を糧に気力を養い、若い警視正を捕って食らう力を得たかのように、男は初めて、叫ぶことなく、誰であれ罵ることなく、静かに口を開いた。

「これがおまえの母親だったらもっとよかったのにな」

この単純な挑発の言葉に、グラジアーニはもろに打ちのめされた。とてつもない恐怖を感じた。この瞬間、グラジアーニは戦いに負けた。殺人鬼はグラジアーニの私的な領域に入りこみ、心の内側のもっとも奥深くを傷つけることに成功したのだ。その後、廊下に出たグラジアーニは、分電盤の扉に向かって怒りをぶちまけた。両の拳《こぶし》は血だらけになり、治療が必要になった。その時病院に連れていったのは、当時犯罪捜査部に異動になったばかりのジャンだった。犯人のほうは最後まで、自白によって被害者の遺族に苦痛の軽減をもたらすことはなかった。終身刑を宣告されたが、それからほどなくして死んだ。分電盤の扉は新しくなり、ミシェル・グラジアーニはそれ以降、決して声を荒らげることなく穏やかに話す男になった。その鎧《よろい》は二十五年間、一度も壊れていない。その後、ジャンとその時の話をしたことは一度もない。時が流れ、今ではこの話も、三十六番地の廊下で密かにささやかれる逸話のひとつにすぎなくなった。

昔の思い出に引きこまれていた犯罪捜査部長は、ヴァルミの低い声で我に返った。

「部長、どうしましょうか?」

「犯罪捜査部でいつもしているようにするだけだよ、フィリップ。何かが落ちてくるまで木を揺さぶり続けるんだ。きみたちが何かを必要とする時には、わたしのドアはいつでも開いている。では、皆、退室してよろしい」

26

二〇一八年十一月十二日　二十一時〇分

周囲のざわめきが頭をくらくらさせる。フィリップはバーのスツールに腰かけ、タキシード姿のバーテンダーがすばやくカクテルを作る姿に魅了されながら、今日の出来事を思い浮かべた。思いがけず転がりこんできたあの男のおかげで、捜査がにわかに進展しそうであること。グラジアーニ部長から、二人の部下が〝監察〟の対象となる旨を聞かされたこと。フィリップは二人が自宅に着いた頃を見計らって、それぞれに電話をかけた。当初アントワーヌはいきり立ち、組合に訴えてやるとか、こんなふうに自分の経歴を傷つけるのは許せないなどと怒っていたが、時間が経つにつれて声を詰まらせ始めた。そしてとうとう、初めて心の弱みを見せ、電話の向こうでむせび泣きを始めた。なぜアントワーヌが事態を予測できなかったのか、母親がその知らせに耐えられないかもしれないとなぜ気づかなかったのかが、フィリップにはわからなかった。自分はこういう場合、トイレを借りたいと言って洗面所へ行き、そこに抗うつ剤がないかを確認するし、自分の目の前にいる人物がどんな気性の持ち主なのかを考えるようにする。今回については、そういうことが見落とされてしまったのだ。

アリーヌのほうは、冷淡でなんの感情も読みとれなかった。フィリップは、アントワーヌのほうが冷やかな態度をとるだろうと思っていたのだったが……。電話を切った時、表面的にはどうであれ、自分は信頼に足る課員たちを率いているのだと思った。アリーヌとアントワーヌは、お互いに顔を見るのもいやなほど嫌い合っているのかもしれないが、今回どちらも、相手を非難するようなことはまったく口にしなかった。それどころか、どちらも自分の非を、自分の分以上の非を認めたのだ。フィリップはひとりビールのグラスを前に、安心した気持ちになった。二人は、監察局《IGPN》の調査を難なく乗り越えることができるだろう。

外は土砂降りだった。十六区のこの高級なバーに入ってくる客たちも、しずくを滴らせている。バックに流れるジャズが、暖かい雰囲気を醸しだす。喉《のど》を通過する冷たいビールに、フィリップは身震いした。グラスが空になったので、先ほどの魔術師のようなバーテンダーにウイスキーを注文することにした。エロディーのことが脳裏をよぎる。フィリップはウイスキーをダブルにした。グラスを手に、スツールを回転させる。そして、クラブチェアに座っているブロンドの美人を見つめた。

二〇一八年十一月十二日　二十一時三十分

あの女なら完璧だ。十五分くらい前から、おれはペリエをちびちびと飲みながら彼女を観察している。あのいかにも猫をかぶった素ぶりから見て、売春目的でここにいるのは確かだ。隣のテーブルのビジネスマン風の男たちが、彼女から目を離さずにひそひそ話をしている。女は男たちのほうに、楽しそうに口をとがらせてみせる。あの男たちより先に声をかけなければ。おれは立ち上がって彼女に近づく。彼女はきらりと目を光らせておれを盗み見る。おれは彼女の隣の椅子に腰かける。目の端に、悔しがる三人の男が見える。おれのほうが早かった。あとちょっとの差で、彼女はおれの毒牙から逃げられたのに。おれはスマートに、ゆっくりと話しかける。一、二分の会話のあとに、彼女が料金を告げる。一時間三百ユーロ。おれは微笑みながら了解し、すぐにフロントへ行って部屋をとる。そして二人で部屋に上がる。

衝動的に、この手で彼女の首を絞めたくなる。この欲求を抑えなければ。エレベーターの中で彼女を丹念に観察する。褐色の髪。身長は一メートル六十センチくらいか。胸は結構大きいが、体つきはとても華奢だ。丸くてきれいな瞳、そこここにそばかすのある顔。彼女がこっそり上に引き上げたスカートから太腿がのぞき、偶然タトゥーが目に入る。おれは慌てた。タトゥーの入った死体の身元を特定するほど簡単なことはないからだ。彼女の肉体に興味があるふりをしながら、タトゥーの模様をじっくりと眺める。ドリームキャッチャーの図柄だ。なんだ、ここ十年ほどすごく流行《はや》っているやつじゃないか。危うく彼女をおれの手から逃がすところだったが、そうはいかない。犯罪捜査部の刑事たちがひとつのタトゥーを探しまわる姿を見てみたいものだ。肌に同じタトゥーを入れている、彼女にそっくりの若いフランス人の娘は何千人といるのだ。そのうえほとんどのタトゥーの店は、客の個人情報をすべて記録していないし、支払いは現金しか受け付けていない。捜査官たちには厄介な問題だろうが、おれにとっては神の恵みだ。今朝ラジオで、パリ警視庁の、司法警察局長がしゃべっているのを聞いた。やつはシリアルキラーと呼ぶのを拒否した。それどころか、二つの事件には必ずしも関連が見られない、などと言いやがった。マスコミに対して、三人殺さないと連続殺人犯じゃない、などと苦しい言い逃れをしていた。

ひょっとするとやつらには、すでにおれを追い詰める確かな証拠があるのかもしれない。だが、三人目が発見された時にインタビューでなんと言うのか、興味津々だ。

部屋に着くと、彼女が先に立って歩き、悩ましげなしぐさでベッドに倒れこむ。そしてきれいな黒のドレスのストラップを外す。おれはそれを止めて言う。

「おれはあんたの尻には興味がないんだ。おれと仕事して、三倍稼ぐってのはどうだい？」

27

二〇一八年十一月十三日　七時〇分

　フィリップの耳に、エスプレッソマシンの甲高い音が二回目の目覚まし時計のように響く。こういう気取らない小さなカフェがあるのは、今や庶民的な界隈だけになってしまったな、とフィリップは思う。こうした店のカウンターではさまざまな人々が隣り合う。ごみ収集の作業員、向かいの集合住宅から仕事に出かける人々、幻滅気味の警察官、起き抜けから白ワインをバルーングラスで飲み始める迷える男たち……あるいは夜通し飲んでいた男たち……。足下では、隣の客のプードル犬がフィリップのほどけた靴ひもをさかんにかじろうとしている。ふと見ると、カウンターの端に《パリジャン》紙が一部、無造作に置かれていた。早朝から何人もの労働者のごつごつとした指でめくられたとみえ、すでに紙がくしゃくしゃになっている。フィリップはアメリカンコーヒーに息を吹きかけて冷まし、ひとくち飲んでからそれを開いた。

首都の連続殺人事件　袋小路にはまりこんだ犯罪捜査部

フィリップは、ひょっとしたら、優れた報道に贈られるアルベール・ロンドル賞の次回受賞作になるかもしれない記事を読み始めたが、最初の数行にざっと目を通しただけで読む気を失った。記事には、捜査関係者に近い情報筋の話とあったが、これはどう見てもグラジアーニ部長以外に考えられなかった。そしてグラジアーニはしっかりと自分の仕事をし、記者が記事を書けるよう必要な情報を提供しつつも、そこにぴりりともうひと味利かせるための非公式な情報は与えていなかった。巧みな駆け引きによって権力のステップを一段ずつ登ってきた者だけができる離れ業だ。フィリップは三流新聞を脇に置き、周りの日常の風景に目を向けることにした。ウェイターが、まさに機械のような手さばきで次々にカップにコーヒーを注いで給仕していくさまは、見事というほかない。客のほうは、ひと息に飲み干す者もいれば、その逆でコーヒーを前にして動きを止め、カップの中をのぞきこんで、光沢のある黒い液体に浮かぶ泡の動きに魅了される者もいる。

フィリップは、今朝、目が覚めた時のことを思い浮かべた。見覚えのない毛布に包まれて目覚めたのは二回目だ。ブロンドの美しい女が、自分の横で、腰のあたりまで毛布をかぶってうつ伏せで寝ていた。フィリップはそっと起き上がり、拳銃の中の弾が全部そろっているのを確認すると、一夜をともにした女の体を最後にもう一度眺めた。そして行く先を告げずに外に出てドアを閉めたのだった。フィリップはコーヒーを飲み終えると、駐車したままの車を取りに昨夜のバーに向かうことにした。

ちょうどラッシュアワーの時間だった。フィリップはしわになったスーツを着て地下鉄七号線の雑踏の中に入っていった。人混みに押し潰されていると、まだ若い捜査官だった時代のことが思い出された。毎朝ベルトに拳銃を付け、もじゃもじゃの髪に黒いレザージャケット姿で電車に乗ったものだ。当時は誰もスマートフォンなど持っていなかった。高校生に、勤め人、ところどころに、夜遊び後の体を引きずって家に帰る人が迷いこんでいて、乗客たちの狼狽を感じてさらに血中アルコール濃度を上げていたものだ。

フィリップが自分の執務室でコンピューターを起動させていると、アキムがドアをノックして入ってきた。

「クララの携帯の通話明細が届いたので、すぐに分析に取りかかります」

「おはよう、アキム。コーヒーはどうだい？」

「いいえ、結構です。被害者二人に共通の客がいなかったか、すぐに調査にかかりたいので……」

「わかった、頼むよ。わたしが一番最後に出勤かな？」

「そうですね、もう九時半ですから。いないのはアリーヌだけです」

「アリーヌはボルドーの事件のあと、数日休暇をとっているんだ……。わたしもだめだとは言えなかった」

アキムは心配そうな顔になった。

「大丈夫なんでしょうか？」

「はっきりはわからない。あまり感情を見せなかったからね。昼になったら家の近くまで行って、ランチに誘おうと思っているよ。さあ、通話明細を調べるんじゃなかったのかい？　それから、クララの携帯電波がアナイスの遺体発見地点で確認されていないかどうかも、忘れずに調べてくれ。万が一ということも……」

「もう確認済みですよ。わたしを誰だと思っているんですか？」アキムが笑いながら言った。「そちらの関連はありませんでした。いっぽう、二人とも殺される三日前に、八区で携帯を使っています」

「なんだって？　もっと早くにわからなかったのか？　八区のどこだ？」

「シャンゼリゼからミロメニル通りにかけての区域です」

「よし、ジュリアンとジャンに、その一帯にある大きなホテルの防犯カメラを全部調べさせよう。わたしの代わりに、きみが二人に説明しておいてくれないか？　わたしは午前中、協力者に会いに行くから」

「おっしゃるとおりにしますが、大丈夫なんでしょうか？」

「大丈夫だ。アントワーヌに言っておいてくれ。午前中、この課のことは任せる、と。じゃあ行ってくる」

　フィリップは上着を着ると、まだ湯気の出ているコーヒーカップをそのままにして部屋を出た。そしてバスティオンの駐車場を出るや否や、公用車のダッシュボードに回転灯を置き、渋滞の中をやっとのことで抜けながら、黄金の三角地帯（パリ八区のシャンゼリゼ通り、ジョルジュ・サンク通り、モンテーニュ通りで囲まれた、高級ホテルなどが立ち並ぶ三角形の地区）を目指した。やがて豪奢な建物の前に到着すると、歩道に乗り上げて車を停め、〝ポリス〟と記されたサンバイザーを見えるように下ろす。次に、大急ぎで入り口のデジタルロックに番号を入力して扉を開錠し、赤い重厚な絨毯《じゅうたん》が敷き詰められた階段を数段飛ばしで駆け上がる。そしてニスが塗られたドアの前に立つと、フィリップは金色の呼び出しブザーを押した。返事はない。耳を澄ますが、やはり物音ひとつしない。

フィリップはさらにブザーを押した。三十秒間押し続けた結果、遠くで声が聞こえた。

「まったく、わかった、いま行く。ちくしょうめ」

ドアを開けたのは、趣味の悪い寸劇からそのまま抜け出たような男だった。五十代、太鼓腹、灰色の口ひげ。わずかな髪の毛は、起き抜けにもかかわらず頭の後方にぴったりとなでつけられており、けばけばしいヒョウ柄の絹のガウンからは、もじゃもじゃの胸毛がはみ出している。しわがれ声で、呼気からはたばことアルコールの匂いがした。

「やあ、フランキー。夜はきつかったのかい？」

「くそっ、フィリップか。クロワッサンでも持ってきてくれたんだろうな」

「その暇がなくてね。実は今朝、閃《ひらめ》いたことがあって、ひとつ質問しにきた」

「中に入れ。最初に言っておくが、おれは密告者じゃない。わかってると思うが。コーヒーはどうだ？」

「いただくよ」

フランキーがだだっ広いキッチンで二人分のコーヒーを淹《い》れるのを見て、フィリップはにんまりとした。

「いま一人なのか？」

「ああ、知ってのとおり、遊び仲間はみんな朝早くに帰っちまうからな。おれはこの場所を売春宿にしたいんだ。ユースホステルにするなんてまっぴらごめんだ」

フィリップは情報提供者の機知に富んだ言葉ににやりとした。

「さて、それで、ここへ来た用件はなんなんだ、フィリップ？　そんなに大急ぎで、ここまでコーヒーを飲みに来たわけじゃあるまい」

「どうして大急ぎで来たってわかるんだ？　まあそうだ、聞きたいことがあるんだ」

「まず最初にだ、あんたはあがった息を整えもせずにブザーを押した。だから階段を大急ぎで上がってきたことはすぐわかったさ。それにおれは、あんたという人間をそれなりによく知っている。《サンテ・マガジン》誌の最新号で、階段を駆け上がるとコレステロール減少に役立つ、という記事を読んだからそうしたわけじゃないってことがわかるくらいにはな。だから、あんたが緊急の用事があるんだということはわかった。二つ目だが、おれは誰のこともちくったりしない。麻薬に関しても、売春に関してもだ」

「オーケー、フランキー。だがあんたのその、昔ながらの麗しきならず者の掟は、若い娘たちを殺した殺人犯にも適用されるのかい？」

フランキーはいきなりコーヒーカップを置いた。

「いったいいつから、そんな仕事に関わってるんだ？」

「犯罪捜査部に異動になってからだよ。実はまだ一ヵ月ちょっとなんだが。それで、手伝ってくれる気になったかい？」

「お巡りさんよ、全部吐いたらどうだ。いったい何が知りたいんだ?」

「あちこちから厄介な噂が耳に入ってね……。エスコートガールを使って、金をたんまり持ってる男たちのためにひどくいかがわしい夜の集まりを企画しているやつがいるらしい」

「パリはそんな集まりばっかりだ。もっと詳しく言ってくれ」

「どうやら、男たちは娘をこっぴどく痛めつける権利があるらしい。本当にめちゃくちゃにだ……」

「つまり殺してもいいってことか? なんてこった、そいつはまともじゃないな。おれでさえ、そんないかれたやつらは知らないぞ。ニップルクランプに結構な電流を流すというのはあるが、人を殺すってのは……。いや、パリでそんなことをやってるってのを耳にしてたら、すぐにあんたに電話してたよ」

「情報を集めてくれるかい? もちろん内密に」

「心配するな。おれは口は堅い。他に用事は?」

フィリップはコーヒーを飲み干し、ドアのほうに向かった。

「それだけだ。二十四時間したら電話するよ。何かしら見つけてくれ」

「おれにできることはするさ」

アリーヌと昼食をとったあと、フィリップは車の中で考えた。何日も前から恐れていた試練に立ち向かわなくてはいけない。そこで、職場には夕方まで戻らないとアントワーヌにショートメッセージで連絡し、自分のアパルトマンに向けて車を発進させた。道中は回転灯もつけず、交通法規も無視しない。それが、決着を先延ばしにする最後の手段ででもあるかのように、フィリップはできるかぎりゆっくりと運転し、黄色の信号でさえ停止――パリの渋滞の中ではむしろ交通違反になりそうだが――した。交差点を通過するごとに、破局の苦しみがひしひしと強く迫ってくる。エロディーが去って以降、休むことなく働き続けてきた。勤務中は仕事に没頭し、勤務時間外は、苦しみに向き合わなくてもすむよう酒に逃げこんだ。だがこれから数時間は、一人で自分の過去に向き合うのだ。フィリップは、身のすくむ思いがした。

何度も暗証番号を押しなおしてやっと建物の扉を開錠し、四階まで階段をのぼる。今度は一段も抜かさない。ゆっくりと、手すりをしっかりと握りしめてのぼっていく。ドアの前まで来ると、フィリップは玄関マットをじっと見つめた。なんの変哲もないただの玄関マット。同じものなら無数にある、長方形の、単純な麦わらのマットだ。だがこれは、自分たちの一歩一歩を包みこんできたマットなのだ。エロディーを抱きしめた時には、彼女の靴のヒールが麦わらのあいだに沈みこんでいくのが感じられた。仕事で夜中に帰宅した時には、彼女を起こさないようにと、このマットの上をアンクルブーツでそっと歩いたものだ——ただし、いつも必ず床がきしんで音をたててしまったが。フィリップは鍵をドアの錠に差しこんでまわした。カチャッと音がした。この音を聞くのもこれが最後だろう。フィリップにはこれが、二人の関係を永遠に閉じる南京錠の音に思われた。中に足を踏み入れると、いつもならとても暖かい部屋の内部は、冷え冷えとした空気に包まれていた。

フィリップは拳《こぶし》を握りしめた。本当に一人きりだった。自分を見ている人間は誰もいない。自分の人生に観客はいないのだ。フィリップは入り口の絨毯の上に座って泣いた。痛みをすべて吐き出すためにとにかく泣いた。ドアを入ってくる自分の姿が目に浮かぶ。居間から漏れてくる柔らかな照明の光に包まれ、バックにはジャズかロックの音楽が流れている。ホルスターから拳銃を外し、弾倉を取り出す。そして薬室から弾を取り出して空中に投げ上げる。今も自分に許しているカウボーイの真似事だ。心地よい音楽に身を委《ゆだ》ねながら、フィリップはソファーに近づく。エロディーがソファーに座ってワインを飲んでいる。下の小さな惣菜屋で買ったギリシャ風オリーブが皿に乗っていることもある。フィリップは自分のグラスにウイスキーを注いで彼女の額にキスする。そして、彼女の体からあふれ出る熱気を感じる。それは、毎日仕事で冷えきっている自分の心を救い出してくれるものだった。エロディーがいさえすれば、自分はゆったりとした気持ちになれた。彼女は自分と一緒にいて、自分を愛してくれた。それだけだった。そしてそれこそが、他の誰もが決してくれたことのない、最高の贈り物だったのだ。フィリップは彼女との喧嘩も思い出す。何度も言い争いをした。台所に目をやる。食器が空を飛んで台所の床で粉々に割れたこともたびたびあった。フィリップは絨毯《じゅうたん》の上に座ったまま、押し寄せる思い出に身を任せた。やがて頭の中は別れた妻のことでいっぱいになり、事件の被害者のことも、捜査のことも、連続殺人犯のことも、すべてがかき消されていった。自分は現在パリ警視庁でもっとも注目されている人物であり、この手に、ここ数年でもっとも大きな事件の捜査を抱えている。だが、もうそんなことはどうでもよかった。打ちのめされた心の重みに、すべてが消え去った。今この瞬間、エロディーと、その瞳と、その口元以外に大切なものなど何もない。何度も嘘をついてきた。そのせいで、いつも彼女の視線を避けてきた。人生で何度も行きずりの女性と夜をともにし、ここ数日は浴びるようにウイスキーをあおった。思い出すのも苦しいこうした過ぎ去った時間が、次から次へと心の中に押し寄せた。心も体も、悲しみで押し潰されそうだった。だが、とフィリップは思いなおす。長いあいだパリの街が見たこともなかったような、残忍な殺人者の悪行に、終止符を打たなければいけないのではなかったか。アナイスの遺体の虚ろな眼差しが、頭の中によみがえる。その光景が、フィリップに立ち上がる気力を取り戻させた。フィリップは寝室に行ってスーツケースを二つ取り出し、衣類を詰め始めた。自分を止めるものはもう何もない。これから荷物をまとめ、それをルイの家に置いて、あとは自分が息をしている時間はすべて、あの怪物の追跡に使うのだ。〝怪物〟――頭の中に浮かんだこの言葉に、フィリップは自分でびくりとした。以前、小児性愛の殺人犯の裁判で、弁護士が言ったことを思い出した。

「被告は怪物ではありません。わたしたちと同じ種の生物、すなわち人間なのです。彼は、あなたがたやわたしと同じなのです」

まるで安っぽいテレビドラマのようではあったが、フィリップは急にある種の高揚感に包まれた。

「やつも自分と同じ、人間なんだ……。だから、捜査の最初から自分たちは間違いをしてきたのかもしれないが、やつだってきっと間違いをしでかすに違いない。その時こそ、こっちの出番だ。陰に身を潜めて反撃の時を待つんだ」

自分でもここまでやる気になれるとは思っていなかった。フィリップは、若き日の興奮を取り戻したような気がした。この抗いがたい力が、心身の限界を跳ね返すのだ。フィリップにもハンターの本能があった。だからこそ、居心地の悪い覆面車両の中で何時間も待ち伏せすることができた。獲物が森を出て、用心深く住み処《か》の外に足を踏み出し、左右を見まわして、少しでも警察のいる気配がないかとあたりをうかがう瞬間を、ずっと待ち続けた。この時フィリップは息を殺す。わずかでも息をしたら、自分がここにいることがばれたり、覆面車両の車体が揺れたり、なんらかの変化を起こしそうな気がするからだ。変化というのは、肉眼では見えないけれども、周りの均衡を崩したり、獲物が感覚的に危険を察知したりすることだ。まさに本能だった。警察官はハンターであり、ならず者は獲物だ。双方がそれぞれに、自分が生き残るための直感的能力を発達させている。ならず者は、私服警察官がTシャツの下に隠した拳銃を見つけることができるし、警察官は通行人の目を見れば、それが追われる者の恐怖心を宿した目かどうかを見抜くことができるのだ。その〝自然選択〟の結果、ならず者はいつも現場で不審者として尋問され、警察官は……すぐに身分を見破られることになる……あるいはもっとひどいことが起こるかもしれない……犯罪とダーウィニズムが出会う時、離婚した警察官たちは自分たちに関する新しい理論をでっちあげるのかもしれない。

二つ目のスーツケースがはちきれんばかりになると、フィリップは寝室をあとにし、食器棚の上に鍵の束を置いた。窓から差しこむ十一月の太陽が、居間のソファーを照らしだしている。これで最後とばかりに、フィリップ・ヴァルミの過去に光を当てているかのようだ。フィリップは、空中を浮遊するたくさんの埃《ほこり》が、光の筋の中に浮かび上がるのをぼんやりと見つめた。そしてアパルトマンをあとにした。

車のトランクを閉めてバスティオンに向かおうとした時、ドアポケットの中に携帯電話が置きっぱなしになっていたことに気がついた。二時間以上連絡がつかない状態になっていたわけだ。通知画面を見る前に、あと少しだけ、最後の自由なひと時を自分に許そうと決め、フィリップは車から降りてたばこに火をつけた。ドアにもたれて、ゆっくりと煙を吐き出す。秋風に木々の葉が揺れ、カサカサと音を立てている。しばらくのあいだ、フィリップはその音に耳を澄ました。五分後、吸い殻を捨ててようやく携帯の画面を見た。不在着信が五件。二件はアントワーヌから、三件は同一のプライベートな番号からでアキムのショートメッセージが残されている。通話明細書で発見があったようだ。アナイスとクララに共通した電話番号を五件見つけたという。フィリップは留守電に残されたアントワーヌのメッセージを聞いた。

「フィリップ、折り返し電話してください。麻薬取締部が連絡を取りたがっています。重要事項です」

28

二〇一八年十一月十三日　十八時〇分

麻薬取締部のフロアは、犯罪捜査部よりかなり騒々しい。アリの巣のように人がひしめき、部屋から部屋へ声が飛びかっている。

「ちくしょう、おれのトランシーバーはどこへ行っちまったんだ？」

「モモ、おれがバイクで行くから、おまえは車で行け。二十分後に現場で合流だ」

拳銃にすばやく弾を装塡する音が、警官たちの会話のあいだに割って入る。フィリップは同僚の待つ執務室に向かう途中で、これから尾行に出ようとしている一団に遭遇した。ラスタファリアン（ジャマイカ発アフリカ回帰運動の信奉者）風に変装したのっぽの大男、ラッパー風の外見をした筋骨隆々の男二人、ダメージジーンズをはいた若い女、ピザの配達員に扮した男。このおかしな一団に囲まれるとフィリップの服装のほうが普通ではなくなり、すっかり周りから浮きあがって見える。フィリップは、自分が新米警察官だった頃のことを思い出した。配属先は、治安のよくない地域を管轄する、司法警察局第二管区だった。あの頃は警察官に見えないようにするため、あらゆる努力をしたものだ。それなのに現在のヴァルミ警視は、上品な界隈から一歩外に出たら、きっとうまく周囲に溶けこんで尾行することはできないに違いない。

「くそっ、手錠を忘れたぜ」

ラスタファリアンが突然Uターンしてフィリップにぶつかり、謝りながら通り過ぎていった。廊下の奥に、バスティオンの本庁舎内のどこにでもあるような執務室がある。フィリップは開いているドアをそっとノックした。同年代らしき男が、コンピューター画面から顔を上げてヘッドフォンを外す。Tシャツにジーンズ、もじゃもじゃのグレーの髪に、戦闘員のようなあごひげ。フィリップとは対照的なタイプであることは間違いなかった。

「あんたがヴァルミか？」男は立ち上がり、親しげに片手を差しだした。

「ああ、そうだ」

「過剰摂取対策課長のフレッド・ラバスだ」

〝オープンスペース〟と呼ばれるその部屋には古いソファーがひとつ置かれ、その脇には薬物乱用防止のポスターが数枚と、それぞれ一番いいショットで撮影された課員たちの写真、さらにはクリント・イーストウッドの映画のポスターが何枚か貼られている。落ち着いた雰囲気だった。フィリップは、即座にその古いソファーに座りこんだ。それで気を悪くするような男ではないと思ったからだ。

「遅くなって申しわけない。ずっと仕事中だったので。電話の用件はなんだったのかな？」

「今日は職場のメールをチェックしなかったのかい？」

痛いところを突かれた、とフィリップは思った。

「殺人犯を追っていて、時間がなかったんだ」

ラバスはにっこりした。同僚の感情を害したかもしれないと思ったのか、挽回するようにすぐに続けた。

「それじゃあ手短に言おう。今うちでは、麻薬の過剰摂取によって、エスコートガールがホテルの部屋で死亡した事件を捜査してるんだが」

フィリップは、もたれていたソファーからがばっと身を起こした。

「どうやら興味があるらしいな。要するに、うちの課では麻薬の供給元を突きとめることができたので、そいつらを捕まえたいと思っている。麻薬にとんでもない代物を混ぜて売りつけていたやつらだ。こちらとしては、やつらを最大限利用して仲買のブローカーも炙《あぶ》りだすことができれば完璧だ。というわけで、この三ヵ月間通信を傍受してきた結果、ほとんどのことがわかった。近いうちにやつらを叩くつもりだ。それで今は、その連中を尋問したあとに客の話も聞けるように、客側の身元を割りだしているところだ。それでもって、おれたちは育ちのいい警察官なので、客の中に同僚警官の情報提供者が含まれていないかを確認するために、全員を専門情報ファイル《FBS》にかけて調べてみた。そこであんたの登場だ。あんたの協力者にぶち当たったわけだよ」

　フィリップは立ち上がった。

「いったい誰なんだ？」

「マキシム・リシャールを知っているか？」

　フィリップは口の中でもぐもぐとつぶやいた。

「マックス……。バカなことを言うのはやめてくれ」

　その言葉を聞いてラバスは笑みを浮かべた。

「いい協力者なのかい？」

「一番の協力者だ。他にも何人かいい協力者がいるが」

　ラバスはフィリップの目をのぞきこんで聞いた。

「この男を調査対象から外して欲しいか？」

フィリップは即座にそうしてくれ、と言いそうになったが、もう少しその件について知りたい気がした。

「その録音を聞かせてもらえないだろうか？」

ラバスが不愉快な表情を見せる。フィリップはラバスをまっすぐ見つめて言った。

「麻薬取締部の事件に興味はない。だが、口先だけじゃなく実際、自分の協力者は麻薬に関しては清廉潔白だと考えている。だから心配なんだ。資料を読ませてくれとは言っていない。マックスが何を言ったのか聞きたいだけだ」

言葉どおりに信じるほど、ラバス警視はうぶではなかった。目の前の警察官が狼の匂いを嗅ぎつけたのだと見てとった。

「自分の事件と関係があるかもしれないと疑ってるんだろう？」

「なぜそんなことを？」

「あんたがエスコートガールの虐殺事件を追っていることは、バスティオンの誰もが知っているさ。事件が新聞の一面トップに載っていることも、おれが決してばかじゃないってこともね」

フィリップは折れた。

「そうだ。疑ってる。だからもっと知りたいんだよ」

「仕方がない。明らかに、殺人のほうが大切だ。わたしの信条を曲げることにしよう」

言行一致で、ラバスはコンピューターのキーボードをすばやく叩くと、すぐにフィリップにヘッドフォンを渡した。フィリップのほうもやすやすとは騙されなかった。ラバスを見て言う。

「ちゃんと問題の盗聴部分の録音が準備してあるということか。わたしが聞かせてくれと頼むことがわかってたんだな」

「あんたも決してばかじゃないってことだな。近いうちに一杯飲みに行こうじゃないか。大いに盛りあがるだろう。さっきは、わたしも一応、捜査官として警戒しているところを見せておく必要があったのでね。信条の問題だな。さあ、聞くがいい」

フィリップはヘッドフォンをつけた。モニターに表示される、文字起こしされたテキストも同時に読んでいく。


XH（マキシム・リシャールと判明）がサイード・ブグルマ（会話中OBJ1と表記）にかけた電話の会話。

呼び出し音が五回鳴ったあとに応答。

OBJ1　もしもし？　（BGMが流れている。聞こえてくるキャッチフレーズから

みて音源はラジオFG局。周囲の騒音から、OBJ1は車の中にいるとみられる）

X　H　やあ。欲しいものがあるんだが。（静かな状況下で会話。周囲に騒音はない）

OBJ1　元気か、兄弟。何が欲しいって？

X　H　3Gだ。

OBJ1　オーケー、わかった。セット料金だ。

X　H　SIMカードはどのくらいで届く？

OBJ1　二十分あればいく。

X　H　わかった。

OBJ1　配達人は家に送ればいいか？

X　H　いや、〈ル・ブドワール〉というクラブに来るように言ってくれ。ヴィヴィエンヌ通りだ。

OBJ1　〈ル・ブドワール〉だって？　（OBJ1が大声で笑う）ずいぶんお盛んじゃないか、ええ？

X　H　余計なお世話だ。それじゃまたあとで。

OBJ1　頑張れよ。

ＯＢＪ１が電話を切る。通話終了。

フィリップはヘッドフォンを置いた。

「間違いない。わたしの協力者だ。どうもひとつ気になる点があるんだが」

ラバスは笑った。

「おや、犯罪捜査部の嗅覚優れた刑事さんは、何か勘が働いたのかな？」

「なんとなくなんだが。この電話番号での盗聴記録はこれだけか？」

ラバスがすばやくキーボードを叩いて確認する。

「イエス、サー」

フィリップは自分の携帯を見ながら質問した。

「番号は〇六　七一　八九　九〇　六六？」

「そのとおりだ。それで、あんたの勘ってのはいったいなんなんだい、ご主人様？」

「からかうのはやめてくれ。マックスは正規の電話を使ってかけていたが、二人は知り合いのようだったろう？」

「明らかにそうだな」

「この回線の傍受を担当しているのは誰かな？」

「わたしの部下の一人だ、隣の執務室にいるが」

「その部下は、この声の人物が他の電話番号を使って話していないか、声で識別できないだろうか？　もしマックスが偽名で別の電話を持っているのなら、その番号を知りたいんだ」

「今から隣に行って頼んでこよう。待っているあいだにコーヒーでもどうだい？」

「喜んでいただくよ」

「じゃあ、自分でやっといてくれ。エスプレッソマシンの使い方は知ってるな。大丈夫だと思うが」

フィリップは立ち上がり、エスプレッソマシンの横に置かれたカップをひとつ取ってコーヒーを淹《い》れた。

しばらくすると、フィリップの新しい友人が笑顔で戻ってきた。

「いいニュースがあるぞ。あんたの協力者はずいぶん甘美な声をしているから、わたしの部下はすぐに識別できたよ。だが正規の番号でかかってきた時、その部下は休暇中だった。だからさっきの通話を傍受したのはその部下とは別の人間だったんだ。それで、今までその二つがつながらなかったんだな。結論としては、あんたの協力者は確かに別名義の電話を持っている。そしてかなり頻繁に注文してるってことだ」

「この事件は、ホテルの部屋でエスコートガールが死亡したことに端を発したと言ったな？」

「そのとおりだ。ホテルの清掃係がスイートルームで死体を発見した。その部屋に泊まっていたのはオマーンの政府高官たちで、帰国してしまったあとはどうやっても連絡をとることができない……。まったく驚くべきことだろう？」

「国際政治にも非常に興味はあるが、いま一番知りたいのは、おたくの捜査対象者が他の娼婦たちにもブツを流していたかどうかということだ」

「正直に言うと、そっちの方面はあまり調べてないんだよ。協力者から内密の情報を得たあと、通信傍受によってすぐに犯人グループを特定できたので、密売ルートの捜査に集中してきたんだ」

「少々厚かましすぎるかもしれないが、その偽名電話での傍受録音を聞かせてもらえないだろうか？」

ラバスは天に向かって両腕を上げると、芝居っ気たっぷりに言った。

「おお、親愛なるヴァルミよ、あなたはわたしの信条をすべて捨てさせようとしているのか」

犯罪捜査部の〝オープンスペース〟に、フィリップの部下たちが集合した。アリーヌは休暇中でその場にはいなかったが、本人の強い希望により電話で会議に参加した。まずフィリップが状況を説明する。

「実は、有力な手がかりが手に入った。かなり有力だ。事件に新たな局面が加わった。実は今回も、わたしの情報提供者が関係している。手短に話そう。麻薬取締部から電話があって、コカインの密売に関する通信傍受の最中に、わたしの情報提供者が出てきたというんだ。過剰摂取対策課長と交渉して少々調べさせてもらったところ、わたしの情報提供者マックスが偽名の電話を持っていることがわかった。偽《にせ》の名義のプリペイド式携帯電話で、捜査対象者への注文にはその携帯を使っていた。わたしが疑惑を抱いたのは、実は数日前にマックスと会っていたんだが、その時素知らぬ顔で事件についていろいろと聞いてきたからなんだ。そこでもう少し調べさせてもらった。録音されていたプリペイド式携帯の通話内容を全部聞いたところ、マックスがコカインを配達させていたのは、我々が関心を持っている地区のホテルばかりだった。昨日のブゴンという客から聞いた情報と考え合わせると、いろいろなことがつながり始めたと言える。つまり、やっと何かをつかんだ気がする。アキムに、その携帯番号の電波が二つの遺体発見現場付近で検出されていないかを調べてもらったんだが、その結果は半々だった。ラ・ヴィレット公園付近では検出されたが、ブーローニュの森では検出されなかった。皆はどう思う？」

　アントワーヌがあごをなでながら答えた。

「期待できそうですね」

「明日の朝、尋問しますか？」ジュリアンも手を叩きながら言う。

「わたしはオーケーだ」フィリップはそう答えた。

　するとジャンが手を上げた。

「尋問なんてとんでもない。証拠もない今の時点では軽はずみにすぎますよ。勾留期間を無駄に使うべきではありません。ラ・ヴィレット公園では複数のコンサートが開催されていたんですよ。その男も簡単に言い逃れできるでしょう。そして麻薬使用の罪で捕まって、それでおしまいです。でも、もしその情報が確実で、その男が組織を運営しているのだとすれば、偽名の携帯をそっちのビジネスにも使う可能性がある。ついては、引き続きその携帯番号の監視を続けて、そちらの結果を待つべきです」

　アントワーヌがいつになく強い語気で言い放った。

「もしやつが犯人なら、野放しにしておくべきじゃない」

　フィリップも賛成だった。

「家宅捜索をすれば必ず何かしら出てくるだろう。今、叩くべきだ」

その時、突然グラジアーニ部長が部屋の中に入ってきた。廊下を歩いていたら話し声が聞こえ、耳をそばだてていたのだった。

「ヴァルミ、ばかな真似はそこまでだ。まずはその情報とやらについてわたしに説明してもらおうか。そしてジャンの言うとおりにするんだ。その人物をみすみす逃すことはできない。ジャン、きみの執務室は独立しているから、そこで判事宛てに通信傍受の申請書を作ってくれ。きみの課長とよく相談のうえ、きっちりと作成するように」

フィリップとジャンの声が重なった。

「わかりました」

グラジアーニはフィリップに向かって言葉を続けた。

「それではフィリップ、わたしがまったく聞いていないその情報というのがなんなのか、二分で説明してもらおう」

29

二〇一八年十一月二十日　十五時〇分

この一週間、バスティオンの警視庁司法警察局では引き続き緊迫した雰囲気が続いていたが、それでも何かが変化していた。フィリップの課は捜査開始当初、あらゆる方面のあらゆる手がかりを、どんな小さな痕跡も見逃さずに調べようとしていた。捜査の方向性も定まらず、犯罪捜査部のローラーは通る道すべてを均《なら》しながら進んでいった。すべての電話番号を分析し、現場付近を通ったすべての車両の所有者を調べあげた。それが今、捜査はマックスの動向を追うことに集中していた。マックスの運転免許証の顔写真が大きなホワイトボードにマグネットで留められた。犯罪捜査部の若手課員たちが能力を発揮し、また強行犯捜査中央部《OCRVP》から応援に来た心理学者の助言も受けながら、入念な調査の結果、マックスのプロフィールが明らかにされた。

マックスはブルジョワの家庭に生まれ、厳格なカトリックの教育を受けた。父親は厳しく冷たい人物で、家庭内を恐怖で支配していた。母親は外での仕事はしておらず、夫に隷属していた。マックスは、十歳まではカトリックの学校でカテキズムを実践し、その後はイエズス会の中学校で信仰と勤労を教えられて育った。しかし十三歳になったある日、小さなマキシムの生活は根底から覆された。家族の秘密が明るみに出てしまったのだ。マックスは、その家の家政婦から生まれた子どもだったのだ。父親は家族に降りかかったスキャンダルに我慢できず、マックスと家政婦を家から追い出した。マックスは、数日前まではじっくり顔を見たこともなかったのに、突如自分の母親だと明らかになった女とともに、路頭に迷うことになった。当初、母親はマックスを連れてパリ近郊にある自分の両親宅に身を寄せたが、すぐに親との関係が悪くなって家を出た。マックスも一緒だった。母親にとってマックスは、欲しいと思ったこともなく愛してもいない息子だった。大昔からよくあるように、家政婦が主人に手を付けられた結果にすぎなかったのだ。たった一人パリの街で、二人分の口を養わなければならなくなった母親には、世界最古の職業に就く以外、選択肢はなかった。被疑者は売春婦に憎しみを抱いているように思われるが、その根っこはたぶんそこにあるのだろう。やがて、貧困があるところに必ず顔を出す麻薬が、母親の人生にも登場する。そして、売春することができるように麻薬を使い、麻薬を手に入れるために売春をする、という悪循環に陥っていった。麻薬は母親の肉体を侵食し、徐々に精神をも蝕《むしば》んだ。自分の置かれた状況も見えなくなり、十四歳の息子の存在など、無いも同然になった。マックスは外をほっつき歩き、非行に手を染め始めた。家にいる時は小さなアパルトマンの台所に腰かけ、麻薬の売人や売春の客が列をなしてやってくるのにじっと耐えた。そして母親が麻薬の過剰摂取で死亡した日、マックスは家からいなくなった。それ以降四年間の足取りはまったくわかっていないが、十八歳の時に軍隊に入り、そこで武器の取り扱いを習得する。別名〝大いなる無言の組織〟とも言われる軍隊だが、今回は気前よくマックスの資料を提出してくれた。それによるとマックスは、複数回にわたる国外任務において何事にも動じない冷静沈着さを発揮し、上司たちから称賛を得ていた。二十五歳で軍を離れ、夜の世界で仕事を始める。ナイトクラブの用心棒から始まり、ついには〈ル・ブドワール〉の手綱を握るマネージャーにまで登りつめる。そしてフィリップの情報提供者になったのだった。

フィリップは心理学者の報告書を何度も読みかえした。デスクライトの光の下で一文一文、一語一語を分析し、そこにほんのわずかでも、なんらかの兆候が読みとれないかと探してまわった。通信傍受のほうは、今のところ特段の成果はなかった。マックスの偽名の携帯には、娼婦を求める客たちからの電話がかかってきたが、常軌を逸した要求をする客からのものはなかった。このままでは、たとえ売春斡旋の事実が完全に立証されたとしても、マックスが殺人犯だという証拠は何もない。フィリップは傍受回線を自分の携帯電話に転送させていた。マックスの全通話が直接フィリップに届き、聞くことができるようになっている。フィリップは耳をそばだてて続けた。雌鹿が森から出てくるのを陰に隠れて待ち構えるように。

犯罪捜査部のフロアにはもう誰もいなくなった。一人で時間を過ごしながら、フィリップは執務室の中でウイスキーを少し口にした。ここに異動になった時に、備品棚の抽斗《ひきだし》の中に隠しておいたボトルだ。窓の外には、まだ周辺の工事が完了していない裁判所の建物が見える。予審のあとにマックスの裁判が行なわれるのはたぶんこの新しい建物になるだろう。その時、スマートフォンが長々と振動した。〝発信者不明〟だ。フィリップは携帯に飛びついた。数回の呼び出し音のあと、マックスが電話を取る。

——もしもし？

——やあ。荷物の配送準備はできているかな？

——もちろん。これまで約束を破ったことがありますか？

——注文どおりの条件で？　彼女は……。

――電話で話さないで。もちろん、条件はすべて満たしていますよ。
――それならいい。じゃあ明日。
――それでは明日、二十時に現地で。

通話が切れると、フィリップは椅子から飛び上がって電話をかけた。
「アントワーヌ、明日の朝八時から、マックスの家の前で張りこみを開始するぞ。やつに注文が入ってる」

二〇一八年十一月二十一日　十七時四十五分

ここ何日か、気持ちが落ち着かない。フィリップはおれに情報提供を頼んでおきながら、その後いっこうに連絡してこない。いつもはそうじゃないのに……。今夜の注文はやめといたほうがよかったのかもしれないが、こんな風に有終の美を飾る誘惑には、とてもじゃないが抗しきれない。おれは流行《はや》りのバーのテラス席に座って、ゆっくり彼女を待っている。彼女は、おれが彼女にどんな運命を用意しているか露ほども知らない。今夜の客はまったくいかれたやつらだ。やつらは、自分たちが抱いているこれ以上ないほどおぞましい幻想の実現を注文し、おれは何も言わずにその欲望を堪能させてやる。だからたんまりと金を払ってくれるということだ。いったん満足すれば、やつらは鼻をつまんで部屋を去る。そのあとは、おれがなんの心配もないように後始末してやる。五つ星のサービスというわけだ。このサービスがなければ、やつらは欲求不満を抱え、心に巣くう、黒く下劣な強迫観念に取りつかれ続けることだろう。そして街角で若い女に出くわすたびに、自分の心の中に潜む、倒錯した狂暴な獣の餌食として眺めることだろう。おれはそんな客たちに、やつらが安心できるやり方でお望みの残虐行為を提供しているのだ。事が終われば客たちは自分の家に帰り、妻と子どもたちにキスし、子どもたちを膝に乗せる。ベッドで妻の隣に横になると、間遠になっているとはいえ妻から迫られることを避けるために、疲れているふりをする。妻は、夫が自分を避けていると感じる。もしかして秘書や助手と浮気をしたのかもしれない、と想像を膨らませる。カップルが数々の試練を乗り越えた末に五十歳で和解するような、そんな安っぽいメロドラマの中に自分も入りこんでしまったような気がする。奥方たちよ、目を覚ますがいい。あんたたちの亭主は、昼休みに教会の鐘楼で研修生とやってるわけじゃない。夜、若い娘を拷問して、おれにその女の調達代金を払ってるんだ。

　そして今回、やつらはエスコートガールじゃない女を欲しがった。男が電話で言ったのは、〝一般人の女〟だ。ガ《G》ンマヒド《H》ロキシ酪酸《B》を服用させて、やつらの倒錯趣味のために特別に整えた気味悪い場所に打ち捨てておくのだ。要求は、若い女。だが若すぎてもいけない。美しい女。だが美しすぎてもいけない。そして一番重要なのは、そこでされたことを決して口外することができないようにしておくこと。その心配はまったくない。売春婦でない女を殺すのはおれの主義に反するが、ルールというのは変更するためにあるのだ。どうやってその女を調達しようかと思っていたら、ちょうどいい具合に以前からの知り合いがショートメッセージで連絡してきた。時として、チャンスは口を開けて待っているところに落ちてくるものだ。バーのテーブルで彼女を待ちながら、おれはこれから彼女が経験することを考える。彼女には悪いと思いつつ、同時にひどく興奮している。おれはパンドラの箱を開けた。いまさらそれを閉めることは不可能だ。いずれ警察は、おれのことを手も足も出ないようにするだろう。それもきっと近いうちに……。

二十年間、おれは本能に従って生きてきた。本能の声だけを聞いて。それで間違ったことは一度もない。そして今、自分が追いつめられていることがわかる。これからがフィナーレで、そして、おしまいだ。おれは、ずっとヴァルミが大嫌いだった。そんな素ぶりは決して見せないようにしていたが。あのうぬぼれた態度も、身のこなしも、あちこち見まわすのも気に食わない。妄想に取りつかれたサツだ。あいつがおれの捜査を担当していると知った時、おれはあいつを苦しめてやると心に誓った。人生ってのは、夢にも思っていなかったような、偶然の巡り合わせをプレゼントしてくれる時があるものだ。バーのドアが開いた。彼女がおれのほうに向かって歩いてくる。きれいな黒のスカートとそれにぴったりのタイツ、皮のジャケット。化粧は控えめで、髪を肩に下ろしている。とても美しい。おれはGHBの入った容器をポケットに忍ばせ、彼女のグラスに混ぜるタイミングを見計らう。三時間後には、彼女は野蛮な群れの餌食《えじき》となるのだ。彼女はおれににっこりと微笑み、ウェイターにキールを注文する。確かに、ヴァルミのまぬけ野郎はいい趣味をしている。今夜のエロディーは、最高に魅力的だ。

30

二〇一八年十一月二十一日　十八時〇分

アリーヌとフィリップが車の中に座り、マックスの住む建物の扉を見つめ続けてすでに十時間が経過していた。パリの街に夜が訪れ、あたりはすっかり暗くなった。この暗がりの中では、徐々に目が慣れてきたとはいえ、疲労の蓄積と相まって、張りこみはさらに骨の折れる仕事になる。助手席に座っているフィリップの足下には仮のごみ箱が置かれ、慎ましい食事のかすが捨てられている。いきなり脇腹を肘でつつかれ、フィリップはびくっとした。

「見て。あれじゃないですか？」

アリーヌが、ちょうど建物の扉の前に停車したステーションワゴンをあごで指し示す。運転席からマックスが出てきた。助手席にも人影が見えるが、顔まではははっきりわからない。フィリップは無線機を握った。

「みんな気をつけろ。対象が自宅に到着した。いったいどうやって外にでることができたのかがわからないが。車の中には女が一人、一緒にいる。やつはいま建物の中に入っていったところだ」

「フィリップへ。こちらはジュリアンです。徒歩で女性を確認しに行きましょうか？」

「行かなくていい。いま確認しても仕方がない。そのままの態勢で待機せよ。すぐに尾行を開始する」

まもなくマックスが戻ってきた。再び乗車して車を発進させると、ゆったりとしたスピードでパリの東に向かって進んでいく。犯罪捜査部の三台の車両は、完璧に統制のとれた動きで、一定の距離を保ちながら追跡する。アリーヌも両手でハンドルを握りしめる。簡潔な無線の交信からは、皆の緊張感が伝わってくる。六人の警察官は全神経を集中し、先頭車両はマックスのステーションワゴンのテールランプから目を離さなかった。ところがアキムが運転していたその先頭車両が、営業用のバンに強引な割りこみをされて前方の視界を遮られてしまった。そして数分後、ナシオン広場のロータリーでバンが目の前からいなくなった時には、マックスの車は視界から消えていた。助手席に座るジュリアンが無線を手に取った。

「全員に連絡します！　車を見失いました。視界に確認できません」

アリーヌはハンドルを叩きつけると、エンジン音を響かせながらできるかぎり速いスピードでロータリーをまわり始め、フィリップは、マックスの車がどの道からロータリーを出ていったのかを見つけようと、渋滞しているそれぞれの道に目を凝らした。

「いたぞ、ポルト・ド・ヴァンセンヌ通りだ。入れ！　こちらはフィリップ、全員に連絡する。見つけたぞ。やつは外環道のほうに向かってる。対象の後ろにつくぞ」

ポルト・ド・ヴァンセンヌでは、警官たちは追跡車両を見失わないよう、その後ろの列に並んだ。そして後方から車線を上がってくるバイクの隊列のエンジン音とけたたましいクラクションの音を聞きながら、外環道に向かって進んでいった。アントワーヌの声がアクロポルから聞こえてくる。

「車は高速道路A４号線方面に向かっています。後ろにつきます。いいですね？」

マックスのドイツ製ステーションワゴンは、追跡する三台の車両との距離を次第に離していったが、幸い、マックスは人目につかないように制限速度を守って運転していた。またラッシュアワーの渋滞のおかげで尾行はあまり目立たず、見破られるような状況ではなかった。しばらくすると、道路沿いに〝クレテイユ、プロヴァン方面〟という案内標識が現われた。マックスの車はそれに従ってヴァル＝ド＝マルヌ県方面に向かう。フィリップは毒づいた。

「ちくしょう、いったいやつは、あっちで何をするつもりなんだ？」

隊列後方の車両にはアントワーヌとジャンが乗り、マックスに疑念を抱かせないようにいつでも先頭車両と交代することができるよう、控えている。

「ジャン、ひとつ質問してもいいですか？」

「おや、わたしに許可を求めるなんて、初めてじゃないかな。いったいなんです？」

「なんというか……。フィリップは今回のことで少々感情的になりすぎているんじゃないかな。つまり、自分の情報提供者が、自分の、別の情報提供者に殺されて……。一人の人間に対して関係する情報提供者が多すぎるのでは？」

「何が言いたいんです？」

「特に何も。ただ、すべてを考慮して冷静に判断することができないんじゃないかと、心配なだけです」

「今のところは、おかしな判断をしているようには思えないが……。だから、課長についていけばいいいんじゃないかな。もし間違ったことをするようなら、その時は警告してやったらいい」

「そうですか。でもわたしとしてはやはり、なんだか心もとない気がするが……」

「そうでないとは言っていない。ただ、課長を信じたいんだ」

アントワーヌはガラス窓の向こうにぼんやりと目を向けた。そして、暗く単調な景色が続くのを静かに眺めた。

「みんな気をつけろ。車が速度を上げたぞ……。高速を出るつもりだ。よし、〝ブリ＝コント＝ロベール〟方面の出口に向かっている。いや、〝ヴァル＝ド＝マルヌ〟方面との境にいて紛らわしいな。追跡を続けるが、交代が必要になりそうだ。交代できそうか？」

フィリップは視線をステーションワゴンに貼りつけたまま、両手に無線機をしっかりと握りしめて他の二台に聞いた。

「フィリップ、こちらはジュリアンです。後ろについていたんですが、ブロックされてしまって、出口を間違えてしまいました」

「フィリップへ。こちらはアントワーヌです。我々は交代できますが、そちらに追いつくのに少し時間がかかります。いまジャンがスピードを上げています」

マックスの車がロータリーにさしかかった。道路に他の車はいない。アリーヌは仕方なく、マックスの後ろについてロータリーをまわり始めた。ステーションワゴンは、ロータリーのすべての出口の前を通り過ぎる。最後の出口の手前でフィリップは状況を理解した。

「ウィンカーを出して外に出ろ。やつはこっちをひっかけようとしているんだ」

アリーヌはやむなく次の出口の一方通行の道路に進路をとり、マックスの車はロータリーで二周目をまわり始めた。フィリップは三百メートルほど進んだところで、再度無線機に向かって叫んだ。

「全員に告ぐ。最初のロータリーで対象を見失った。逆の出口から出るように仕向けられてしまったんだ。やつは二番目の出口から外に出た」

無線機から出る声を聞き、他の二台のハンドルを握っていたアキムとジャンは、できるだけ早く追いつこうとアクセルを踏みこんだ。

31

二〇一八年十一月二十一日　十九時十五分

無線機からはもう誰の声も聞こえない。フィリップは、アプリを使ってマックスの携帯電話の位置を割り出すようアキムに指示した。その結果、最後に位置が確認されたのは外環道沿いだとわかった。マックスはそこでインターネット接続を切断したのだろう。となると、これから位置を確認するには、マックスが電話かショートメッセージを受信するしかない。やつの携帯に電話するか？　そして罠を仕掛けるか？　だが、電波発信を促すためにこちらがなんらかの行動を起こせば、マックスの猜疑心が、正真正銘の狂気に変貌してしまう可能性がある。仕方なく、三台の車両はそれぞれ異なる出口からロータリーを出て五キロほど走ってみたが、ステーションワゴンが通った形跡は見つけられなかった。

アリーヌが路肩に車を停めて、携帯の上で何やら指を動かし始めた。

「えっと、このあたりには高級ホテルはないですね。というか、周囲数キロ四方には何ひとつありませんけど」

フィリップは隣の席で、激昂しそうになるのをこらえながら言った。

「どういうことだ？　ここはパリの近郊だぞ。あばら家のひとつもないなんてあり得ないだろう」

「家があったらどうだっていうんです？　全部の家のドアを突き破ってそこに隠れていないか調べるとでも？　フィリップ、この周辺が何かマックスと関係ないか、思い出してみてください。それなりに仲良しだったんですよね？」

「まあ、そうだな。あいつは違法行為には何も足を突っこんでいなかったので、打ち解けた付き合いだったんだ……。ちくしょうめ、自分はなんて大ばか野郎だったんだ！」

「なるほど。それで、これまでにどんなことでもいいので、この地域のことで何か話に出たことはなかったんですか？」

フィリップは目の前に広がる光景をじっと見つめた。自分たちの車のヘッドライトしか照らすもののないアスファルトを、夜の闇が包みこんでいる。不意に、フィリップはアリーヌに顔を向けて言った。

「引き返すぞ。さっきのロータリーまで戻るんだ」

今は課長に反対する時ではないと感じたアリーヌは、最後にマックスを見た場所まで車を飛ばした。

「ロータリーをまわるんだ、急げ」

アリーヌは猛スピードでロータリーをまわり始めた。

「ちくしょう、速度を落とせ」

今度は徐行を始めた車の中から、フィリップは行き先を示す案内標識をひとつひとつ丹念にチェックした。そして叫んだ。

「この出口だ、くそっ、走れ！」

車は、文字がいくつか消えかかっている案内標識に従って、道路照明灯のない県道に入った。フィリップはアクロポルを握った。

「全員に連絡する。こっちはさっきのロータリーまで戻ってきた。いいか、みんな、〝アードリクール〟に向かって進むんだ」

二〇一八年十一月二十一日　十九時二十五分

　彼女はおれの隣で眠っている。この豪勢な車内で。警察に止められたら、おれたちはカップルで、妻はとても疲れていると言えばいい。パリを出発した時から、なんだか嫌な予感がする。こうして運転するのも、今回が最後だという気がする。だから、忘れられない夜にしなくては。高速を出る時、おれはフィリップとの会話を思い浮かべた。やつが昔の尾行の話をした時のことだ。追っていた男は〝安全策〟をとっていたという。おれはがぜん興味を持った。フィリップは全部説明してくれたさ。地下鉄で車両からいったん降りて再び乗るやり方、ロータリーを二周すること、赤信号を突っ切ること……。その話を聞いてからは、仕事に出る時はいつもそうしている。用心するに越したことはないからな。またある晩には、フィリップは電波発信記録だかなんだかを使って携帯電話の所在地を特定するやり方についても話した。それ以来、おれは二つの携帯の電源を切り、客には約束時間の三時間前になったらそれ以降は決して電話をかけてこないように指示している。おれはいつだって用心深い人間だったが、新しい仕事を始めてからは、異常なほど猜疑心に取りつかれている。

照明のない県道ほどぞっとするものはない。おれはヘッドライトをハイビームにして猛スピードで走る。目の前には、アスファルトの上に引かれた白線が続いているだけだ。不気味な木々の陰が車を取り囲み、おれたちにのしかかろうとしているようだ。幸い、エロディーは眠っている。これから何が起きるか知ったら、わめいたり抵抗したりすることだろう。そしたら、おれのお気に入りの瞬間を、ゆっくり味わうことができなくなってしまうところだった。まだ引き返すことのできるこの瞬間。おれがすべての運命を――客たちの、彼女の、おれ自身の運命を――握っているこの瞬間。今ならUターンすることができるかもしれない。彼女を家に送り届け、ただ単に車の中で眠ってしまったのだと言うだけだ。彼女は何も覚えていないのだから。これこそがGHBの一番のメリットだ。二番めのメリットは、体内に痕跡を残さないということだ。おれはグローブボックスを開け、九ミリ拳銃とナイフを確認する。ぞくぞくする感覚が再び体の中から湧きあがってくる。ヴァルミが彼女を発見する瞬間のことを考える。彼女が薬を盛られたということは、やつには決してわからないだろう。彼女が自ら進んで、セックスの快感を味わうためにこの場所にやってきたと思うことだろう。おれが知るかぎり、もっとも陰鬱なこの場所——アードリクールのサナトリウムへ。おれは細いでこぼこ道に車を乗り入れる。藪《やぶ》の枝が車の窓をこすり、薄気味悪い音で静寂を引き裂く。数メートル進むと、ばかでかい建物が目の前に現われる。高く、威圧的で、落書きまみれの建物。昨日おれは、すべての手筈を整えるためにここにやってきた。これからが本番だ。駐車場にグレーのレンジローバーが一台停まっている。おれのヘッドライトが、車内で待っている四人のシルエットを照らしだす。客はそろった。さあ、始まりだ……。

32

二〇一八年十一月二十一日　十九時五十八分

アードリクールのサナトリウム……。マックスの口からその名が出たことがあった。会話のふとした拍子に名前が出て、ただそれだけの話だった。不可思議な脳のメカニズムによって、フィリップは突然その名を思い出したのだった。三台の車は徐々に細くなる道を分け入った。建物が近くなるとフィリップは部下たちに、ヘッドライトを消して車を道端に停め、徒歩で進むよう命じた。全員が〝ポリス〟の腕章を着けて車から降りる。先頭に立ってサナトリウムに向かおうとした時、フィリップはアントワーヌに腕をつかまれた。

「応援部隊を呼んだほうがいいんじゃありませんか?」

「時間がないんだ、アントワーヌ。あの娘を助けに行かなくちゃいけない。こっちは六人、やつは一人だ。たぶん武器は持っていないだろうから……」

「他に客だっていますよ」

フィリップはアントワーヌを脇に寄せて言った。

「わかっている。だが今は待っている暇はない。きみが地元の警察署に連絡してくれ。わたしたちは先に中に入る。応援部隊にはあとから合流するように言うんだ」

アントワーヌは異議を唱えなかった。フィリップの声音と視線には、いかなる反駁《はんばく》も許さないものがあった。課員たちは拳銃を握りしめ、懐中電灯の明かりを頼りに小道を前進した。数メートル進むと、目の前に巨大な影がそびえ立つように現われた。満月の明かりが、今は廃墟になった建物の輪郭をぼんやりと浮かび上がらせている。冷たい風があらゆる隙間から服と肌とのあいだに入りこみ、皆を身震いさせた。アキムが懐中電灯の光であたりを照らすと、二台の車が視界に現われた。アキムとジュリアンが近寄り、ステーションワゴンは確かにマックスのものだと手で合図する。またもう一台の車両のナンバーを即座にデータ照合し、パリのレンタカー会社から貸しだされた四輪駆動車であることを突きとめた。フィリップは、マックスの車の周囲を注意深く見まわした。すると、地面にきらりと光るものがあった。近づいて、落ちているものを拾いあげた瞬間、フィリップは思わず倒れこみそうになって車体によりかかった。アールデコ調のイヤリング……。たとえ千個のイヤリングの中からでも、フィリップはこれを見つけだすことができただろう。それは、プラハ旅行の際に自分がエロディーに贈ったイヤリングの片方だったのだ。一点ものだ。見まちがうことなど絶対にない。ジャンが近づいてきた。

「フィリップ、どうしたんですか?」

フィリップは言葉を返すことができなかった。ジャンがフィリップの体を揺する。

「もう時間がないんですよ。何があったのか言ってください」

フィリップは潤んだ目をジャンに向けた。

「やつと一緒にいるのは、わたしの妻だ」

ジャンは何も言わずに建物のほうに向かい、本能的に自ら指示を出した。

「ただちに中に入るぞ。ドアというドアはすべて蹴り開けろ。二手に分かれる。アントワーヌ、アキム、ジュリアンが一緒に行け。アリーヌとフィリップはわたしと一緒だ。行くぞ」

全員が、考える間もなく、課の最古参であるジャンの命令を実行した。

プレキシグラスの扉を軋《きし》ませて中に入ると、いくつかの古い蛍光灯が廊下を照らしていた。フィリップは奥のほうを見つめた。エロディーがマックスの好き勝手にされている姿が思い浮かぶ。妻を弄《もてあそ》んだあと、殺人鬼はその邪悪な眼差しで彼女を見つめる。そして致命的な一撃を加える――フィリップは拳銃を強く握りしめた。ジャンとアリーヌを見ると、二人は拳銃を体の前で構え、プロフェッショナルらしい態度で前進している。自分は二人と行動をともにし、ジャンに指揮を任せるべきなのだろう。今の自分に充分な判断能力があるとは思えなかった。だがその瞬間、フィリップの体を、雷のような衝撃が走り抜けた。フィリップは一人で走りだした。今、キャリアの黄昏時ともいうべきこの瞬間に、フィリップの人生は大きくひっくり返ろうとしていた。

二〇一八年十一月二十一日　二十時二分

この廃墟のサナトリウムときたら、なんて薄気味悪いんだ。自分の足音しか聞こえない。他には物音ひとつしやしない。アードリクールの冷え冷えとしたサナトリウムの廊下を、仲間を後ろに残したまま、どんどんスピードを上げて走り続ける。あたりは黒い夜の闇だ。まだわずかに点《つ》いている薄暗い蛍光灯の光がなければ、どこに足を下ろせばいいのかさえ見えやしない。頭にあるのはただひとつ。彼女を救い出すのだ。絶対に、なんとしてでも。足が滑って転びそうになる。ちくしょう、スーツが邪魔だ。五十の体はもうくたくただ。拳銃をしっかりと握りしめる。グリップに浮き出た〝Ｓｉｇ Ｐｒｏ〟の文字が手のひらに刻みこまれるかと思うほど強く握る。上着のポケットの中で、ガチャガチャと手錠の音がする。そうだ、あのくそ野郎に手錠をかけてやるのだ。急ぐんだ。こめかみの下で血がドクンドクンと脈打つ。心臓の鼓動が鼓膜いっぱいに響き渡る。唇は泡だらけ。シャツの中を大粒の汗が流れ落ちる。十一月は寒い。だが今は上着が暑すぎる。だが、脱がない。着たままで行かなければ。彼女を救い出すために。ここから外に連れ出す時に、彼女を上着で覆ってやらねばならないかもしれないから。立ち止まって耳を澄ます。遠くから金属音が聞こえる。音のする方向に再び走る。前に進めば進むほど、どんどん憎しみが膨れあがり、体じゅうが憎悪の念で引きちぎられそうになる。一瞬、ある考えが頭をよぎる――そうだ、やつに手錠なんかいるものか――。逸脱行為か。これまで汚点なく築いてきたキャリアで唯一の失態か。だがそれで、いまさら何を失うというのだ？　捜査のあいだじゅう、ずっと騙され続けてきたのだ。心の奥底から、どす黒い怒りが湧き上がってくる。金属音が近づくにつれて、なんの音かがわかってきた。鎖の音だ。やつがもう儀式を始めたのだ。走るんだ、もっと早く！　体じゅうの筋肉という筋肉が、得も言われぬ痛みに疼《うず》く。脳が止まれと命じる。それを黙らせて走り続ける。左腕がずきずき痛む。胸に棒を差しこまれたかのようだ。音が近い。もう、すぐそこだ。遠くにパトカーのサイレンが聞こえる。応援部隊だ。もう一人じゃない。だが、すぐ現実に引き戻される。助けられるのは今この瞬間だけだ。次の機会などありはしない。走るんだ！　もっと！　もっと！　とうとう金属音の出所にたどりついた。右側のドアだ。ドア枠から光が漏れている。彼女はドアの向

こうにいる。サディストのなすがままにされて。ドアの前に立ち、拳銃を構える。そして
ドアを足で蹴りあげる。

二〇一八年十一月二十一日　二十時三分

やつらはまだ、彼女とのお楽しみを始めることさえできていない。彼女は意識のないいま下着姿で台の上に横たわり、何が起きているのかも知らないままだ。〝ゴーン、ゴーン〟とドアを叩きつけるくぐもった音がする。そしてヴァルミの怒り狂った声が。

「マックス、このドアを開けるんだ！　そこにいるのはわかってるぞ！」

やつは猛烈な勢いで叩き続ける。その力にはまったく驚かされる。この台の上にいるのが誰なのか、わかったからに違いない。おれは彼女を見る。その瞬間は、何もかもがどうでもよくなる。横たわる彼女の優雅な姿。呼吸のリズムに合わせてゆっくりと上下する胸のカーブ。彼女は、この喧噪《けんそう》とはまったく無縁の場所にいるかのようだ。目は閉じられ、鼻筋は完璧な横顔を作り、厚い唇がさらにそれを引き立てている。神々しい姿だ。ドアの南京錠がかなり歪み始めた。そろそろこの場をなんとかしなければいけない時だ。おれのお勤めをやり遂げるには時間が必要だが、もうそんな暇はない。部屋の奥で、客たちが縮こまっている。腑抜けどもめが。トランクス姿で怯《おび》えていやがる。ここで捕まったら自分たちのキャリアがおしまいになるとわかっているのだ。企業の広報部長に外科医、大学教授が二人。あいにくだったな。何年も前から変態性欲で結びついていたやつら。懇願するようにおれを見ている。おれがうまい逃げ道を用意していることを期待しているのだろう。確かにひとつは用意してある。それがやつらの気に入るかどうかはわからないが。おれはシャツの下の、腰のくびれに隠してあった九ミリ拳銃を取り出す。やつらが、今度は叫び声を上げる。南京錠が壊れそうだ。もう数秒しか残されていない。やつらがおれに助けてくれと懇願する。こういうのが好きだ。ほんの一瞬だが喜びをたっぷりと味わう。そして全員に弾丸を食らわす。誰かれかまわず頭に撃ちこむ。ヴァルミがさらに激しくドアを叩きつける。別の男の声がする。

「待て、フィリップ、同時にいくぞ」

今がその時だ。おれはエロディーのこめかみに拳銃を押し当てる。そして引き金を引く。

33

二〇一八年十一月二十一日　二十時五分

　フィリップはジャンとともに部屋の中に突入した。マックスは、両膝を床につき、両手を頭の後ろに掲げた姿勢でそこにいた。体の前には拳銃が置いてある。遊底が後端で停止し、外された弾倉が横に置かれている。ふだんは真っ白なマックスのシャツには、血しぶきや砕け散った脳みそのかけらが点々とついていた。マックスはフィリップの目をまっすぐに見て、悪意に満ちた笑みを投げかけた。フィリップは自分の周りの世界が崩れ落ちていくのを感じた。目の前に、武器を置いて抵抗できないマックスがいる。そして台の上には、エロディーの体が横たわっていた。そのこめかみからはひと筋の血が流れ出ている。フィリップはとても直視することができなかった。体の奥から、怒りと憎しみが沸々と湧き上がってきた。マックスは目を見開いたまま瞬きひとつしなかった。フィリップも目を見開き、にらみ続けた。突然、マックスが笑い始めた。フィリップは歯を食いしばり、マックスに銃口を向けながら近づいた。後ろから課員たちが続く。フィリップは床に置かれたマックスの拳銃を足で蹴った。目がかすみ、顔が引きつる……。

やるなら今だ。やれば人生がひっくり返ってしまうかもしれない。だが、つまらない規則になんか従っていられるものか。フィリップは引き金に指をかけた。そして視線を、憎々しげなマックスの目から、妻の亡骸《なきがら》に移した。エロディーの姿を目にするとフィリップは思わず気持ちがくじけ、拳銃を持つ手が萎《な》えた。ジャンがその機を逃さず、フィリップの手から拳銃を奪いとった。時を移さずジュリアンとアキムがマックスの後ろにまわりこみ、マックスの両手を背中にまわす。フィリップはなかば錯乱状態でマックスに近づこうとしたが、ジャンとアントワーヌに引きとめられた。ジャンがささやく。

「こいつに訴える口実を与えてはだめだ。合法的に捕まえよう。そうすればやつはもうおしまいだ」

アントワーヌが乱暴にフィリップの腕をつかみ、有無を言わせぬ軍隊式で――ただし上下関係は度外視で――部屋の外に連れ出した。フィリップが抵抗すると、アントワーヌは平手打ちを食らわせた。アリーヌも応援に駆けつけ、フィリップのもう一方の腕をつかんだ。

部屋の中では、ジャンがマックスと向かい合っていた。アキムとジュリアンがマックスを立ち上がらせる。ジャンは殺人鬼の鼻先数センチまで自分の顔を近づけて言った。

「準備はできてるんだろうな、このばか野郎が。悪夢が始まるのはこれからだぞ」

マックスは瞬きをせずまっすぐジャンの目を見た。

「あんたは知らないかもしれないが、爺さん、おれの人生そのものが悪夢なんだよ。それから、あんたらはこれから面倒なことになるだろうよ。なんせ、おれの声を聴くのはこれが最後になるからな」

部屋の中はまるで戦場のようだった。ワイシャツにトランクス姿の客の死体が、いくつも積み重なっていた。やがて応援部隊が到着し、強力な照明で部屋の中を隅々まで照らしだした。壁のいたるところにSMの道具が掛かり、エロディーの体が横たわる台の上には、天井から鎖が吊り下げられていた。しばらくして鑑識が到着し、続いてブリザール次長とグラジアーニ部長も現われた。五つの遺体を前に課員たちが最初の現場検証を行なうなか、ジャンとフィリップは公用車の中に座っていた。ブリザールたちは車に向かった。グラジアーニをフィリップと二人にするために、ブリザールはジャンを車の外に呼んだ。

「それで、ジャン、フィリップの拳銃はきみが持っているのか？」

「そうです。でもご心配には及びません。課長はしっかりとしています。ばかなまねはしませんよ」

　ブリザールは、ジャンに悲痛な眼差しを向けた。

「部長は、マックスの勾留中の捜査からフィリップを外すことを決めたんだよ。手続き上、不測の事態を避けるために、いっさい関与させないことになった」

「そうですか。本人もわかってくれると思いますよ」

「そうだな。わたしも彼のことは昔から知っているよ。だが、誰かが一緒にいてやったほうがいい。同僚のルイには連絡してある。二週間前から、フィリップはルイの家に泊まっているのでね。課のメンバーが交代で会いに行くといいかもしれない。精神的なダメージが大きいだろうから」

「ご心配なく。わたしたちはこれまで仲間を見捨てたことなど一度もありません」

　車の中では、グラジアーニがフィリップと向かい合っていた。フィリップより小柄なために、少し顔を上げてフィリップの目をのぞきこんだ。

「大丈夫か、フィリップ?」

　フィリップはしばらくのあいだ、握りしめた自分の拳《こぶし》を見つめて黙っていた。体の奥底で怒りが煮えたぎっていた。エロディーの死は、まだ現実のこととして受けとめきれていなかった。

「わたしの望みは、あのくそ野郎に口を割らせることだけです」

「まさにそのとおりだよ。きみはベテランの警察官なのだから、わたしも単刀直入に言おう。あの男が裁判所に引き渡されるまで、きみには職場に来ないで欲しい。あまりに危険だからだ。それに、きみは奥さんの葬儀の準備をしなくちゃいけないだろう……」

フィリップのしわの寄った目の端に水滴が浮かび、頬を伝って、三日間剃っていないあごひげの中に消えていった。

「部長……。そんなこと言わないでください」

グラジアーニの言うとおりだった。それはフィリップにもわかっていた。すべてが、あまりにも個人的な出来事になってしまっていた。マックスの裁判では、自分は被害者側の席に座るのだ。それでもまだ、諦める決心がつかなかった。グラジアーニがフィリップの肩に手を置いて言った。

「わたしは、きみのせいで勾留が取り消しになるような、そんな状況にきみを追いこむことだけはしたくないんだよ。フィリップ、自白は取ってみせる。そしてあのげす野郎を、必ず牢にぶちこんでやる」

34

二〇一八年十一月二十二日　〇時十五分

「うまいこと書くじゃないか、このばかが……」

アントワーヌがジュリアンと一緒に、犯人の家の本棚で二冊の本のあいだから発見された小さな赤いノートをぱらぱらとめくっている。マックスは居間の中央に置かれた椅子に座り、捜査官たちが自分の家の中をひっくり返すのを見ている。これまで被疑者に対して一度も声を荒らげたことのないアントワーヌだったが、今回はフィリップの元情報提供者に近づくとノートで頭を叩きつけた。マックスがアントワーヌをにらみつける。

「この大ばか野郎が、うまいこと書くじゃないか、そうだろう？〝きっとおれは、狂人に見えるに違いない。その証拠に、おれを見る彼女の顔は引きつり、おぞましいほどに歪んでいる。この女が大嫌いだ。おれはゆっくりと両手を彼女の首に置く。殴られて腫れあがったまぶたの下から、涙が流れ始める。彼女は理解したのだ。証人を生かしておくわけにはいかない"いやはや、見たか、ジュリアン？　こいつ完全にいかれてるぞ。おい、いいか、おまえはもうおしまいだ」

マックスは相変わらず黙ったまま、アントワーヌをにらみつけている。

「こっちは何もかも知ってるんだ。おまえのことは、逮捕の前に徹底的に調べてある。おまえの母親がコカインを買うために売春していたことだってわかってるぞ」

数時間ぶりに、初めてマックスの口から声が出た。

「何もかも知っていたって、なんの役にも立たなかったわけだ。到着が遅すぎてボスの女房を助けられなかったんだからな」

アントワーヌはかっとなって、被疑者に平手で殴りかかろうとした。ジュリアンがそれを制止し、犯人をジャンとアキムに任せて、アントワーヌを別の部屋に連れ出した。

「アントワーヌ、今すぐ落ち着いてください。あんなことをしたらやつの思うつぼだ……。捜査権を取り上げられるかもしれない瀬戸際なんです。直立不動で規則に則った行動をとらなくちゃいけないんだ。まったくあなたには困ったものです。何年間も杓子定規《しゃくしじょうぎ》にやってきたんだから、あと四十八時間、同じようにできないんですか？」

その後の家宅捜索からは多くの収穫が得られた。地下室からは、大判の使い捨て防水シートや清掃用洗浄剤、ホテルのボーイの制服が見つかった。マックスの日記に書かれていた内容と、鑑識がつい先ほどマックスのものだと確認したばかりの例のDNAがあれば、重罪院に送りこむには充分だろう。

家宅捜索が終わると、衣服を証拠として封印するためにマックスは紙製のつなぎを着せられ、留置場の独房に入れられた。朝になり、捜査官たちは〝オープンスペース〟に集合した。グラジアーニ部長は事件の特異な性格を考慮し、昔に立ち返って自ら捜査の指揮をとることにした。そしてフィリップに代わって、大きなホワイトボードの前に立った。

「最初に伝えておくが、フィリップの奥さんの司法解剖は明日の午前に行なわれる予定だ。その後、遺体はフィリップに返され、葬儀は次の月曜日の十一時からだ。言うまでもないが、葬儀には全員で参列する」

全員が黙ってうなずく。

「それから、想定どおりで驚きはないと思うが、あの男の勾留期間が延長されることになった。やつは弁護士をつけないと言っているので、取り調べのスケジュールはこちらの自由にできる。そこでジャンとわたしは、あの男がもっとも疲労困憊しているであろう真夜中に尋問を行なうつもりだ」

グラジアーニはホワイトボードを振りかえり、そこに貼られた犯罪者識別用のマックスの写真を、しばらくのあいだじっと見つめた。そして言葉を続けた。

「判事が精神鑑定を要求したことは知っていると思う。精神科医は十八時に来る予定だ。その前に、アキム、犯人の日記帳をコピーして、皆に配ってほしい。全員がそれを読み、強行犯捜査中央部《OCRVP》の応援の心理学者にもそれを読んでもらう。有利な情報が得られるかもしれない」

アントワーヌが言葉を差し挟む。

「犯人を少し揺さぶってみたのですが、反応したのは、母親が娼婦をしていたこともわかってるんだぞ、と言った時だけでした。たぶんそこが弱点なのかと……」

「それだけでは心もとないが、出発点にはなるかもしれない。実は局長と電話で話をして、マキシム・リシャールをわたしの執務室で尋問する許可を得た。〝絨毯《じゅうたん》の取り調べ〟を行なうつもりだ。きみたちは、自宅で休息を取りたければ帰宅してよろしい。今夜、午前二時までは尋問はない」

部長が許可した休息をとることなく、課員たちは職場に残って、マックスの文章の分析に取りかかった。皆が、殺人鬼の屈折した病的心理の闇にはまりこんでいるあいだに、バスティオン通り三十六番地に夜がやってきた。

尋問時間の前になると、部長の執務室は犯人を自白に追いこみやすい環境に整えられた。疲労のたまるこの時間に、グラジアーニ上級警視正はネクタイを締めなおして、自ら留置場まで足を運んだ。監視カメラには、静かに眠るマックスが映っていた。ぴったりのタイミングだ。グラジアーニは音を立てずに独房に近づき、いきなりガラス扉を激しく叩いた。

「リシャールさん、起きなさい。取り調べの時間だ」

マックスは起き上がって振り向き、おとなしくグラジアーニに手錠をかけられた。

それから四時間にわたり、捜査官たちは質問を浴びせ続けたが、マックスは一言も言葉を発しなかった。やがて執務室の窓の向こうに、太陽の光が見え始めた。ネクタイを緩め、上着を脱いでワイシャツ姿になっていたグラジアーニは、全員にコーヒーを勧めた。すると、勾留開始からの三十三時間で初めて、マックスの目つきに変化が現われた。まるでこのちょっとした配慮を捜査官たちに感謝しているとでもいうように、目の奥にほんのわずかな動きがみられたのだ。グラジアーニも部下たちも、突破口を見つけたと思った。だがそこに切りこみをかけるより早く、マックスが先に口を開いた。

「警視正さん、あんたたちにおれの口を割らせることはできないぜ。努力は認めてやるが、徹夜までする必要はなかったな。おれはフィリップ・ヴァルミに話がしたいんだ。他のやつには何も話すつもりはない」

それから二時間後、フィリップはグラジアーニの前に座っていた。疲労が限界に達し、口の中は精神安定剤のせいでねばねばしていた。グラジアーニは、やつれて見るに堪えない姿になったフィリップの肩に手を置いて言った。

「こういうことも予想しておくべきだった。あの男は、きみにしか話をしたくないと言っているんだ。どう思う?」

「どうだと言って欲しいんです?」

フィリップはそう答えてから、譲歩して言いなおした。

「最低の気分です。妻は死んでしまって、友だちだと思っていた男は、実は残虐な殺人鬼だったんですから」

「確かに、今きみに頼んでいることは簡単なことではない。だが、やつは取り調べで何も自白せず、きみにしか話さないと言うんだよ。手続き的には認められないことかもしれないが、もしきみが自白の糸口をつかむことができたなら、被害者の家族になんらかの回答をもたらすことができるだろう。わたしは被害者家族と電話で連絡を取っているが、皆、答えを必要としている。わかるだろう?」

フィリップはうつむいて両手で頭を抱えこんだ。

「フィリップ、これはどうしても必要なことなんだ。そうでなければ、こうしてきみを呼び出したりしない。それに、きみ自身も、答えを必要としているんじゃないのか？」

フィリップは体を起こし、潤んだ目でうなずいた。


しばらくして、フィリップは取り調べ室に入った。マックスが現われた。フィリップは平気な顔でこの場を乗りきろうと努力して言った。

「わたしに会いたかったんだって？」

殺人鬼は、小声で笑い始めた。

「なるほど、おれは自分のやりたいように、あんたたちを動かせるってことだな……」

フィリップは拳《こぶし》を強く握りしめた。

「おれはあんたに何も言うつもりはない。だからもう独房に送り返すがいいさ。おれは単に、あんたのその面《つら》が見たかっただけだ。まぬけ野郎が」

フィリップはマックスに飛びかかって喉《のど》を絞めつけたくなるのを、なんとかこらえた。そして、かつて友だった男の目の中から何かを読みとろうと試みた。だがそこには虚無が広がっているだけで、何も読みとることはできなかった。フィリップは怒りがしぼんでいくのを感じた……。

「まったく、どうかしている……。本当に頭がおかしいぞ、マックス」

「ひとつだけ教えておいてやろう。あんたは、ルイや他の警官に今の今までご丁寧に守られていたようだが、おれはその繭《まゆ》の中からあんたを引っ張りだすことができて、まったく愉快で仕方がないぜ。おれは秘密を白状しないままくたばってやるぞ、ヴァルミ。あんたのボスに、もうおれを裁判所に送っていいと言ってやるんだな」

フィリップは、自分たちが一杯食わされたことを悟った。マックスは独房に戻され、ガラス扉が閉まった。フィリップは少しのあいだ、扉の前に立ち尽くした。かつての情報提供者はガラスの向こう側にいた。そしてその目で、フィリップの目を突き刺すように見つめた。一瞬、二人の影がガラスの上でひとつに重なり合った。フィリップは踵《きびす》を返してその場を立ち去った。フィリップの負けだった。寒々とした蛍光灯の明かりが、留置場の廊下を照らしている。フィリップの背後から、声が追いかけてきた。

「アデュー、お巡りさん」

フレンヌにて　二〇二一年八月十七日

親愛なるフィリップへ

六カ月前から、おれはこのフレンヌ刑務所にいる。終身刑で、三十年の保安期間付きだ。つまり、三十年間は仮釈放が許されない。減刑はなかった。毎週、精神科医の診察を受けている。これが結構おもしろい。うまく役を演じきれば、三十年後にはここを出られるだろう。それ以外の時間は、陰気な石の塀に囲まれたこの場所で、一人、自分自身に向かい合っている。重罪院での裁判が終わったら、いつかあんたにこの手紙を書こうと思い、これまでそのことだけを考えて耐えてきた。それにしても、あんたもよくやったじゃないか。おれの弁護士があんたを動揺させようとした時、あんたは平然としていた。まったく感心したよ。だがあんたも見ていたとおり、おれも平然としていた。それが、おれの犯した最後の犯罪だ。自分が殺した人間の家族を、ずっと苦しませ続けてやることだ。家族は、決して本当の意味での弔いを終えることはできない。そう思うと、今でもすごく興奮する。刑務所の独房の中で幸せを感じさせてくれる、最後の幸福の泉のひとつだ。あんたがたは、かつてのおれの客たちをひどい目に遭わせてくれたらしいな……。もっとも、おれがあんたにしてやったことに比べたら、まったくお粗末な戦利品だ。まあ、あんたはそれで満足するしかあるまい。おれはあの頃のことを思い返すのが楽しくて仕方がない。

不思議なことに、自分がやった犯罪を思い出す時、絶えず頭に浮かんでくるのはエロディーを殺した時のことだ。あの時はいつもの儀式をやる時間がなかった。だからさっさと片づけた。頭に銃弾を撃ちこんで。淡々と、手早く、無味乾燥なやり方で……。それなのにその時のことばかり思い出すのは、たぶん、あんたが彼女を助けるためにあの扉を突き破ろうとしていた時のことを想像するからだ。結局は無駄な努力だったが……。あんたにはわかっていたはずだ。あの扉を執拗に叩きつけながら、あんたはおれが発砲すると予測していた。そして彼女は死んでいるんじゃないかと思っていたんだ。おれの前に出た時のあんたの顔ときたら……。まったく愉快ったらなかったぜ！　だが、あんたの同僚があんなに利口だったとは予想外だった。そのせいであんたが本能に身を任せられなかったことが残念で仕方がない。命を奪うことでどのくらい楽になれるか、あんたも知っていたらいいのにな。ちょうど『セブン』みたいに。一緒にこの映画の話をしたこと、覚えてるだろう……。親愛なるフィリップ、おれの命が尽きるまで、ずっとあんたにつきまとうことができて本当に嬉しいよ。あんたのせいで監獄でくすぶってるが、ここから時々手紙を書いてやるよ。そうすれば、あんたは決しておれのことを忘れない。あんたが立ちなおり始めるたびに、おれは舞い戻ってあんたにまとわりつくだろう。〈ル・ルレ・ドゥ・ラントルコート〉で、何度も友人として食事をした時の思い出とともに。おれのカウンターの隅であんたが打ち明けたことすべて――不妊症で子どもを作れないこと、いろんな不安を抱えていること――、そのすべてを、離れた場所からあんたをめちゃめちゃにするために使ってやる。ところで、おれがここで惨めな暮らしを送っているだろうなどとは、ゆめゆめ思わないでくれ。あんたにちょっとした秘密を教えてやろう。おれのクラブには常に、隠しカメラがいくつも仕掛けてあった。そしてどういうわけだか、おれの刑務所内での待遇を改善してくれようとする偉い人たちが大勢いる。カメラの映像が、おれの弁護士のところから流出することがないようにするためだ。そういうわけで、おれは一人で幻想に耽《ふけ》り、自由に好きなことを想像して過ごすことができる。完璧とはいかないが充分に快適な環境だ。結局のところ、おれたち二人のうち、本当に囚われの身にあるのはどっちなんだろうな……。なにしろ、あんたがいくら逃げようとしても、おれはいつでもあんたのところに舞い戻り、おれのことを思い出させるつもりだから。

心からの愛情をこめて。

訳者あとがき

身長一メートル九十三センチ、往年の映画俳優のような容姿と雰囲気を持つ〝ロマンスグレー〟の五十代。パリ警視庁売春斡旋業取締部のキャバレー課に勤務する警視フィリップ・ヴァルミは、パリの〝夜の世界〟の動向を探るため、二十年間、夜な夜なナイトクラブやストリップ劇場をまわり、情報提供者に会い、パリの夜の街を駆け巡ってきた。だが、仕事にかまけてきちんと向き合ってこなかった妻との結婚生活をやりなおそうと、〝夜の世界〟を離れる決心をする。

そして犯罪捜査部に異動になって一ヵ月後。初めての殺人事件が起きるが、首を掻き切られて裸で殺されていた女性は、若いエスコートガールで自分のかつての情報提供者だった。事件捜査のために、逃げたはずの夜の世界に引き戻され、避けていた妻との関係にも向き合わざるを得なくなるフィリップ。捜査を進めるうちに、事件は人生を大きく変える方向に動いてゆく。長年どっぷりと身を浸した夜の世界は、大きな代償なしにはフィリップを手放してくれないのだろうか……。

『夜の爪痕』（原題 *LES CICATRICES DE LA NUIT*）は、二〇二〇年の〈パリ警視庁賞〉受賞作。著者のアレクサンドル・ガリアンは、弱冠三十歳の史上最年少でこの歴史ある賞を受賞した。今後が期待される若手作家である。一九八九年パリ生まれの中国育ち。北京のフランス人学校で教育を受け、高校を卒業後フランスに帰国。演劇学校〈クール・フロラン〉に入るが、同時に法律や犯罪学を学び、政治コミュニケーション学の修士号も取得している。そして二〇一五年、パリ警視庁の司法警察局で警察官として働き始める。そう、著者自身がパリ警視庁の現役警察官だったのだ。警察での勤務のかたわらアレックス・ラルーというペンネームを用い、二〇一八年、二〇一九年と続けて、マリー・タルヴァと共作で二つの小説を刊行している（ちなみにこの連作の主人公である警察官の名はアルセーヌ・ガリアンというのだが……）。そして本作品で、堂々〈パリ警視庁賞〉の受賞である。受賞後は執筆に専念するために休職し、二〇二〇年九月には、すでに本作品の続篇も刊行された。ハイペースでの執筆に、著者の旺盛な創作意欲のほどがうかがえる。二〇二〇年秋からは、パリ政治学院（通称シアンス・ポー）でロマン・ノワールをテーマとしたゼミナールの講師としても活躍している。

　この〈パリ警視庁賞〉については、日本でもすでに多くの受賞作品が翻訳されているのでご存じのかたも多いだろう。繰り返しになるかもしれないが、よくは知らないというかたのために簡単に説明しておこう。この賞は一九四六年に創設され、毎年公募で集まるフランス語で書かれた未発表のミステリー小説の中から、選考委員会の審査によって選ばれた最優秀作品に贈られるもので、フランス語の名称は〝オルフェーヴル河岸賞（Prix du Quai des Orfèvres〟という。この〝オルフェーヴル河岸〟の三十六番地（ノートルダム大聖堂があるシテ島の西側の一角）というのはパリ警視庁の司法警察局があった場所のことで、殺人事件の捜査をおこなう司法警察局犯罪捜査部の代名詞にもなっている地名だ。

　ちなみに、パリ警視庁の一部局であるこのパリ地域圏司法警察局は、作品中にも出てくるように、二〇一七年に一部を残してパリ北部十七区の〝バスティオン通り三十六番地〟に移転したが、賞の名称はそのまま維持されている。

　さて、この〈パリ警視庁賞〉、二十二名からなる選考委員会の長はこの司法警察局長で、そのほかの選考委員も、警察官、検事、弁護士、ジャーナリスト、作家が務めているというちょっと面白い賞だ。したがって、というべきか、審査の基準が作品の文学的評価であるのは当然のことながら、警察や司法の観点から見て内容に信憑性やリアリティーがあるかどうかも考慮されるという。応募原稿は作者の名を伏せたまま選考にまわされ、受賞者の発表は警視総監がおこなう。受賞者には七百七十七ユーロの賞金が贈られ、ファイヤール社から最低五万部が出版されることになっている。『夜の爪痕』も二〇二〇年の受賞作品として、前年（二〇一九年）十一月に受賞の発表とともに刊行された。

フランスでは、ガリアンのみならず警察官出身の作家が大勢活躍している。試しにこの十年間（二〇一二年～二〇二一年）の〈パリ警視庁賞〉の受賞者をみてみると、なんと十人中七人が警察官あるいは元警察官である。そのなかにはダニエル・ティエリという作家がいるが、一九四七年生まれのこの女性は、フランス警察の中で女性のキャリアを切り開いた草分け的な存在の一人で、一九九一年に女性として初めて上級警視正（本作品中の人物でいえば、フィリップの上司であるグラジアーニ部長と同じ階級）になった人物だ。九〇年代から作家としての活動を始めて多くの長篇小説やテレビドラマのシナリオを執筆し、二〇一三年に〈パリ警視庁賞〉を受賞している。ティエリを始めとするフランスの警察官たちの多才ぶりは、まったく素晴らしいとしか言いようがない。ちなみに、現在〈パリ警視庁賞〉選考委員会のメンバーの一人であるオリヴィエ・ノレックも、現役警察官時代に書いた警察小説でデビューし、現在警察を休職して執筆に専念しているミステリー作家である。

警察官出身の作家は〝警察や司法の観点から見て内容に信憑性やリアリティー〟を持たせる、という点では有利に違いない、とは誰もが思うところだが、それでは実際の事件や業務上の経験を小説に盛りこんだりしているのだろうか？　という疑問が浮かんでくる。いっぽうで警察官の世界と作家の世界は違いすぎるのでは？　とも思う。ガリアン自身はあるインタビュー記事の中でこう述べている。

「この賞は、自分にとってはどちらもとても大切なのに、ふだんはあまり接点のない二つの世界、二つの職業を結びつけてくれた」

「仕事と作品の間には、どうしてもなんらかの関係が生じるが、自分は実際の事件に着想を得て小説を書くことは決してない。被害者のことを考えるとそれは難しいし、自分はストーリーを考えるのが好きなので、当然ながらみずから編み出したものを使いたいからだ。いっぽうで、人物像やちょっとした逸話などは、友人や同僚から着想を得ることがある」

本作品の主人公フィリップ・ヴァルミは〝古き良き時代〟に郷愁を感じる五十代だが、

作品中にはほかにもそんな五十代が登場する。積極的でITに通じているものの、いまだに黒のレザージャケットとベルボトムのジーンズを愛用するジャン、若者世代の部下の愚痴をこぼすエルヴェ。いっぽうで、尾行の時には無線を使えという上司の命令を忘れて（無視して？）スマートフォンのアプリを業務連絡に用いる若い部下たち。作品中のそこここに、世代間ギャップや、時代に少しずつ遅れを取り始めている人々の様子がさりげなく描写されているが、これはガリアン自身が〝若い世代〟の側から観察して感じたことなのだろう。だが、上の世代を描くその筆致は温かい。ガリアンはこう言っている。

「登場人物は、自分がなりたかった警察官像でもある。スポンジのように、周りの人々や環境からいろいろなものを吸収できる警察官がいいと思う。自分自身も、すでに退職したある先輩から仕事とは何かを学び吸収した。ヴァルミもそうした警察官として描けていればいいと思う」

ベテランの警察官ながら人間の弱さもたっぷり兼ね備えた主人公フィリップに対する温かい視線は、著者のこうした思いから生まれているようだ。

ガリアンは夜のパリが好きだという。夜が明けるころに屋台でケバブを買って道端で食べるのが楽しいという。夜は、顔が見えないと思って安心している人々が本当の姿を見せる瞬間だから、と。そんな若い警察官が紡《つむ》いだ夜の世界のミステリー、ご堪能いただけたのなら幸いである。なお、フランスで刊行済みの続篇 ***LE SOUFFLE DE LA NUIT***（夜の吐息）では、在ナイジェリアのフランス大使館でアタッシェとして勤務していたフィリップが、事件に引き寄せられてパリに戻るところから新たなミステリーが始まるとのこと。登場人物たちのその後が楽しみだ。

最後に、本書を翻訳する機会をくださった早川書房編集部のみなさま、ご助言をくださったフランス語翻訳家の高野優先生、お世話になったすべてのかたがたに心よりお礼申し上げます。

二〇二一年五月

訳者略歴　東京外国語大学外国語学部イタリア語学科卒，フランス語翻訳家　訳書『死者の国』グランジェ，『そろそろ、人工知能の真実を話そう』ガナシア（ともに共訳）（以上早川書房刊）

HM=Hayakawa Mystery
SF=Science Fiction
JA=Japanese Author
NV=Novel
NF=Nonfiction
FT=Fantasy

夜《よる》の爪《つめ》痕《あと》

〈HM㊽-1〉

二〇二一年七月 十 日　印刷
二〇二一年七月十五日　発行
（定価はカバーに表示してあります）

著者　アレクサンドル・ガリアン
訳者　伊《い》禮《れい》規《き》与《よ》美《み》
発行者　早川　浩
発行所　株式会社　早川書房
郵便番号　一〇一‐〇〇四六
東京都千代田区神田多町二ノ二
電話　〇三‐三二五二‐三一一一
振替　〇〇一六〇‐三‐四七七九九
https://www.hayakawa-online.co.jp

乱丁・落丁本は小社制作部宛お送り下さい。
送料小社負担にてお取りかえいたします。

印刷・三松堂株式会社　製本・株式会社明光社
Printed and bound in Japan
ISBN978-4-15-184601-4 C0197

本書は活字が大きく読みやすい〈トールサイズ〉です。